JN062373

登場人物
characters

シェイア
チッカ

冒険者ギルドが十二歳からしか入れなかったので、サバよみました。

01

目次

Story by KAME
Illustration by ox

木の根っこに足を引っかけてしまって、慌てて槍の石突きを地面についた。太い木の幹に肩をぶつけたけれど、転ぶのは回避できた。

鬱蒼とした森を進んでいく。慣れない革鎧が重くて、その下に着た服は汗でぐっしょりで、身体に貼り付くようで気持ち悪い。汗の臭いと革の匂い、木々の濃い緑の香りが一緒になって鼻孔を襲ってきて、頭がクラクラする。

当て布をしすぎて斑模様になったボロを着た、頭頂部の禿げ上がった老爺が前を歩いていた。小さい身体でククリ刀を操って、邪魔な枝を切り落としていく。悪路を歩き慣れているのか、歩みはしっかりしていて危なげない。

僕はこの人を信用していなかった。

足を動かす。一歩進むごとに疲労と、きっと騙されているのだろうというモヤモヤが溜まっていく。からかわれて、バカにされて、あの特徴的な笑いを向けられるのだろうと思う。……それくらい分かっていて、それでも他にどうしようもなくて、先導する老爺の背中を追っていく。

これでダメなら仕方がない。僕はもうなにもできず、朽ちるように終わってしまうのだろう。……そんな予感があって、ジクリジクリと胸の奥を重くしていく。

大人しく村にいればよかったのだろうか。村の人たちが今の僕を見たら、どう言うのだろうか。

森は少しずつ深くなり、緑はより濃くなり、足下はでこぼこで視界が悪い。それなのに先を進む小さな背中は迷いなく進んでいく。

騙されているのだと思っていた。諦めていた。心の底に重くて冷たい霧が淀(よど)んでいた。――それでも、どうしてか足は止めなかった。

老爺が振り向く。
森が途切れる。
視界が開ける。
思わず地面に膝をついた。

――僕はきっと、この光景を一生忘れやしないと思う。
日の光を浴びてきらめくように美しい紫の花が、風に揺れて波打つように、一面に広がって咲いていた。

第一章

冒険者の店に来た子供

大きい兄ちゃんは綺麗なお嫁さんをもらってお家と畑を継いだ。

小さい兄ちゃんは猟師になって山に狩人小屋を建てた。

姉ちゃんはもう何年かしたら二つ隣のお家にお嫁に行くそうだ。

僕が大人になったら大きい兄ちゃんが畑を分けてくれるって言ってくれたけど、村の神官さんは畑を分けるのはあんまり良くないって言ってたので、いらないって断った。

畑を分けると、みんながそれまでより貧乏になるんだって。

神官さんは後継ぎにならないかって言ってくれたけど、僕はそれも断った。神官さんの話を聞くのは楽しかったけど、大地母神さまへのお祈りの時間は苦手だった。そもそもお祈りって、どうすればいいのかよく分からないんだよね。

神を疑うのもまた神に仕える者の資質、って言われてもよく分からなかったし。神さまの声が聞こえない神官さんも多い、とも教えてくれたけど……僕が神官をやるのは変な気がしたんだ。

The Adventurer's Guild only allowed entry from the age of 12, so I read mackerel.

「だからってね、あてもなく町に出ようってのは無謀だよ、キリ」

レーマーおじさんはそう言ってため息を吐いた。荷車を牽くロバをポンポンと叩くと、いつもの合図なのかロバはゆっくり足を緩めて止まり、足を畳んで休憩し始める。

「うん、だからレーマーおじさんがいてくれて助かったよ。おじさんなら、って大きい兄ちゃんも許してくれたしね」

積み荷を崩さないよう急に止まらないんだな、と賢いロバを撫でてあげる。旅に慣れた毛皮は村の家畜たちよりも硬い気がして、ちょっと頼もしく感じた。

「やれやれだ……まったく。知り合いの商家さんに頼んでみるだけだよ。ダメだったら村に送り返すからね」

「うんうん、分かってる」

レーマーおじさんは村へたまに来る行商人だ。

半年に一回くらいかな。藻塩とか鉄の農具や鍋などを売ってくれて、村からは麦や家畜の皮を買ってくれる。あんまりよそから人が来ない村なので、おじさんが来るとみんなお祭りのときみたいに笑顔になる。

神官さんなんか、頼んでいた本は手に入ったか、って真っ先にとんでいくほど。

大きい兄ちゃんのお嫁さんのお腹に赤ちゃんができたので、僕はレーマーおじさんに頼み込んで町に連れて行ってもらうことにしたんだ。本当は一人でも行くつもりだったけど、ちょうど行商に来てくれたのですごく運が良かった。

もちろん、みんなにはせめて元服まで待てと引きとめられた。九歳で外に出るのはまだ早いって。

僕も赤ちゃんが生まれるのを見たかったし、姉ちゃんの結婚式も見たかった。でも家にあんまり余裕がないことは知ってたから、町では僕くらいの歳(とし)でも商家の下働きとか職人の弟子とか、よその家に住み込みで働いている子がけっこういるらしいよって説得した。子供のうちから働いた方が重宝されることもあるんだって、と聞きかじりの知識も披露した。

そうして、僕は町までの道を歩いている。

「村から出たの、初めてだ」

来た道を振り返って、風に呟(つぶや)く。

ちょっと不安はあったけれど、それ以上にワクワクしていた。


「ヒリエンカの町には何があるの？」

「港町だからね。海があって、大きな船があるよ」

「海って見たことないや。すっごく大きいんでしょ？」

「そうさ。向こう側が見えないくらい大きいぞ」

「船も大きいの？」

「ああ、大きいヤツは見上げるほど大きい。大きな海を相手にしなければならないからね」

　二回目の野宿は大きな岩陰ですることになった。

　木の枝をたくさん集めて、火打ち石で火をつけて、地面に毛皮を敷いた。レーマーおじさんは自分用の毛皮があったけど、僕には特別に売り物用を貸してくれた。

「町には面白いものたくさんあるんでしょ？」

「ああ。楽しい踊りやしみじみする詩、それに美味しいお酒……は、キリには早いか。珍しい玩具とかもあるよ。この前行ったときは芝居をやっていたかな」

「芝居！　勇者さまのやつ？」

「さて、そのときは急いでたから演目までは見なかったが……でも、剣を持った格好良い若者がバッタバッタ敵を倒していたから、もしかしたら勇者様の話だったかもしれないね」

　レーマーおじさんは焚き火に新しい木の枝をくべながら、僕の質問に丁寧に答えてくれる。赤くて丸い鼻が炎に照らされて、余計に赤く見えたのが面白かった。

　野宿の時は、焚き火は絶対に消しちゃいけないんだそうだ。獣除けになるってレーマーおじさんは言っていた。火が嫌いな魔物……スライムとかも近寄ってこなくなるって。

「剣で敵を倒してたってだけなら、勇者さまとはかぎらないんじゃないかな？」

「そうなのかい？」

「うん、英雄さんとか、冒険者のお芝居かも」

「うーん、英雄さんはともかく、冒険者かぁ……。あれはあんまり芝居になるような人たちじゃないけどなぁ」

「そうなの？」

「何度か依頼したことがあるけど、勇者や英雄みたいなすごい人たちと言うよりは、便利な人たちって感じかな。……でも冒険者から英雄になるような人もいるから、もしかしたら冒険者の芝居もあるかもしれないね」

なんと。レーマーおじさんは冒険者に依頼を出したことがあるらしい。すごいことだ。

僕が物心つく前に村でゴブリン退治を依頼したことがあったらしいけど、当然ながら僕にはなんの記憶もない。小さい兄ちゃんがすっごいかっこ良かったって何度も話してくれたけど、僕自身は実際に冒険者さんに会ったことは一度もなかった。

「そんなキラキラした目で見ない。ほら、しょうもない冒険者の話はまたしてあげるから、今日はもう寝なさい。明日は日の出前に出発するよ。でなきゃ、三度目の野宿も覚悟しないといけなくなるからね」

そんなふうに言われても、なかなか寝付けなかった。

「まずは手紙の配達かな」

お日様の位置が頭の真上になるころには木が少なくなって、別の道と合流して人通りが多くなってきたのか、ちゃんとした踏み固められた道を歩く。

レーマーおじさんは昨日の約束を覚えていて、歩きながら冒険者の話をしてくれた。

「人に頼まれて、町からちょっと離れた村への手紙を預かったんだけどね。本当はおじさんが運ぶつもりだったんだけど、そのときはどうしても断れない仕事が入ってしまって、しかたないから冒険者に頼んだんだ」

「手紙の配達かぁ」

なんだか拍子抜けだ。冒険者といえば魔物退治とか迷宮とかのイメージなんだけど。

「それと、護衛。商売で向かわなきゃいけないところがあったけど、途中にゴブリンが出るって噂(うわさ)があってね。そのときは二人ほど雇ったよ」

「ゴブリン！」

「そうそう。結局出くわさなかったけどね」

「出なかったのかぁ」

おじさんが無事だったのだからいいことだけど、面白い話を期待してたからちょっと残念だ。

「あとは人捜しとかもお願いしたことがあるかな。いい職人仕事をするけど偏屈なドワーフが、仕事をほったらかしてどこかに行っちゃってね。まあ、そのときは三日くらいで自分で帰ってきたんだけど」

おじさんの話を聞くと、どうも抱いていたイメージと実際の冒険者は違う。だって冒険してない。すごい人たちというより便利な人たちっておじさんは言っていたけど、たしかにそんな感じだ。畑仕事とか、狩りとか、決まったことをこなすのではなく、いろんなコトをやってくれる便利屋さん。

「冒険者かぁ……おじさんが紹介してくれるお店がダメだったら、冒険者になろうかな？」

いろんなことをやるのなら、僕でもできる仕事があるかもしれない。そう思ったけれど、現実は無情だった。

「キリにはまだ無理だなぁ。九歳だろう？　だいたいのギルドへの登録は十二歳からだったはずだからね。たしか、冒険者ギルドも変わらないはずだよ」

早く大人になりたい。

「まあ、まずはこれから行く商店でちゃんと修行を積むことだね。なあに、キリは素直だし良い子だから、きっと雇ってくれるよ。それより疲れてないかい？　そろそろ休憩しようか？」

「ううん、大丈夫。まだまだ行けるよ」

僕の足に合わせて進んでくれているせいか、ちょっと遅れているらしい。いつもなら順調にいけば、町には三日目の昼前には着くそうだ。

なんとか暗くなるころには着けるだろう、とおじさんは言っていたけど、僕のせいで遅れてるのはやっぱり少し申し訳ない。

早く大人になりたい。せめて、もう少し速く歩けるくらいには。

「そういえば、その商店ってなにを売ってるところなの？」

「ん？　ああ、そうだな……」

ふと気になって聞いてみたら、レーマーおじさんは少し考えるように顎に手を当てて、空を見た。

「そうだね、キリはなんだと思う？　当ててみてごらんよ」

「む、そうだね……」

クイズにされて、僕は考える。

商店はレーマーおじさんの知り合いなのだから、おじさんが村に売りに来てくれるものを売っているところじゃないだろうか。でも鍋や農具は商店より鍛冶屋さんってイメージだから違う気がする。

じゃあ……。

「分かった、お塩だ。お塩のお店でしょっ？」

「おお、すごいな。正解だよキリ」

僕が答えを言うとレーマーおじさんはニコニコと笑って頷いてくれる。やっぱりそうだった。問題を当てられて嬉しくて、僕はお塩のお店に行くんだ、と胸にぐっときた。

そうしたら不意に、ふわ、と妙な匂いがした。嗅（か）いだことのない香り。鼻をヒクヒクさせてみる。生ぬるい風に乗って、さっきの匂いが届く。あまり嫌なにおいではないけれど、いい匂いでもない。

「潮の香りだね。海が近いんだ」

レーマーおじさんが教えてくれて、目を丸くしてしまった。話には聞いていたけれど、潮ってこんな香りなのか。

「海！　見たい！」

跳び上がりたくなるほどワクワクした。本当に跳び上がってしまった。

「うん、町に行く途中で見えるようになるからね、すぐだよ」

「行こうおじさん。はやくはやく！」

「ああもう、ほんとにまだ疲れてなさそうだね……」

初めて目にする海はすごく大きくて、水平線はすごく真っ平らで、僕はしばらく目が離せなかった。

おじさんがなにか言っていたけれど、僕はずっと黙って海を見ていて、歩いてる最中だって海ばかり見ていた。

言葉が出てこないくらい驚いたんだと思う。

気づけば町に入っていて、建物で海が見えなくなってやっと、レーマーおじさんがはぐれないよう手を繋いでくれていたことに気づいた。空は朱に染まっていた。

夕暮れの港町は見たこともないほど人が多かった。そして大きな声が飛び交っていた。もう店じまいをする時間だから、最後にちょっと値段を下げてでも売れ残りを減らそうとしているんだ。ってレーマーおじさんが言っているのをどこかぼうっとした心持ちで聞いた。

海はすごかった。けど、町もすごいと思った。……そして、怖いと思った。

「そっか……町って」

人がたくさんいた。とてもたくさんいた。

でもみんな、知らない顔ばかりだった。

村のみんなが心配していた理由が、初めて分かった気がした。いや、分かっていたつもりだったけれど、やっと実感できた。

村には知らない人なんていなかった。顔も名前もどこの家の人かも知っていた。

会えば挨拶するのが当然で、挨拶しても返ってこない偏屈な人もいたけど、だいたいは返ってきた。

こんなに人がいるのに、誰も知らない。そんなことは初めてで、それが酷く怖く寂しく感じた。

レーマーおじさんの手をギュッと握る。反対の手でロバの毛並みを撫でると、耳をピコピコさせて優しい目で見返してくれた。

昔、森で迷子になったときのように心細い。あのときは誰もいなくて泣いたけれど、今は周りに人がたくさんいるのに泣きたい気分だ。

けれど僕は村を出てきた。反対する家族を説得して、引き留めてくれる神官さんの好意を断って、村のみんなに見送られて来た。だから弱音を吐くのはダメだと思う。僕はここでお仕事をもらって、生きていく。そのつもりで来たんだから。

「さあキリ、着いたよ。ここが君の働く場所になるところだ」

そう声をかけられて、僕はいつのまにか地面しか見ていなかったことに気づいた。

珍しいものがたくさんあったはずなのに、石畳しか見てない。石畳も村になかったから珍しいけれど。

顔を上げる。村長さんの家の何倍もある大きな建物が、僕を待ち構えるように建っていた。

「じゃあ行こうか。おじさんがお店の人と話している間、ちゃんと大人しくしていられるかい？」

おじさんが微笑んで、優しく手を引いてくれる。僕の視線は一点に吸い寄せられていた。

建物の大きさに反して、すごく小さい看板。人目を避けているようにすら見えるそれには、たしかにこう書かれている。

『ゼルマ奴隷商い』

――そういえば、その商店ってなにを売ってるところなの？

――ん？　ああ、そうだな……。

ぞわり、と背筋に怖気が走った。あのときすぐに答えてくれなかったのが、今更だけどすごく不自然に感じた。

大きくて硬いレーマーおじさんの手が酷く怖ろしいモノに感じて、必死で振りほどいた。違う。塩のお店じゃなかった。違うよ。これは絶対違う。奴隷ってなんだ。

「ん、どうした？」

後ろっ跳びに離れた僕に、おじさんが目を丸くして驚いたようだった。それはやっぱりいつものレーマーおじさんで、けれど初めて見る得体の知れないなにかに見えた。

「なんだ？　なにか怖い物でもあったのかい？」

少し不思議そうにこちらを見たその人は、やがて僕が見ているモノに気づいたみたいで、首をかしげながら自分の後ろを振り向く。小さな看板を。

そして。

「お前、文字が……！」

僕は駆けだした。

知っている人が誰もいない町を闇雲に、おじさんから逃げるために。


レーマーおじさんにはロバと荷物があった。子供の足でも逃げられたのは、荷物を置いてけぼりにできなかったからだ。——それが分かったのは、どこをどう走ったかも分からないまま疲れ果て、真っ暗な路地裏でうずくまってからだった。

暖かい季節だから寒くはないけれど、ブルブル震えていた。心臓がドクドクと脈打って、震えが止まらなくて、カチカチと歯の鳴る音のせいでおじさんに見つかるんじゃないかと怖かった。

文字は神官さんに教わった。教典をすごくすっごく薄くしたヤツの写本をしたこともあって、神官さんに買い取ってもらったこともある。あれは今でも村の教会に置かれてる。

僕が文字を読めることなんて村のみんなが知っているけれど、レーマーおじさんは村の人じゃないから知らなかった。たぶん、そんなこと考えもしなかったと思う。本なんか読めたって役に立たない、ってバカにされるくらい、村のみんなは文字を知らなかった。

そらみろ、文字を知ってて良かったじゃないか。

カチカチと歯を鳴らしながら、路地裏で両肩を抱いてうずくまり、僕はヒヒッと変な鳥みたいに鳴いた。本当は笑おうとしたのだけど、引きつってしまった。

暗くて、静かで、自分の震える音だけがすごくうるさくて、走ってかいた汗が冷えてきて。

これからどうなるのか分からなくて、怖くて、僕は空が白むまで隠れるように身を縮こまらせていた。

「おめでとう――」

その言葉を絞り出すだけで、喉が潰れるかと思った。それくらいに擦(かす)れていた。

ああ、これはダメだ。これではいけない。今日という日に相応(ふさわ)しくない。新たな門出だというのに、暗い顔をしていては台無しだ。

……そうとも。旅立ちは笑顔でなければいけない。

俺は黄色い花びらがいっぱいに盛られたカゴを掴む。そう、運命を司るのはたしか女神だったハズ。女に冷たくあしらわれるなんていつものことだろう。そんなもん笑い飛ばして、自分の代わりに微笑まれた野郎を祝福するくらいでなくてどうする。

「本当におめでとうだぜお前ら！」

明るい日差しの下で幸福に頬を緩める男女に、俺はカゴの花びらをぶちまけてやった。冒険で汚れた武器も鎧も置き、似合わない婚礼の衣装を纏った二人が大げさに驚く。

「ちょ、ウェイン！　悪ふざけはよせ！」

「アハハ！　花びらまみれ！」

緊張しっぱなしだったミグルが大声を出して、ラナがいつもの調子で笑ってくれて、その様子に周囲のヤツらがワッと沸いて手を叩いて喜ぶ。神官ですら腹を抱えて笑っていた。

うん、やっぱりこうだ。世間の結婚式とは違うのだろうけれど、堅苦しさなんか必要ない。これが俺たち流だ。

「ああもう、まったく。メチャクチャだな。……だけど、ありがとう、ウェイン。今日の私たちがあるのは君のおかげだよ」

「ハハハハ、似合わねーぞミグル。ま、結婚ともなれば緊張するよな。ほら、飲め飲め。新郎は注がれた酒は飲み干すのがヒリエンカの伝統だ！」

「いや、そんな伝統は聞いたことないんだが……」

差し出された右手をがっちり握って、ついでに肩をバンバン叩いてやって、まだ半分しか空いてない木の杯になみなみと酒を注いでやる。

「元気でな、ラナ。ミグルが農作業サボったら蹴飛ばしてやれよ」

「ふふ、そうするわ。ウェインも元気で。無茶しちゃダメよ」

新婦にも挨拶するが、酒は注がない。彼女のお腹には新しい命が宿っているのだ。

彼女の飲みっぷりが見られないのは残念だが、妊婦に酒はマズいってことくらい俺だって知っている。


今日はめでたい日だ。


冒険者にとって、死別ではない別れはめでたいものだと老冒険者に聞いた。喧嘩別れでも裏切りによる別れでも、死別よりはマシだと。

ならば今日は格別だ。だってこんなに幸せに溢れているのだから。

世界が祝福の黄色い花で溢れていた。フワフワの雲がニッコリと笑っていた。なぜか海の向こうの踊り子たちがヒラヒラした布をひらめかせて酒瓶をラッパ飲みしていた。

「二人の結婚に乾杯！　この新しき夫婦に、アーマナ神の祝福を！」

高く掲げて打ち合わせた杯に、そのまま口をつけた。喉を鳴らして、普段は飲まないような高い酒を一気に飲み干して――


――ダンッ、と安酒のコップをテーブルに打ちつけた。

酒場のテーブルに突っ伏して泣きながら眠って、ガンガン痛む頭に吐きそうになりながら目を覚まし、現実を拒絶するためにあおった昨夜の残りの酒は……当然ながら最悪の味だ。思わず死にたくなる。

「ふぐっ、うぐ……ううぅぇぇ」

声が漏れる。あれからもう二日もたつのに、まだ夢は消えてくれない。

酒精が頭に響いて目から汗が出るたび、涙腺がじくじく痛む。

「よく頑張ったと思う、ウェインは」

飲み過ぎで死んでいないかを気に懸けてくれたのか、いつの間にか対面に座っていた癖っ毛な魔術士が慰めを言ってくれる。

「うう……シェイア、聞いてくれ。俺は、俺は……」

「ラナさんが好きだった。けれどミグルさんにとられて、それを知ったときにはもうお腹に子供がいた」

言いたいことを先に言われ、俺はガックリと項垂れる。そういえばもう何度も言ったかもしれない。戦う前から勝負はついていた、というやつだ。俺にはあそこから巻き返す術などなかった。

はぁー、とテーブルに突っ伏したまま息を吐く。

顔も上げずに手で探って、これまた昨夜の残りの黒パンを手に取った。小さな欠片程度のそれを視界に入れてゲンナリする。頭痛でガンガンとしたし胸焼けで吐きそうだ。それでも上手く働かない頭が捨てるのはもったいないと思ってしまって、ちびちびと頬張る。

黒パンは固くて雑味が多いと言ってミグルは食べたがらなかったが、俺はこの固さが気に入っている。腹持ちもいいし、安いのもありがたい。ラナも好きでよく食べていた。

「俺も結婚してぇなぁ……」

「相手もいないのに?」

「そうだシェイア、よかったら俺と――」

「Bランクになったら考えてあげる」

冒険者の格差社会はツラい。Dランクの身には重しのようだ。

実際、ランクが低いと報酬がいい依頼は受けられないからな……。まあ高額報酬の仕事は複雑なものが多いから、俺の手には負えないんだが。

しかし、Bランクね。シェイアも厳しいことを言う。

Bランク冒険者はヒリエンカに二組しかいない。Aランクなんて皆無だ。この辺りには未踏破のダンジョンも特別大きい仕事もないから、強いヤツらはみんな大きな都へ行ってしまう。

「都か……」

こうなったら俺もどこかへ旅立つとかいいかもしれない、などと思って呟いてみたが、どこへ行くにも先立つものがないのに気づいた。結婚祝いで所持金は底をつきかけ、旅費どころかそろそろ明日の飯にも困る有様だ。

はーあー……と長い息を吐く。どれだけ傷心だろうと、いつまでもぐだぐだやってはいられない。

貧乏暇無し。働かずにいられる時間は余裕のあるヤツの贅沢(ぜいたく)なのだ。

世知辛い現実を直視したら悲しくなって泣きそうになったが、さすがにそれで涙は出ない。そこまで心が弱いわけでもないのがツライ。

黒パンの最後の欠片を口に放り込んで、安酒で流し込んでからまたため息を吐く。チラリと掲示板の方へ視線を向ければ、いくつか依頼書が貼り出されてはいた。

都合良く片道の護衛依頼でも受けられれば、都に行けて金も入って一石二鳥なのだが……それ以前の話もある。

仕事か……困ったな。

もぞもぞした動きでやっと身を起こし、額を押さえながら依頼書が貼ってある壁の方を見る。毎朝できる人だかりはもう解散しているようで、邪魔者はいない。

二日酔いと涙で視界がぼやけてはいたが、じっと目を凝らせばやがて焦点が合った。

目の良さは俺の数少ない自慢だ。ここからでも見出しだけでなく、細かな文字の形まで把握できる。

しかし書いてある内容は、何一つ分からなかった。

キィ、と遠慮がちな音がして、店の扉が開く。

* * *

「……あ」

目を覚ます。土の匂いがした。

緩慢な動きで身を起こす。壁が見えた。ずいぶん古くなって色あせて、ところどころヒビも入った煉瓦(れんが)。お世辞にも立派とはいえない建物の壁だ。路地裏の景色。

陽が高く昇っていた。頭がぼうっとする。袖で頬を擦ると、じゃりじゃり、と土の感触がした。

「……寝てた」

そうか、港町に来たんだっけ。

レーマーおじさんに奴隷商へ連れて行かれそうになって、走って逃げて、朝までこの路地裏に隠れてて、寝ちゃっていたみたい。

全部夢だったらよかったのに。

頭が働かない。古い煉瓦の壁に背中を預けて座り、ぼうっと空を見上げて脱力する。

動きたくなかった。指一本動かすのも億劫で、どうすればいいのか分からなくて、なにも考えたくなかった。

「レーマーおじさん……もう捜してないよね」

時間がたってるから、さすがにもう大丈夫だろう。安心したものの、それから心細くなった。もう本当に、知っている人はいないのだ。

これからどうしよう。

空を見上げながら涙が出そうになって、けれど目から滴がこぼれる前にお腹が鳴った。

「……お腹空いたな」

そういえば、昨日のお昼からなにも食べていない。お腹が減っていることを自覚して、喉も渇いていて、なんだか気持ちが抜けてしまった。

立ち上がる。立ち上がれた。歩き出す。歩けた。

なにもする気は起きなかったけれど、座り込んでてもしかたないしな、って。

けれどなにも考えたくなかったから、頭は真っ白なまま。

なんだか大きな道に出て、なにも悪いことはしてないけど引き返して壁に隠れた。そろそろと左右を見ると、道を挟むように二階がある建物がたくさん並んでいた。

村の建物は全部平屋だったから、二階以上ある建物は神官さんのお話でしか知らなかったけれど、ここでは普通なんだ。町ってすごい。

なんとなく道の真ん中は怖かったから、端の方を歩く。他にも歩いている人が何人かいて、露天でお花を売ってる人がいたけれど、僕のことは見もしなかった。

二階建ての威圧感にビクビクしながら歩いて行く。

本屋。鍵屋。薬屋。進みながら、お店に出ている看板を読む。壺屋(つぼや)？　石屋？　布屋？　読めない文字もあって、でも開いているお店の中を覗(のぞ)き見れば売っている品物は分かる。宿屋。鍛冶屋。革物屋。

食事処。

「……お金、ないとダメだよね」

お金どころか、なにも持っていない。服は着てるものだけだ。

お店の中からいい匂いがして、看板の前でちょっとだけ立ち止まって、また歩き出す。お腹が空いたけれど、あそこにご飯はあっても、僕は食べられない。

ぐぅ、と大きく鳴ったお腹を押さえて通り過ぎ、次に見えたお店の看板を読む。


冒険者の店。


立ち止まって、立ち尽くして、看板を眺める。

続いて店の名前があったけれど、崩した字で書いてあって読めない。もしかしたら知らない文字なのかもしれない。

首を動かしてお店を見る。大きくて、二階もあって、木窓が黒い鉄枠で補強された無骨な店構えで、後ろ足が魚になっている馬の紋章が飾られていた。

ふらり、と足が向いた。頭は真っ白で足取りがおぼつかない。扉に手をかけようとして、一回だけ躊躇（ちゅうちょ）して手を引いて、けれど後ずさることもできなくて、ゴク、と唾を飲み込む。

ゆっくりと扉を押し開ける。油の足りない蝶番（ちょうつがい）が嫌な音を立てた。

店の中は薄暗かった。食事処も兼ねているのか、おかしな格好をした男女が向かい合って料理を食べていた。……村長さんの家で埃（ほこり）を被ってるやつしか見たことないけど、あれは金属の鎧だ。向かいに座っている女の人は本に出てきた魔法使いのとんがり帽子を被（かぶ）ってる。……薄暗い店内の奥には他にも数人いるみたいで、その人たちも普通じゃない格好だ。

ビクビクしながら進む。食事処とは区切られているところにカウンターがあって、身体が大きくて厳(いか)つい顔の男の人が座っていた。なにかの書類を読んでいたみたいだけれど、僕に気づいて顔を上げる。

「……らっしゃい。依頼か？」

胡乱(うろん)げな表情でそう聞かれた。なにも入っていないお腹に響くような、今まで聞いてきたなかで一番低い声。

思わず回れ右して帰りそうになったけれど、帰る場所がないから手をギュッて握る。

今の僕には、この知らない町で、他に生きていく方法が思い浮かばなかった。

「ぼ……冒険者に……なりに来ました」

声は小さく、震えていた。

古いけどいい匂いがする木でできたカウンターは、どうやら受付のようだった。羊皮紙の束が積まれていて、色がくすんでボサボサになった羽根ペンとインク壺が置いてあるのが見えた。

依頼かって聞かれたから、ここに人が来ていろいろと冒険者に頼み事をするのかもしれない。

ジロリ、と見下ろされる。白髪交じりな栗色の髪と髭(ひげ)をしたその人はがっしりとした大きな体で、

よく見れば頬に大きな傷まであってすごく恐い。こうやって見られているだけで、首をギュッと掴まれたような気がする。

「自分の名前は書けるか？」

胡乱げな表情のままそう聞かれて、けれど僕は最初恐くて言葉の意味が分からなくて、じんわりと頭に入ってきてからやっと答えなきゃと背筋を伸ばした。

自分の名前。文字。

「……は……はい。書けます」

「……そうか。これに書け」

その人は言葉少なくそう言って、後ろの棚から羊皮紙を一枚取り出すとカウンターに置く。

椅子が高いから座るのにちょっと苦労した。脚が床に届かなくて、なんとかお尻をズラして腰を落ち着けてから羊皮紙を確認する。

どうやらいくつか項目があるようで、名前以外にも書くらしい。

「えっと……ファミリーネームはないんですけど、どうすればいいですか？」

「書かなくていい」

ぶっきらぼうだけれど聞けば答えてくれる。それに取りやすいよう、インク壺と羽根ペンをこっちに押しやってくれた。恐いけれど意地悪ではなさそうだ。

僕は羽根ペンの先にインクを付けて、名前の欄を埋める。……だいぶペン先がヘタってたので、最初の一字だけ変になってしまった。このくらいだと神官さんでもペンを変える頃合いだ。

「他も書くんですか？」

「ああ」

そっけない返事。だけど、ここまできてようやく頭がついてきた。

これ、もしかしなくてもギルド登録の用紙なんじゃないか。だとしたら、僕なんかダメだって追い返されたりはしない……のかな。

種族。出身。性別。僕は一つ一つ欄を埋めていく。そこで一回インクが擦れて、インク壺にペン先を浸した。ペン先がヘタれてるから気をつけて量を調節する。……よし。

羽根ペンを持ち直し、次の項目を書こうとして、手が止まった。

年齢。


――だいたいのギルドへの登録は十二歳からだったはずだからね。たしか、冒険者ギルドも変わらないはずだよ。


この港町への道中で聞いた、レーマーおじさんの言葉。

おじさんは嘘(うそ)をついて僕を奴隷商に連れて行こうとした酷い人だったけれど、これは本当だったんじゃないだろうか。あの人を信じるのはすごく嫌な気分になるのだけれど、これが真実だったら僕は冒険者になれないって言われてしまう。……そしたら、もうどうしたらいいのか分からない。それは恐い。

僕は目をつむって、神さまにごめんなさいと謝る。赦してくださいと祈る。今までで一番気持ちを込めたお祈りをしたかも。

そして。

年齢の欄に、十二って書き込んだ。

全ての欄を埋めた羊皮紙を渡すと、厳つい顔の人は睨み付けるように目を細めて、僕が書いたところを確認する。

正直、生きた心地がしなかった。嘘がバレたらどうしようかと思った。

農具を遊びに使ってて壊してしまって、叱られるのを覚悟して打ち明けた時に似てるけれど、あの時よりももっと息苦しい。今すぐ逃げ出したいくらい。

「字が綺麗だな」

「あ……ハ、ハイ」

ぼそっとした声だったけれど、ちょっと予想してなかったところを褒められた。もしかしたら独り言だったのかもしれない。

僕は教典を写しながら練習したから、丁寧に書けって神官さんにすっごく注意されたんだよね。

「いいだろう。Ｆランク冒険者として登録する」

「え……？」

冒険者になりたいって言ったのは自分なのに、意味が分からなくて呆然としてしまった。だって簡単すぎる。

「え、終わり……ですか？　他には？」

「ない。字が読めるなら、壁に貼ってある依頼書でも見繕ってこい」

そう言うと、恐い顔の人はもう興味をなくしたかのようにそっぽを向いて、最初に読んでいた紙へと目を移してしまった。

ええ……？　これだけ？

本当にこれで、僕は冒険者になっちゃったの？

「いや。一応、注意事項くらいは説明しておくか」

驚きと拍子抜けが交じり合った心地で呆けていると、面倒くさそうな声がして、頬傷の厳つい顔がもう一度僕の方を向いた。なんだか気が変わったらしい。見られただけで背筋を伸ばしてしまう恐い目が僕を捉えて、脅すように細められる。

「昔は、ギルドの登録に料金が発生していた」

ドキッとした。僕はお金なんてもってない。

「だが今は無料だ。なぜだと思う？」

「なぜ……？」

なんでだろう。僕にとっては嬉しいことだけれど。

ちょっと思い浮かばなくて、考えているうちに時間切れになったみたいで、その人が答えを教えてくれる。

「登録料を払うために物盗りをやる奴が後を絶たなかったからだ」

……泥棒。そんなことをする人がいるのか。

「そんな奴がいたら店の評判が悪くなる。分かれば袋だたきにして放り出してやるが、いちいち新人を調べるのも面倒だ」

はぁ、と深いため息を吐いて、恐い顔のおじさんは舌打ちする。思い出しただけで不機嫌な表情になっているようだ。どうかその怒りは僕に向けないでほしい。

「だから無料にした。が、今度は冷やかしが多くなった」

冷やかし。

「度胸試しなのか話の種にするのか知らないが、登録だけして出ていくような物好きは……相手するだけ面倒だがまあいい。だが、依頼を受けるだけ受けて完遂せず放り出す奴もいる」

……なんだか、冒険者の店って大変なんだな。

眉間にシワを寄せるおじさんの顔を見て、ちょっと同情してしまった。

「まあ、そういう輩は縛り上げて魔物の餌だ。放っておけば店の評判に関わるからなぁ。」

ええっ？　仕事をちゃんとやらないと魔物に食べられちゃうのっ？

「いいか、ここからが注意事項だ」

さっきまでより一段と低い声でそう言って、厳つい顔の人は僕を睨めつける。

「依頼を受けたら、半端な仕事はするな」

「は……はい」

僕はそれくらいしか返せない。身を仰け反らせようとして、椅子から落ちそうになって慌てた。危ないところでバランスを取り戻す。

「分かったら行け」

「はい……」

冒険者って恐い。冒険者の店の人が恐い。

言われたとおり、壁には依頼書がたくさん貼ってあった。木の壁にピンで刺された羊皮紙は並びは乱雑で、重なり合っているところもあればすごく閑散としているところもあって不思議だ。どうしてもっときちんと貼らないのだろう。

ピンの穴だらけな壁を痛々しく感じながら、試しに自分の目線のところにある依頼書を読んでみる。

「討伐……退治だよね。えっと、どこかに洞窟の蛇のモンスター？　が出たから倒してってことかな」

字はなんとか読める……けれど、いまいちピンとこない。蛇がどれくらい大きいのか分からないし、あと地名が分からないからどこの話か分からない。

ただ、ちょっと分かった。依頼書の一番上には大きめの文字で見出しが書いてあるのだ。壁を見上げて、見える範囲を読んでみる。

討伐。討伐。護衛。調査。人捜し。採掘。討伐。船の荷下ろし。警備。石材運搬。調査。護衛。配達。

なんかただの力仕事も交じってるけど、どれも冒険者の仕事らしい。やっぱり何でも屋だ。

難しい字に苦労しながら、一つ一つ読んでいく。

討伐、護衛、警備は僕にはできない。僕は同じくらいの歳の子たちと喧嘩して勝ったためしがない。力仕事も無理だと思う。調査ならどうかと思ったけれど、内容を読むと希少な魔物の生態分布……とかなんとかでなんだか難しそうだ。人捜しや配達は、この町の道が全然分からないからダメ。

困った。できる仕事が見当たらない。……そもそも、子供でもできるような仕事を依頼する人なんているのだろうか。そんな不安がよぎりつつも、なにか自分にできそうな仕事がないか探していく。

農作業の手伝いとかなら、家でよくしてたのだけれど。

「よぉ、ガキんちょ。新米かぁ？　文字は読めるかよ？」

後ろからいきなりそんなふうに声をかけられて、ビクッとした。

跳ねるようにして振り返ると、そこには知らない男の人がいた。濃い茶色の髪に一房だけ白が交じっているのが印象的な、すらりと背が高い人だ。傷だらけの金属鎧をつけて腰に長剣を吊っているから、きっと冒険者だと思う。……のだけれど。

……え、なんだろこの人。

その人の顔を見て、さらに驚いてしまった。

たぶんまだ朝のはずなのに、なんかすごくお酒臭い。顔が赤いのはきっと酔ってるからだし、右手で後頭部を押さえてるのは悪酔いして頭痛がしてるからだと思う。二軒隣のおじさんが少し飲んだだけでこうなってた。

けれど、なんで目まで真っ赤に腫れてるんだろう。号泣した後みたいで意味が分からなくて、妙に恐い。

「え、えっと……さっきギルドに入りました。文字は一応読めます」

とりあえず聞かれたことだけ答えると、男の人は頭痛に顔をしかめたままニヤリと笑った。恐い。

「ほぉ、スゲぇな。その歳で字が読めるたあなかなかのもんだ。どれ」

男の人はフラフラした足取りで僕の隣に並ぶと、依頼書の一つを指さす。

「これがなんて書いてあるか言ってみろよ」

指さされたのはトカゲみたいなモンスターの絵が描いてあるやつだった。見出しには調査と書かれている。

……どうやら、本当に文字が読めるのかと疑われているらしい。

「沼の大トカゲの調査……って書いてあります。だいたい何匹くらいいて、どういう場所に巣を作るのか調べて、なにを食べるのか見て、糞をとってきてって。人を襲うこともあるから注意、とも」

ちゃんと読めた。けれどこの仕事は僕には無理。最後の一つが物騒すぎる。

「ほほぅ……じゃあこっちはどうだ？」

「畑の警備です。熊とか猪が出るから守ってほしい、と。二十日間って書いてます」

これは簡単に読めた。けれど熊や猪は僕じゃどうにもならないな。

「長ぇなぁ。じゃあコイツは？」

さらに指で示されたのは、ちょっと難しい。字はなんとか分かるけれど、いまいち想像できない。

「地面の下の水の道……の、大きなネズミ討伐？　ちょっと自信ないです……」

「ああ、そいつは下水道のビッグラット退治だな。猫より二回りはでかいネズミだ」

「げすいどう……ってなんですか？」

「あん？　地下にある水路だよ。町の下にあって汚物とかを海に流すんだ」

そんな……そんなのがあるのか。町ってすごい。地面の下まですごいんだ。

「ま、通ってるのは町の中心部だけだけどな。ほれ、それの続きはなんて書いてある？」

「続き……？　えっと、常設、って書いてあるのかな。切り取った尻尾を討伐の証拠とする。報酬は一匹あたり銅貨で……」

「尻尾だな。ああ、そうだったそうだった。なかなかやるな」

なにかおかしい気がした。だけどその違和感の正体へ辿(たど)り着く前にその男の人は、壁に貼ってあった一枚の依頼書のピンを抜いて、僕に押しつける。

「お前はこれだ」

「え……？」

「じゃーな、ガキんちょ。あんま町から離れるんじゃねーぞ」

唖然として受け取ると、男の人はニカッと笑ってから背中を向けて、受付の方へ行ってしまった。

右手は肩越しにひらひらと手を振ってくれていて、左手には僕に渡した依頼書とは別の羊皮紙が握られている。

えっと……なんだったんだろう。

「バカに利用されたね」

「わっ」

すぐ後ろ、ほとんど耳元で声がして、僕はまたビクッとなった。後ろから声を掛けないでほしい。

振り向くと、とんがり帽子の女の人が僕に目線を合わせるようにしゃがんでいた。紺色のローブの裾が床につかないよう、膝の上に引っ張っているのが町の人っぽい。

青みがかった銀色の髪が綺麗な女の人だ。肌が白くて整った顔をしているその人は、宝石のように透き通った蒼い瞳で男の人の背中を追っていた。

「ウェインは字が読めないから」

「そうなの？」

どうやらさっきの男の人はウェインっていう名前らしい。もしかしてと思って壁を見れば、さっきのネズミの依頼書がなくなっていた。

ウェインが受付に持っていったんだ。

「字が読めないなら言えばいいのに……」

言ってくれれば読むくらいしてあげたし、僕だってビクビクしなくてすんだ。試されてると思って無駄に恐がってしまったじゃないか。

「恥ずかしいの」

「……恥ずかしい？　字が読めないことが？」

意外な言葉を聞いて、僕は目をパチクリさせる。

村では読み書きができることでバカにされたことまであったのだけれど、町だと違うのだろうか。

文字なんかより池に投げた石を三回跳ねさせる方が先だ、なんて言われないのだろうか。

「仕事を覚えてないことが問題」

――ああ、そうだったそうだった。と、ウェインはそんなふうに頷いていた。

「今まで仲間に面倒を押しつけてきたから」

なんだかこの女の人、一つ一つの言葉が少ない気がする。もう少し詳しく言ってくれると分かりやすいんだけれど。

でも、よく考えて繋げればなんとなく分かる。

つまりウェインはあの仕事を何回かやってるけれど、内容を覚えてなかったってことらしい。しかも文字が読めないから、あの依頼を受けるなら改めて仕事内容を誰かに聞かなくちゃならなくて、それが恥ずかしかった……ということなのか。

うん、たしかにそれは恥ずかしいかもしれない。

けど……それなら一緒にやっていた仲間はどうしたのだろう。今はいないのだろうか。

「これあげる」

ぽん、と手渡されて、思わず受け取ってしまった。小さいけれどしっかりした重みがある、棒状のもの。なんだろうと思って見て、ぎょっとした。それは鞘に入ったナイフだった。

刃物。触るのが初めてってわけじゃないけれど、家だと危ないからって遠ざけられていた。こんなに簡単に渡されるなんて。

「読み代金。その依頼には役立つ」

そう感情少なめな声で言って、女の人は膝に手を突いて立ち上がる。踵を返して僕に背中を向けて、そのまま食事処の方のテーブルに行ってしまった。

ぽつんと突然一人になって、あ、話が終わったんだ、ってやっと分かった。こんなふうに行っちゃうことある？

「ええっと……とにかく、依頼書を受付に持っていくのかな」

キョロキョロ辺りを見回して、もう後ろに誰もいないことを確認してから、持っていた依頼書に目を通す。絵がたくさん描いてあって分かりやすい。――そして、なるほどと思った。これならできるかもしれない。

羊皮紙に目を通しながら、頬傷のある恐い顔のおじさんのいる受付へ戻る。まだ何かの書類と格闘していて、依頼書をカウンターに置くと眉をひそめて見られた。

書いてある内容は……『薬草採取』。数種類の草の絵が描いてあって、それを採ってくる仕事。

他のと比べて難しくなさそうだし、採れる場所も町の近辺って書いてある。その分、稼げるお金は少なそうだけれど、とにかく今はできそうな仕事があるだけでもありがたい。

「分かった。受理しておく」

恐い顔でため息を吐いて、受付の人は依頼書を摘まみ上げる……そして奥にある棚の上に置くと、また元の書類へと目を通す。

…………えっと。

「あ、あの……その依頼書って持って行けないんですか？」

聞くと、恐い顔が面倒そうにこちらを向いた。

「この依頼は常設だ。いつでも誰でも受けられる類のものだから、依頼書は後で壁に戻す。……面倒だから次は口頭だけでいいぞ」

常設って、ネズミ退治にも書かれてたやつだ。あれ、いつもある依頼ってことなのか……それは壁に戻すよね。

どうしよう。いきなり予定が狂ってしまった。依頼書の絵を見ながら探そうと思ったのに。

「……すみません。もう一度、依頼書の絵を確認させてもらっていいですか？」

恐い顔のおじさんはまたため息を吐いて、もう一度依頼書を見せてくれた。

薄暗い冒険者の店を出て、眩(まぶ)しい日差しに目を細める。それだけでなんだかホッとした。

二階建ての町並みはやっぱり知らない景色で、左右を見回すだけでこんなにたくさんのお店があることがもう驚きで、道にたくさん人と声があるのを見るだけで町だと感じる。

冒険者の店はすごく緊張していたし、本当に恐かった。

ここは海のある港町。村とは違う。それは見れば分かる。でもその中でもここは、さらに特別な場所である気がした。

…………けれど。

店の扉を閉めようとして、中をもう一度だけ覗く。

薄暗くて、昼間からお酒のにおいが漂う店内。受付の頬に傷のある恐い顔の人。壁に貼られた依頼書の羊皮紙たち。奥に目を凝らせば、食事の続きをしてるとんがり帽子の綺麗なお姉さん。今はいないけれど、文字の読めない金属鎧のウェインも。

知らないことばかりのこの町で、少しだけ分かった場所はここだけだ。

「よし」

きちんと扉を閉める。しっかり閉まったのを確認して、一つ頷いた。

開けっぱなしはよくない。扉を開けたら閉めなければならない。でないと悪いモノが入ってくるかもしれないよ……って、村の大人は言っていた。それはダメだから、ちゃんと扉は閉めた。

「……行ってきます」

僕はここに帰ってくるのだから、悪いモノに入られては困る。

店に背を向けた。歩き始める。ありがたいことに町の外へ出る道は、大通りを真っ直ぐ行くだけだったから、迷うことはない。

空腹に耐えながら道を進む。僕の家は村でもけっこう外れにあったから、歩くのはけっこう慣れている。水を汲みに川まで何往復もするのはあんまり好きな仕事じゃなかったけれど、おかげで長く歩くだけなら苦じゃない。……ただ、やっぱり道の真ん中を歩くのは恐くって、端の方に寄って歩いた。こんなに広くて立派な石畳、なんだか靴で踏むのも申し訳なくなってきてしまう。どうやって敷いたんだろうと不思議にすら思った。

そうやって地面にすら気を取られながら行くと、意外にも二階建てはすぐに少なくなった。平屋が増えてお店の看板が一気に減って、大きな馬車が停まっているところを境に人通りが少なくなって、畑が目立ってくる。

そして、やがて太い木の柱とレンガでできた壁と大きな門が見えた。

「大人の背丈の倍はありそう……」

近くに寄れば、その壁の大きさに圧倒されてしまう。そういえばあの時は海に気を取られてよく見なかったけれど、たしかレーマーおじさんと一緒に町に入ったときもこの壁はあった気がする。もしかして町をぐるっと一周してるんじゃないだろうか。

村にも魔物除けの木の柵はあったけれど、あれとは大違いだ。こんなのどうやって作ったんだろうか。

——ここはそんなに危険な魔物が襲ってくる場所なんだろうか。そんな考えが頭をよぎって、背筋が凍る気がした。これから僕はあの壁の向こうへ行く。

「……大丈夫。外は初めてじゃない」

そう自分に言い聞かせる。あのレーマーおじさんとの道のりでも危険とは出くわさなかった。おじさんが僕を騙していたことと、三日歩いて一度も魔物に遭遇しなかったことは関係ないはずだ。

気をつければきっと大丈夫。……それに、危険だから冒険者に頼むんじゃないか。

「僕、冒険者なんだ」

今やっと気づいて、その間抜けさに自分でビックリした。僕はもう冒険者だった。

昨日までこんなことになるなんて思いもしてなかったけれど、お店に登録して依頼を受けて、町の外に向かっている僕はまぎれもなく冒険者だった。

「……うん、行かないと」

心を決めて歩き出す。町の外で冒険して、薬草を採取して、お金を稼がないといけない。でなきゃご飯が食べられない。

壁の大きな門は開いていたけれど、金属の鎧を着た兵士さんが二人いて、近づいたら止められた。

同じ形の鎧と兜（かぶと）、そしてやっぱり同じ形の槍を持った二人の大人が、上から僕を覗き込んでくる。

「どうした坊や、迷子かな？　ここから先は町の外だぞ？」

「……えっと、町の外に行きたいんです」

ちょび髭の中年くらいの兵士さんに聞かれて、なにも考えていなかったのでそのまま返してしまった。さすがにこれだけだと説明不足だと思って、慌てて付け足す。

「あの……冒険者です。薬草を採りに行きます」

僕の説明に兵士さんたちは一度顔を見合わせてから、ジロリと見てくる。

そういえば僕、受付で登録はしたけれど、あの恐い顔のおじさんから冒険者だっていう証(あかし)をなにももらってない。この人たちに信じてもらえるだろうか。僕、同年代の子と比べても身体が小さいのに、十二歳以上に見えるだろうか。

信じてもらえなかったら、町の外に出られないいんじゃないか。

「どっちの店の冒険者だ?」

「あ、えっと……」

そう聞かれて、答えようとして、お店の名前が読めなかったことを思い出した。ダメダメだ。登録したお店の名前も言えなくて冒険者だって信じてもらえるはずがない。僕の冒険はここで終わったかもしれない。

「魚の尻尾が生えた馬のお店……です。この通りをまっすぐ行ったところの」

「暴れケルピーの尾びれ亭だな」

「この門に来るならそうだろう」

店に書かれていた絵と場所で答えると、通じたようで二人が頷く。あそこ、暴れけるぴーの尾びれ亭っていうのか。

変な名前だ。妙に長いし、かっこいい馬の方より魚の尾びれが主役な意味がちょっとよく分からない。たてがみ亭とか、蹄亭(ひづめてい)の方がいいんじゃないか。けるぴーっていうのはあの馬の名前だろうか。

「君、名前は？」

「キリ……です」

「キリか。夕方になったらこの門は閉まるから、それまでに戻るように」

ちょび髭の兵士さんはそう言って、あっさりと道を空けてくれる。

「気をつけてな。あまり遠くへは行くんじゃないぞ」

……冒険者だと信じてくれたのだろうか。

呆然としてしまった僕を、開け放たれた門が誘っていた。


――きっと。


門番さんに促されるまま、開いている門をくぐる。脚が町の外へ出る。

きっと、僕はどこかで止められると思っていた。

町の外は危ないから、一人で行くなんて無謀だから、こんな子供が冒険なんてダメだから……とか言ってくれる、そういう優しくて親切な人がいるだろうと思っていた。

そういう優しくて親切なふりをした、レーマーおじさんみたいな人がいると思って、ビクビクしていた。

けれど、そんな人はいなかった。誰も僕に優しい手を差し伸べなかった。

僕は一人で空腹を抱えながら、文字読みで得た小さなナイフだけを手に、知らない町の門を出る。

一気に視界が開けた。

広い草原に、踏みしめられてできた一本の道が通っていた。まばらに木があって、風に葉を揺らしている。遠くに見える丘の方は木が多くて、森になっているのではないか。

鳶（とび）が二羽、弧を描くように飛んでいて、甲高く鳴いた。その声に誘われるように歩き出した。胸の前で鞘に入ったままのナイフをギュッと握っていた。

知らない町の門を出て、知らない外へ。

すごく恐くて心細かったけれど。お腹が空いてひもじかったけれど。紅潮した頬を撫でるやわらかな風が涼しくて、心地いいな、って思ってから、やっと自覚した。

突き抜けるような蒼天を見上げる。

僕は初めての冒険に、少しだけワクワクしていたのだ。

第二章　運と不運と薬草と

「待て、シェイア」

　店を出ようとして、呼び止められる。

　誰かと思ったら店主のバルクだ。書類仕事が苦手で普段は逃げ回っている彼だが、最近二人も辞めたからかしかたなく受付で羊皮紙と格闘している。

　煩雑な手続きが多いと嘆いていたから、けっこうな量があるんだろう。おかげでこの頃は少し機嫌が悪い。

「今日も依頼は受けないのか？」

「私向きの仕事がない」

　とんがり帽子のつばをつまんで、目深に調整する。人と話すのはあまり得意ではない。

「調査系なら魔術士向きだと思うが」

「割に合わない」

ため息を吐くバルク。

壁に貼られている依頼の大半は、もう長いこと誰も受けずに放置されている割に合わない仕事だ。あれらをやるくらいなら船の荷下ろしで日銭を稼ぐ方がいい。

店はああいう仕事も早く処理してしまいたいかもしれないけれど、誰だって安い仕事に危険を冒したくないものだ。依頼の良し悪しを見分けるのも冒険者にとっては必要なスキルである。

「……魔術士のソロは厳しいだろう。パーティを組む気はないのか？」

また始まった。目深に被った帽子の下で眉をひそめる。このやりとりは何度かしている。

魔術士はマナの制御がしにくくなるから重い鎧は好まない。だから軽い装備しかつけられないけれど、それだと戦闘が予想される依頼を一人で受けるのは難しい。

反面、魔術は有用だ。灯りや火種の魔術だけでも冒険の役に立つし、戦闘で大きな効果を発揮する術も多い。水上歩行を使えば海の上だって歩ける。つまり、魔術士がいるパーティはできることの範囲がぐっと広がるのだ。

バルクにとっては、ソロの魔術士なんてもったいないという感覚なのだろう。

私はそう返した。

「余計なお世話」

魔術を使える者は少なくて、冒険者になろうという魔術士はさらに少ない。だから私がパーティを組もうと思えばよりどりみどり。それこそ自分よりランクが上のパーティだって受け入れてくれるだろう。

……だけれど、冒険者にとってパーティを組むかどうかは自己判断だ。たとえ本部のギルドマスターであっても口出しされるいわれはない。

命の危険だってあるのだから、仲間は自分で見定めるべき。信用できない相手には背中を預けられない。

「……そうだな。すまなかった」

はあ、とまたため息を吐くバルク。最近ため息が多い。心労で禿げないことを祈る。

「面白いのが入って来たね」

話が一段落したので、これ以上続かせないために話題を変える。バルクは片方の眉を上げて首を捻(ひね)ってから、ああ、と頷いた。

「あの子供か。どうせ明日にはさよならだろう」

バルクはそう言うと、またため息を吐いた。冒険者の店の店主がそう言うのなら、まずそうなるのだろう。

彼の仕事は人を見る目が一番重要だ。長年、幾人もの依頼人や冒険者を見てきたこの男の目は、私では到底かなわない精度で人の根底を見透かすことができる。

依頼人の善し悪しを測り、時には依頼の受注すら断る。冒険者の力量や信用を見定め、ランクの昇級や降級などの成績を裁定し、時には指名で適切な仕事を回す。冒険者の店の店主はそういう重大な責任を負っていて、だから常に目を光らせている。

私もこの店に出入りする他の冒険者たちも、口には出さないが彼の目には信頼を置いている。信頼できなければ他の店に移っているだろう。

「どうしてそう思うの？」

「字を見れば分かる」

興味本位の問いに、彼は棚のところに置いてあった羊皮紙をカウンターの上に置いた。

「上手い字だろう？　あの年頃で読み書きができるうえ、綺麗に字を書く訓練までされている」

たしかに綺麗な字だ。最初の方はペンに慣れてなかったからか少し失敗しているけれど、それ以外は教会の教典にでも使えそうな字である。正直、私よりも上手い……まあ、魔術士は字の美醜なんかに拘らないから、ミミズがのたくったような字を書く者も多いのだけれど。

「平民でも字が書ける子供は、希だがいる。だが、ここまで綺麗に書ける奴はいない。必要がないからな。……まず間違いなく、あのガキは稼業のために教え込まれたクチだろう。いいとこの商家のせがれかなんかだ」

なるほど。それは明日にはさよならだ。

あの子が受けていった薬草採取なんて、専門にしている変人でなければいくばくも稼げない。それなりに上手くいっても安い食事と、大部屋に雑魚寝の宿代でだいたい消えてしまうのではないか。

いいとこの子供には酷な現実である。家出か遊びかは知らないが、耐えられなくてすぐ帰るに違いない。

……しかし、商家の子というのは短絡的ではないか。綺麗な字を書けるだけなら、他にも考えられる可能性はあるだろう。

たとえば、そう。

「領主の子供だったり」

「しねぇよ。領主の子は目も覚めるような金髪だ」

冒険者ギルドの店主は顔も広くないといけない。むぅ、と私は唇に人差し指の背を当て、他の可能性を考えようとして、早々に思考を放棄した。

どうでもいいことだ。明後日には顔も忘れる相手である。

「また来る」

すっかり話に飽きてしまって、店主に背を向ける。明日私向きの仕事があれば頑張ろう。

再度呼び止められることはなかった。

ちょっと歩いてから、道から外れて草むらに入る。

出てきた門はまだ見えている。けれどウェインはあんまり町から離れるなって言っていたから、それは守ろうと思った。……それにそんなふうに言われるってことは、薬草ってけっこう町の近くにも生えているのではないか。そうだったら嬉しい。

薬草採取の依頼があって良かった。山菜採りならよくやってたから勝手は分かる。狩人になった小さい兄ちゃんについて山に入って、食べられる山菜や野草、木の実に野生の果物などを一緒に採って食べた。美味しいのと苦いのと味がしないのとがあって、苦いのが多かった。

「よいしょ、と」

段差を手を突いて乗り越える。

遠目の時はけっこう平坦な原っぱに見えたけれど、実際はこれくらいの起伏がよくあるらしい。歩きやすいのは道だけだ。草も背が高いのは僕のお腹くらいまであって、分け入らないといけない。魔物が潜んでいるかもしれないと思うとすごく恐かった。

周囲に気をつけながら、地面の薬草を探して、おっかなびっくり進んでいく。

……正直、依頼書に描いてあった薬草を全部覚えてきたわけじゃなかった。九種類あってそれぞれ採取の方法や運び方が細かく指定されていたのだけれど、お腹が空いていたから頭が上手く働いてくれなかった。

結局、覚えたのは四つだけ。残りの五つはもしかしたら見逃すかもしれないけれど、それはもう仕方ない。時には諦めるのも大事って誰かが言ってた。……誰だったかな。たぶんレーマーおじさんだな。

「あ、あった！」

思わず声が出て、慌てて両手で口を塞いだ。草むらにしゃがんで息をひそめる。

魔物が聞きつけたらいけない。大きな声を出しちゃダメだ。

しばらくそのままの状態で待って、周囲になにもいないことを確認してから、そろそろと動き出す。

見つけた薬草は僕の膝くらいの背丈で、明るい黄緑色で、丸くてツヤツヤした葉っぱをしていた。

たしかに絵で描かれていたのはこの形だった。

「……やった」

小声で喜ぶ。やっぱり探せば町の近くでも手に入るんだ。

薬草を慎重に指でつまんでみる。茎はけっこうしっかりしていて丈夫だった。

ナイフを取り出して、少し緊張しつつ鞘から抜いた。ちょっと刃こぼれがあるけれど、錆(さ)びはない。しっかりと柄を握る。

……採取方法も覚えている。一番下の葉っぱまでを残して、その上を茎ごと切って採取するって書いてあったはず。どうして下の葉だけ残すのかは知らないけれど、そう書いてあったからそうした方がいいのだろう。

刃物はしっかり握って、自分の身体を切らないよう刃を外側に向けて使わないといけない。そうしないと危ないと大きい兄ちゃんに教えられていた。……そして、家族の誰かや神官さんが見ていないところで勝手に使ってはいけないとも言われていた。

今は僕の周りに誰もいない。大きい兄ちゃんの言いつけを破ってしまうな、と思って躊躇ったけれど、村まで許可を取りに戻るわけにはいかない。そもそも村までの帰り道が分からない。

ふう、と息を吐いて気合いを入れて、一番下の葉っぱのすぐ上のところを指で摘まんだ。ナイフの刃を押し当て、ゆっくりと押して切る。

それが、僕の初めての薬草採取だった。

胸とお腹の前の留め紐(ひも)をほどいて、深緑色の上着を脱ぐ。長袖の上着はちょっとゴワゴワするけど厚手の丈夫な生地で、だいぶ暖かくなったとはいえまだ寒い日があるからと、村を出るとき強制的に着せられたものだ。

僕の荷物はレーマーおじさんの荷車に置かせてもらっていたから、今は本当に着の身着のまま。手持ちの道具といえば、あの綺麗なお姉さんがくれたナイフしかない。……だけど、着の身着のままということは、裏を返せば服はあるってこと。

「んー……やっぱりダメか」

地面に落ちてた細くて柔らかい枝をUの形に曲げて、服の留め紐で縛り形を付ける。そして袖の両端を縛って持ち手にすれば、即席の手提げ鞄(かばん)に……はならなかった。バランスが悪いから縛った袖のところを持っても縦になってしまう。これでは中身をこぼしてしまうだけなので、手提げにできない。

ちょっと考えて、袖を枝を縛る留め紐と留め紐の間の隙間に差し込んでから、今度は袖の両端じゃなく肘の辺りで短めに縛る。

「うん、これならなんとか」

試しに持ってみるとやっぱりまだちょっと傾いたし、鞄には不格好すぎて見えない。けれど、質の悪いカゴくらいには役立ちそうになった。手でそのまま薬草を持つよりは運べるだろう。

即席の上着カゴに採取した薬草を入れ、立ち上がる。わざわざこんなものを作ったのには理由があった。

丸くて黄緑色の葉っぱの薬草を初めて採取したところの近くで、さらにいくつか同じ薬草が生えていたのを見つけた僕は、それらもありがたく慎重に採取し……そこで気づいたのだ。

手だけじゃ少ししか運べない。

薬草は一つ一つの値段は安くて、たくさん持っていかなきゃきっとご飯代にならない。だから鞄代わりに服を使うことを思いついた。

結局は不格好なカゴになってしまったけれど、まあこれでもいい。とにかく量を持ち運べるようになったのは前進だ。……茎の切り口から青臭い汁が出てたけれど、気にしないことにした。

「よし、たくさん採ろう」

僕はそう声に出して気合いを入れて、採取を再開する。

もう日は真上をけっこう過ぎていた。ほぼ一日なにも口にしていなくて、喉がカラカラでお腹は空いたを通り越して気持ち悪くなってきたけれど、前進を感じたからか絞り出すように活力が湧いてきた気がした。

——けれどそれからどれだけ探しても、町の門が見える範囲で依頼の薬草は見つからなかったのだ。

「まずい……」

土がついた手の甲で汗を拭う。じゃり、という感触。けれどそんな汚れを気にする余裕はなかった。日が傾いてくるにつれて焦りが湧いてくる。門が閉まる夕方には戻らないといけないけれど、最初以外ぜんぜん薬草が見つけられない。けっこう広い範囲を探してみたけれど、あれから記憶にある四種の植物は一つも採取できていなかった。

「これは、まずいぞ……」

もう残り時間が少なくなってきたこの段階になって、遅まきながらやっと僕は分かってきた。

きっと、あの場所で薬草を見つけられたのは本当に幸運だったんだろう。けれどそれはただの幸運で、この辺りにたくさんあるということではなかったのだ。

ちょっと考えれば分かることだった。こんな町の近くでたくさん採れるものなら、わざわざお金を払って他人に頼んだりしない。当たり前だ。本当ならもっと遠く……たぶん向こうの方にある森や丘の方で生えてるもので、この辺りで採れることはかなり珍しいのではないか。

遠くて時間がかかるし、森には危険がある。だから冒険者に頼む。薬草採取はきっとそういう依頼なのだ。

「どうしよう……。今から森に行く……？」

下唇を噛んで、苦い気持ちで迷う。自分の愚かさに嫌気がさしていた。

最初にこの辺で薬草を見つけたのが、こうなると裏目になってしまっていた。町の近くでも採取できるものだと勘違いしてしまって、時間だけを失くすことになったからだ。あの時になにも見つけることができなかったなら、僕はもう少し遠くへ足を延ばしただろう。

幸運と不運はコインの表と裏、もしくは紙一重。運というものは良くも悪くも自分ではどうしようもないものだから、そんなものに翻弄されてはならない……という神官さんの言葉を思い出した。あの時は意味が分からなかったけれど、やっと実感できた。でも今は理解したくなかった。

……ダメだ。後悔をしていても意味がない。

たぶん、まだ森へ行って戻るだけの時間はある。けれど今から向かっても、満足に薬草を探す時間はない。それならこの辺りを探して、もう一度の幸運を期待する方がマシではないのか。

どうする。

「くぅ……迷ってる時間ももったいない。決めた」

悩んだ末の結論ではなかった。というより、お腹が空き過ぎて頭を使えなかった。

僕は森の方へ足を向ける。……ただし森までは行かない。あそこまで足を延ばすなら道を歩かなければいけないからだ。

「さすがに道の横には、貴重な薬草は生えていないと思う」

結局、採用したのは中間択。

町の近くにはあまり生えていないのならば、町から遠ざかるにつれて見つかる確率も高くなるのではないか。……なら今までのように町の近くを探すのではなくて、時間の許す限界まで遠くへ足を延ばそう。

つまり道ではないところを歩いて薬草を探しつつ、森の方へ向かう。

夕方には門が閉まる、と兵士さんは言っていた。でも、それっていつまでだろうか。

空の色が変わり始めたころに閉まってしまうのなら、早めに切り上げないといけない。けれど太陽が落ちても少しの内はまだ西の空が明るいし、それくらいまで開いているならその時間も粘ることができる。

「ちゃんと聞けばよかった」

また後悔してしまう。あの門のところで聞けば教えてくれただろうに、そんなことまでダメダメだ。

悔しいけれど、今日のところは早めに切り上げるしかないだろう。これ以上採れなくても仕方がないって割り切るしかない。

視線を巡らせて地面を探しつつ、焦りに背中を押されるように少し急ぎ足で進んでいく。

なにかいるかも……なんて、もう警戒していなかった。だいぶ町の外に慣れてきていたし、よくよく考えたら魔物がそんなに出るのなら、レーマーおじさんだって一人で行商人なんてできないはずだ。

町の近くで、見晴らしがよければ大丈夫。そう自分に言い聞かせて、足を進める。


たぶん、少しムキになっていたのだと思う。

朝から出てきて、たくさん持ち運べるように即席のカゴまで作って、こんなに時間をかけたのに採れたのがこれっぽっち。

情けないし、悔しい。

初仕事がこれだなんて、サボっていたと思われてしまうのではないか。これじゃあの恐い顔の人もがっかりするだろう。ウェインには鼻で笑われそうだし、あの綺麗なお姉さんはナイフを返せと言うかもしれない。

このままじゃ帰れない。そんな想いが強くて、でも時間は刻々と迫っていて、焦った。

「わっ」

下を見て進んでいたはずなのに、草で隠れて見えなかったちょっとした段差に躓いた。思いっきり転んでしまう。

「……痛ぁ」

呻きながら起き上がる。とっさに手を突いたけれど、おかげで手のひらをちょっと擦りむいてしまった。膝も打ったのか、血が出るほどじゃないけれど痛い。

ああ、もう……。その場に座り込んで、他に怪我がないか確かめる。大丈夫だったことに安心しつつ、手のひらについた小石や土を払う。擦りむいたところを舐めると血と砂粒の味がして、ツバと一緒に地面へ吐いた。

そして、じわりと涙がにじんだ。

なんでこんなことになったのだろう。本当だったら今頃、町の商家で見習いになっているはずだったのに。なんで、町の外で見つからない薬草探しなんかやっているのだろう。

立ち上がろうとして、動く気力が湧かなくて、お腹が空いて。

もう座っているのすら嫌になって、地面に倒れ込みたくなった。

これは全部悪い夢で、ここで眠って起きたら村に戻ってないかな……なんて思って。

「あ……」

そして、見つけた。

大きくて青々とした葉っぱを持つ、小さなつぼみをつけた薬草を。

「ヒシク草だ……」

広くて青々として、先の方に切れ込みが入ったような形をした葉っぱをしたその植物は、村の神官さんに教えてもらったことがある。なんでも水薬や軟膏の材料の一つだそうで、しかも加工前でもよく揉んで傷に貼りつければ傷薬になるし、苦いけれど煎じて飲めば滋養強壮にだってなる優れものなのだそうだ。

そのヒシク草が、群生していた。

「やった！　こんなにたくさん！」

さっきまで立ち上がる気力もなかったのに、飛びつくようにヒシク草の元まで走った。汚れるのもかまわず膝をついて、近くで改めて確認する。間違いなくヒシク草だ。神官さんによく薬草茶として飲ませてもらったのを覚えている。あれは苦くて不味かった。

上着カゴを置いてナイフを取り出す。鞘から抜いて、手が滑ってナイフがすっぽ抜けた。地面に落ちてしまったナイフを慌てて拾って、柄をしっかりと握り直す。

「落ち着いて、慎重に……慎重に」

採取の方法も以前、神官さんに教えてもらったから覚えている。根っこを残すだけだから簡単だ。下の方を摘まんでナイフで切って、上着カゴに入れる。それを繰り返す。みるみるうちに即席のカゴはいっぱいになった。

夢中で薬草を山盛りにしてから、やっと一息ついて空を見る。まだ夕焼けにはなっていない。間に合った。これだけあれば十分……というより、これ以上は持ち運べない。

カゴを持ち上げると、薬草の重みが頼もしかった。これでどれだけお金がもらえるのか分からないけれど、食事代にもならないということはないと思う。

「よし、戻ろう」

これでお腹いっぱいに食べられると思って、僕は足早に踵を返す。この場所は覚えておこう。明日もここで採取できれば、当分は困らずに過ごせるのではないか。

……と、思っていた。

「これはダメだな」

薄暗い冒険者の店の受付で恐いおじさんににべもなくそう言われ、僕は固まってしまった。しばらくなにも言えなくて、現実が信じられなかった。

「ど……どうしてですか？」

やっとそれだけ聞く。

採取の仕方が悪かったのだろうか。それとも運んでくる間になにかしちゃったのか。もしくはヒシク草だと思ってたけどまったく別の草だったのか……。

「この草は採取依頼に入っていない」

「え……？」

ビックリした。ちゃんと薬草なのに、薬草採取の依頼に入ってないなんて考えもしなかった。

……でもそういえば、ヒシク草は薬草採取の依頼書で見なかった気がする。というか、描いてあったら目に止まっていただろう。そしてもちろん、僕が覚えた四種類の中にヒシク草は入っていなかった。

「なんで入ってないんですか？　いい薬草なのに……」

「さあな。依頼されたものならともかく、それ以外のことを聞かれても困る」

たしかにその通りだ。この人は受付の人で依頼主じゃないんだから、聞いたって分かるはずがない。

ないものはないのだ。

「ああだが、薬師ギルドは畑を持っていたな。自分のとこで栽培できる品種だったなら、依頼には入れないだろう」

「あ……」

恐い顔のおじさんが親指で髭のある顎を掻きながらそう言って、僕は口をあんぐりと開けて自分のバカさを理解した。

そうか……薬草って植物だから、やろうと思えば畑で育てることもできるんだ。いろんな使い方ができるヒシク草なら、栽培されていてもおかしくない。

盲点だった。たくさん使うものは畑で採れるようにした方がいいんだ。そういえば村の教会の庭の隅にも薬草畑があった。

「まあ、依頼書はよく読めってことだな」

まったくその通りだった。ぐうの音も出ない。恥ずかしさで顔が赤くなる。

せっかく字が読めるのに……いや、あの依頼書に限っては絵を見ればだいたい分かるんだから、字なんか読めなくったってちゃんと全部覚えていけばこんな失敗はしなかった。

自分がバカでバカで嫌になる。

「こっちの薬草はちゃんと依頼の品だな。ほれ」

大きくて無骨な握りこぶしが迫って、殴られるかと思って頭を両手で覆った。チャリンチャリン、と音がして、おそるおそる見るとカウンターの上に銅貨が数枚置かれていた。

「え、これ……」

「これっぽっちだとこんなもんだ」

頬傷の人が最初に採取した方の薬草を持ってそう言う。報酬、ということだろうか。顔が恐いから、余計なものばかり採ってきやがって、とか怒鳴られて殴られるかと思った……。

「こっちの依頼にない草は持って帰れ。じゃあな」

恐い顔のおじさんは雑に薬草をこっちへ押しやって、やれやれと言いながら横を向いて座り直す。書類仕事に戻る気だ。この人、朝からずっと書類仕事している。町ってそんなに書き物の仕事があるのか。

……って、それは困る。じゃあな、なんてこっちは言えない。

「あ、あの！　このお金でなにか食べるものって買えませんか？」

見るからに少額なのは分かったけれど、それでもなにか買えないかと聞いてみる。恐いおじさんは眉を歪(ゆが)めてこちらを見た。

「ああん？　これでか？」

声が恐くて後退(あとずさ)ったけれど、怒られたわけではなさそうだった。おじさんは銅貨をもう一度見て数えてから、ちょっと待ってろと言って奥に引っ込んだ。

言われたとおりしばらく待っていると、手に木の皿とコップを持って戻ってくる。

「こんなもんだな。これでいいなら持っていけ」

皿にのった黒パンの欠片と、コップの水。たったそれだけだったけれど、それはたしかに食べ物で。

お皿を受け取ることもせずに黒パンだけ掴んだ。齧りついた。

口の中に広がるライ麦の香り。固くて粗い舌触り。しっかりとしたパンの味。

なんの変哲もない黒パンなのにビックリするくらい美味しくて、喉がカラカラだったので上手く飲み込めなくって、木のコップを受け取って流し込む。夢中でもう一口食べて水で飲み込んで、最後の一口も放り込む。

たった三口で終わってしまったけれど、生き返った気すらした。

「……いや、座って喰えよ」

ふぅー、と息を吐いたらそんな声がして、気づいたら恐い顔のおじさんが驚き半分の呆れ半分みたいな顔でこっちを見ていた。手にはまだカラになった木の皿を持っていて、ちょっと申し訳ない。

「ご……ごめんなさい」

たしかに行儀が悪かったと思って、赤面してしまう。お腹が減ってしまってしかたなかったけれど、パンも水も逃げないからテーブルに持っていって座って食べるべきだった。

「まあいい。水も全部飲んだならコップを返せ」

言われたとおりにコップを渡す。底の方に残った数滴が惜しかったけれど、それを飲もうとコップを逆さにするのが恥ずかしくって、そのまま返した。

恐い顔のおじさんはコップを受け取ると、皿と一緒に持って奥へ引っ込もうとする。きっと片付けるんだろう。……その背を立ったまま見送ろうとして、はたと気づいた。まだ大事な用がある。

「あ、あの！」

声を掛けると、いいかげん面倒そうにおじさんは振り向いた。……そんな顔をされるとくじけそうになるけれど、でも切羽詰まっているから気力を振り絞る。

「の……軒下でいいので、寝る場所を借してくれませんか？」

お金がないので部屋に泊めてもらうのは無理だけれど、他に行くあてなんてない。断られたら昨日の路地裏でまた寝るしかないから、ほとんど祈るような気持ちで懇願する。

すると、恐い顔のおじさんは珍妙な生き物を見たように何度もまばたきした。……なにその顔。

「寝る場所か……そうだな……」

顎髭をさすり、少し考えるように視線をそっぽに向けてから、おじさんは店の奥の方を指を差す。

「裏に厩（うまや）がある。空いてる場所なら使っていい」

返品のヒシク草を入れた上着カゴを手に店を出ると、もう日は完全に落ちていた。

夜だ。だけれど大通りには篝火（かがりび）が焚かれているところがあって、まだ人が歩いているのが不思議だった。お祭りでもなさそうなのに。

僕は建物を回り込む。さすがに篝火はなかったけれど、月が明るくて困らない。それに建物の中から壁越しに笑い声が聞こえたから、暗がりも全然怖くなかった。

厩は聞いていたとおり、店の裏手にあった。横に藁が積んである納屋があって、作業に使う鋤やフォークが置いてあったのですぐに分かった。

「お邪魔しまーす……」

遠慮がちに中へ入る。少し古い木造の厩は全部の木窓が開いていたけれど、差し込む月明かりだけだと中は見通せない。

ただ、思っていたよりも獣臭くないな、と思った。

一旦立ち止まって、目を閉じた。暗い場所で周囲が見えないときは一度目を閉じるといい。気のせいかもしれないけれど目が慣れるのが早くなる気がする。

そのまましばらく待って、目を開ける。ほんの少しだけど中の様子が分かるようになった。

厩の中は真ん中に通路があって、僕の背丈くらいの木壁でいくつかの馬房に区切られていた。どうやらここに一頭ずつ入れて世話をするらしい。……一頭一部屋なんて贅沢だと思った。村の牛とはすごい違いだ。

ただ……通路側は馬の様子を確認しやすいように、壁ではなくて柵で囲ってあって、馬房の中がよく見えるのだけれど、最初の馬房にはなにもいない。寝藁も敷いていない。剥き出しの土しかなかった。

そろそろと中に入ってみれば、二つ目の馬房も同じでなにもいなかった。……そういえば、空いている場所なら使っていいって言われたっけ。だから空いている馬房があるのは当然だ。空いていなければさすがに意地悪だろう。

……でも、もう行き止まりの壁が見えるのだけれど。

どうも馬房の数は四つだけのようだ。思ってたより小さい厩だ。なんだか拍子抜けして、僕はさらに進む。

そして、次の馬房に……いた。

「うわ、大きい」

横になって寝ていても大きいことは分かった。それにずんぐりしてなくて、もっと筋肉質で厳つい感じ。暗くてよく分からないけど、たぶん芦毛だと思う。

こんな馬は見たことない。きっと畑を耕したり荷車を引いたりする馬じゃないのではないか。強そうだし、物語に出てくる英雄が乗ってる馬みたいに見える。

ただ……。

「動かない……」

僕がいることには気づいていると思うのだけれど、全然動かない。こちらを見ようともせず、頭を壁に向けたまま眠っている。

もしかしたら死んでいるのかも。そんな考えがよぎってしまって怖くなった。この馬房はもしかしたらもう使われていなくて、亡骸が放置されているのかも……と背筋がぞくりとした。……まあでもよく目をこらして見たら胸の辺りが上下していたし、静かだから分かったけれど寝息も聞こえてきたので、ただの図太い馬だったのだけど。

なんとなく起こすのも申し訳なく思えて、音を立てないよう次の馬房を見に行く。カラだった。この厩、一頭しかいない。

「……遠慮なく使わせてもらおう」

これだけ空いてるんだからいいだろう。許可はとってあるけれど、それはそれとしてなんだか気も楽になった。ちょっと寂しいのが玉に瑕だけど。

少し考えて、僕は一番奥の馬房を使わせてもらうことにした。区切り越しに寝息が聞こえるのがなんだか安心できたし、あの強そうな馬の奥だったら、恐いなにかが入って来ても大丈夫な気がしたからだ。

木の柵でできた馬房のかんぬきを抜き、馬房扉を開く。意外としっかりしていて重い。両手で力を入れて引かないと動かない。馬は力があるから、これくらいしっかりしてないと壊してしまうのだろう。

中にヒシク草の入った上着カゴを一旦置いて、表に出る。少し躊躇したけれど、納屋から藁を拝借して運んだ。……さすがに土の上で直接寝るのは嫌だった。

何度か藁を運んで自分の寝る分だけの場所を確保したら、やっと座り込む。馬房区切りの横が、一番隣の馬の寝息が聞こえて嬉しい場所だ。藁はふかふかにするのまでは遠慮して薄く敷いただけだけれど、とりあえず寝床は確保できた。

早速手足を広げて横になって、ふぅー、と大きく息を吐く。そうするとすごく疲れていたみたいで、一気に力が抜けてしまった。

このまま寝てしまおうと思ったけれど、なんだか寝付けない。窓を見上げると、ちょうど半分くらい欠けた月が見えた。

僕は今日、冒険者になった。

お店で登録してもらって、町の外に出て、薬草を摘んだ。失敗もしてしまったけれど、お金をもらってそれでパンを食べた。

思い返してみると、胸の奥がなんだかフワフワした。

悪い気分じゃなかったけれど、頬傷の恐い人のこととか、ウェインのこととか、綺麗なお姉さんのこととか、二階建ての家のこととか、門の兵士さんのこととか、次から次へと今日のことが頭に浮かんでくる。すごくすごく疲れてるはずなのに、全然眠れる気がしない。

困ったことに僕ももう少しだけ、このまま起きていたいと思って。

「そうだ。ヒシク草」

もそもそと身を起こして、上着カゴを引き寄せる。今夜は寒くないから上着の必要はないけれど、明日もカゴとして使うならヒシク草はどうにかしなければならない。

……たしか、神官さんは日陰に吊して乾かしていた。ああすれば保存が利くのだろう。怪我にも効くし、煎じて飲んでも良いし、苦いけどお茶にもなる良い薬草だ。これからどうするにしても、あって困ることはない。

僕は床に敷いた藁から何本か抜き取り、二本ずつ束ねたものを端を縛って繋げていく。細くて歪だけれど、ちょっとしたロープに……いや紐だねこれ。

少しのことでちぎれそうだけれど、まあ薬草を吊すだけなら大丈夫。僕は同じ紐をあと二つ作る。

ヒシク草はたくさんあったから、三本ずつくらいを纏めて縛っていく。神官さんはちゃんと一本ずつやってたけれど、それだと紐の長さと数がたりない。とはいえこれ以上紐を作ると今度は寝床が寂しくなるし、また新しい藁を持ってくるほどの元気は残ってない。だからこれで悪くなるようならまた考えようと思って、そこは妥協した。

窓から入り込む月明かりの下、フワフワした気分で時間をかけて作業して、ヒシク草を全部縛ったころにはすっかり眠くなってしまった。

しょぼしょぼする目で、通路側の木の柵の一番上に吊す。あまり動きたくなかったので、寝床に近い場所に三本とも吊した。ちょっと心配だったけれど紐は切れなかったし、下も土についていない。

「うん……よし」

眠い目を擦りつつ改めて確認して、満足した。力尽きるように藁の寝床へ横になる。

そしてそのまますぐ、深い眠りに落ちていった。


そして翌朝。

モシャモシャという変な音がして目が覚めると、目の前に大きな芦毛の馬の首があった。

恐くてびっくりして、身体も起こせず固まってしまう。一気に頭が覚醒したけれどなにが起こっているのか分からない。大きな動物は村の牛で慣れてるけど、寝起きでこんな近くにいることはなかった。

視線だけ動かしてみる。馬はどうやら隣の馬房から区切りを越えて首を伸ばしているらしい。よく手入れされた芦毛の太い首を辿ると、顎の裏側が見えて、口が動いているのが分かった。なんだろうと思って、僕は頭も動かしてさらにその先を見る。

「あ、それダメ！」

昨日の夜に吊していたヒシク草の紐がもう二つなくなっていて、ちょうど三つ目へと口を開けたところで。

とっさに声を上げたけれど、昨夜僕が来てもずっと寝ていた図太い馬はまったく気にせず、美味しそうにモシャリと食べてしまったのだった。

第三章

冒険者たち

結局、ヒシク草は隣の馬房の馬に全部食べられてしまった。昨日あんなに頑張って採取して、あんなに工夫して吊したのに。

「もう絶対、ヒシク草は隣から届くところには干さない」

涙目でそう固く決意してから、そもそもヒシク草はもう採取しないことに気づいた。だって採取依頼されている薬草ではないのだ。返品されたものをもったいないから保存しようとしていただけで、さすがにまた間違えて採ってくるなんてバカはしない。あの失敗は得られた教訓すら無駄だった。

はあー、と大きくため息を吐く。悔しいけれど馬に文句言っても仕方がない。僕は上着カゴを手に、肩を落として冒険者の店に向かう。

朝は早かったけれど、店はもう開いていた。どうやら冒険者の人も結構いるようだ。受付には昨日の恐いおじさんがいて、またなにか書き物をしていた。

「おはようございます」

The Adventurer's Guild only allowed entry from the age of 12, so I read mackerel.

挨拶すると、恐いおじさんは僕を見て変な顔をした。

なんでそんな顔をするんだろうと思って、挨拶が返ってこなかったのでたぶん聞き取れなかったんだろうなと、もう一度挨拶する。

「おはようございます」

「お……おう。おはよう」

今度はちゃんと返ってきた。やっぱり聞き取れなかったらしい。僕の声はあんまり大きくないから、たまにそういうことがある。

「厩を貸してくれてありがとうございました。今日も薬草採取に行こうと思います」

「あー……ああ、分かった」

よし、お礼も言えたし、依頼もこれで受けることができた。常設の薬草採取は口頭だけで大丈夫。

あとは昨日の教訓をいかそう――僕はそのまま外に出たりはせず、一度壁に貼ってある依頼書のところに向かう。探すのはあの薬草採取の依頼だ。それは昨日と同じ場所に貼ってあって、僕はその前に陣取った。

もう一度、上から下まで全部、じっくり読む。

絵は全部覚えて、注意書きは小声で読んでなるべく暗記する。できれば写し書くためのペンと羊皮紙が欲しかったけれど、書くものなんてないから必死で頭に入れる。

全部で九種。絵と、採取方法と、似た植物があったり扱いが特殊だったりする場合の注意書きも。

昨日と同じでお腹が減って上手く頭が働かない。だけれど、それでも頑張って一つ一つ覚えていく。

「毒草もある……」

食べたらダメどころか、うかつに触れたらダメってのもあってちょっと恐かった。昨日はこれを、うろ覚えみたいな状態で採取しに行ったのだ。

……思えば、昨日の僕は不真面目だった。九つのうち四つだけしか覚えてないのに外に出て、全然違う薬草を間違えて採取してきた。

これは依頼で、お金をもらうための仕事で、パンを食べるためにやるものだ。お腹いっぱい食べるためには、ちゃんと頑張らなければならない。……当たり前のことだった。当たり前なのに、できていなかった。

「よし」

記憶した。

昨日覚えた四つは復習し、五つを新しく覚えた。その九種の中で実物を見たのは一種だけという不安はあるけれど、でも昨日みたいな失敗はもうないはずだ。

依頼書はよく読め——恐いおじさんに教えてもらった、たぶん基本中の基本。僕は今、それをやっとできたのだ。

「お、ガキんちょじゃん」

この町で数少ない、聞き覚えのある声がしたのはそのときだった。

振り向いて見上げると、濃い茶色の髪に一房だけ白髪の男の人。今日は酔っ払ってないのか顔は赤くないけれど、すぐに誰だか分かった。使い込まれて傷だらけの金属鎧を着たその冒険者の名前を、僕は知っていた。

「ウェイン」

「んあ？　俺って名乗ったっけ？」

不思議そうに片眉を上げるウェイン。……そういえばあの綺麗な女の人に教えてもらっただけで、本人からは名乗ってもらってないかもしれない。

「まあいいや。どうだ調子は？　昨日は薬草けっこう採れたかよ？　今日も行くのか？」

「ええっと……」

名前を知っていることを説明した方がいいのだろうか、と思ったけれど、ウェインは細かいことを気にしない人のようだった。特に気を悪くした様子もなく、矢継ぎ早に質問を繰り出してくる。……どれも大したことない世間話。だけどいっぺんに聞いてくるので軽く混乱してしまう。一個ずつ答えればいいのだろうけれど、パッと言葉にできない。

どうしたものかと答えあぐねていると、口の代わりにお腹が返答してしまった。……ぐぅぅ、と大きな音で空腹を訴えたのだ。

「お、なんだ腹減ってるのか？　そうだ奢ってやるよ。昨日は俺もネズミ退治でそこそこ金が入ったからな、せっかくだし好きなもん喰わせてやるぞ」

恥ずかしくなってしまって赤面する僕に、ウェインは人当たりのいい快活な笑みを見せてそう言ってくれる。

――それは、すごく魅力的な話だった。

昨日は結局、パンの欠片を食べただけ。あんなので足りるはずもないし、今もお腹は背中とくっつきそうで、だけど朝食を食べるお金はない。

すごくすごく、飛びつきたいくらいのありがたい話だ。

だから、ぞくりと背筋に悪寒が走った。

「――……いらない」

僕は後ずさりして首を横に振った。声は震えていた。

「お……お代は、もうもらってるから!」

お腹が減っていて、本当はすごく食べたくて惜しくって、それを振り切るために背中を向ける。

逃げるように店の外へ出て、そのまま町の外へ向かって走った。

「……なんだぁ、ありゃ？」

逃げるように出て行ってしまった子供を見送って、頭をボリボリ掻く。よく分からないが逃げられてしまった。昨日はガラが悪くなってしまったから、反省して少し明るく話しかけたのに。

せっかく昨日の礼でもしようと思ったのだが。

「イジメたの？」

横から声を掛けられる。この怠（だる）そうな声はシェイアだ。朝は苦手なハズだが、今日はわりと早くからいるな。珍しい。

「イジメてなんかいねーよ。腹減ってそうだったからメシ奢ってやろうとしただけだ」

「そう」

丁寧に弁解したけれど、返ってきたのは最低限の短い頷きだった。肩をすくめて見れば、とんがり帽子の広いツバの下で、朝に弱い彼女はやっぱり眠そうな顔をしていた。向こうから話しかけてきたのに、立ったまま寝そうな雰囲気だ。……まあいつものことだが。

気まぐれで怠け者で面倒くさがり。修行をサボるため冒険者の店に登録したと言われているこの魔術士は、口を開くのも面倒だから最低限の言葉しか発さないという変人である。顔はいいし腕も確からしいが、そういう性格が災いしてか希少な魔術士のクセにずっとパーティは組んでいない。

魔術士のソロはあまり稼げなそうだが……まあ、やる気がないんだろう。べつに喰うに困ってる様子もなさそうだし。

「どうせ、今日でさよなら」

「んお？」

いきなり言われてなんのことか分からなくて、変な声で返してしまった。

「さっきの。バルクが、いいとこの子だって」

あのガキんちょの話か。どうやら店主がそう言ったということらしい。いいトコの子が物語か何かにあてられて来てみたが、冒険者なんて実態を知ったらすぐに幻滅されて、さっさとお家に帰るだろう……ということだろうか。まあ分からんでもないが。

「あれ、そんないいトコのガキかぁ？　服とかボロじゃねぇけど安そうじゃね？」

「むぅ……」

「それに大して品があるようにも見えなかったし……いいトコのガキって感じはしなかったけどな」

「……バルクの見立てだから」

あの髭面のおっさん、イマイチ信用ならねぇんだよな。なんか細々とやらかすというか……ラナとミグルの結婚式の時も、サプライズをミスで先にバラしてしまってシラけさせてたし。あれはリカバリー大変だった。

まあ依頼管理に関しては、大きな失敗はしないからいいけども。

「……そういやあのガキ、お代はもらってるって言ってたけどなんのことだろうな？」

「さあ」

腕を組んで首を傾げて考えてみるが、分からない。少なくともこうして考えていて分かることではないだろうという結論に達して、まあいいや、と頭を掻いた。とりあえず酒場の方のカウンターへ向かう。

今日もまたネズミ狩りだ。難易度の低いしょぼい仕事だが、それでも冒険の前にはしっかり腹ごしらえをしなければ……と。

足音がついてきたのでチラリと振り返ると、シェイアが後ろを歩いていた。

「どうした？」

「ご飯。考えるの面倒」

眠そうな声で言ってくる。……メニューを合わせる気か。

たしかに注文時は、同じので、って言えば短いし簡単だ。自分で考える必要もない。だがメシって自分が食べたいものを選ぶのも楽しみではないのか。

食とは人生の彩りだ。好きなものを食べて舌鼓を打つ幸福を疎(おろそ)かにするのはどうかと思う。というか俺の注文したものが苦手なものだったらどうするつもりなのか。

これればかりは正直、理解できない。やはり変人だ。

「いいけどよ……そうだ、せっかくだし今日のネズミ狩り一緒に行くか？　暇だろ？」

「嫌」

走って、走って、壁が見えたところで止まって、膝に手を突き肩で息をする。

お腹が減ってるところで走ったからクラクラする。喉も渇いてカラカラだ。つらい。

「やっぱり、奢って、もらえばよかった……かな」

手の甲で汗を拭って後悔する。けれど断ったし逃げてきてしまったのだから、今さらの話だった。

気を取り直そう。依頼を受けることは伝えてきた。採取する薬草も記憶してきた。上着カゴもナイフも持ってる。

忘れ物はない。というか、忘れるほどの所持品はない。悲しいけれど今持っているのが僕の全部。

それでも確認して、壁の門に向かう。

「すみません、冒険者のキリです。町の外へ行こうと思います」

門のところにいた兵士さんは昨日と同じ人で、そう言うと片手を上げて送り出してくれた。そのまま門をくぐろうとして、大事なことを思い出す。

「あ、この門は夕方には閉まるって昨日言ってましたけれど、具体的にはどれだけ開いていますか？」

「ん？　ああ、日が完全に見えなくなるまでなら開いているよ」

ちょび髭の兵士さんが教えてくれる。ちゃんと聞けた。これでもうやり残しはない。お礼を言って、門を出て町の外へ。

視界が開ける。僕は空を見た。雨も降りそうにない、いい天気だ。

「今日は森の方へ行ってみよう」

吹き抜ける風に今日の予定をのせて、足を進める。

遠目では森は小さめの丘の近くにあって、背の高い大きな木々がたくさん密集しているように見えた。

けれど近くに来ると、やがてそれだけではないことに気づく。

「切り株がいっぱいだ」

森の手前まで車輪の跡がついた道が続いていて、そこを歩いてきて、到着して瞬きした。

たぶん、ここはかつて森だった場所だ。

道の脇にたくさんの切り株が年輪を見せていた。藪(やぶ)は払われていて、細い木や曲がりくねった木が少し残っている。小さな木こり小屋があって、その近くで枝葉を取り除かれた丸太を乾燥させていた。

森が削れてる。

村でも木こりの人はいた。家を作るのにも薪(まき)を得るにも木は必要だ。けれど、こんなふうに森のかたちを変えるような伐(き)り方は見たことがない。

光景に呆気にとられていると、コーン、コーン、という音がどこかから聞こえてきた。動物の鳴き声とかではなくて、斧(おの)が木を叩く音。今もどこかで木を伐っているのだ。

「こんなに木が必要なのか」

町の景色を思い出す。二階建ての家はレンガ造りが多かったけれど、木も柱や梁(はり)などで使われているはずだ。それに人がたくさん集まっているのだから薪はたくさん必要だし、机や椅子、食器まで木はいたるところに使われている。考えれば他にもあるだろう。

あの町ではいったいどれだけの木を使うのだろうか。想像して、森が消えてしまうのではないかと恐くなる。……けれどその不安はいつかの未来のもので、今に限って言えば少し安心もした。だって、この辺りは人の手が入っている。木こりの人たちだって危ないところで木は伐らないだろう。

……思い返せば、子供だけで森に入ることは禁止されていた。だから入るときはいつも、村の大人の誰かか狩人の小さい兄ちゃんと一緒だった。

危ないからダメ。そう言われてたから、僕は一度も一人で入ったことはない。……でも、二つ上の気の強い子たちは言いつけを破って、たまに森の中の池へ水遊びしに行っていた。

あそこは森に入ってすぐの場所だから、村の人たちも大目に見ていたんだと思うけれど。

「あんまり奥に行かなきゃ大丈夫」

この木こり小屋のある場所を覚えておこう。ここまでは道も続いていたから、戻ってこれれば帰り道に迷わない。

僕は小屋を横目に先へ進む。地面を見れば、明らかに今までと生えている草が違って見えた。ここなら依頼の薬草も期待できるかもしれない。

太い根っこがとび出した、歩きにくい地面を進む。進むにつれて切り株の切り口が新しくなり、切り株自体も減っていった。

狩人の兄ちゃんから森で魔物に遭ったなんて話は……ちょっとしか聞かなかった。大人と一緒に森に入った時も、そういう危険なものを見たことはない。気をつけていけば大丈夫。木々の間を縫うような獣道らしき場所を見つけて、意を決して分け入る。

――そして、見つけた。

「きのこ」

木の根っこのところに、赤くて斑点のある綺麗なキノコが生えていた。

うん、ダメ。これはダメなやつだ。食べたら死ぬやつだと思う。キノコは危ないから絶対に一人で採るなって村のみんなも言っていた。依頼の薬草でもない。

ただ……。

「そうか。山の幸」

木の実や山菜はよく食べていたし採りに行っていたから、少し分かる。浅い川があれば手づかみで魚も捕れる。山芋とかは掘るのが大変だけれど、見つければけっこうお腹が膨れるのではないか。

森にも食べ物はある。薬草のついでに探せば、お金がなくてもお腹が満たせるのだ。俄然やる気が湧いてきた。

視線を下に向けて、左右を注意深く見回しながら獣道を進む。

柔らかい土のところに足跡を見つけて、獣が最近ここを通ったのが分かった。たぶん鹿かなにかだと思う。肉食の獣は肉球と鋭い爪があるけれど、残されているのは蹄の跡だ。肉食獣の通った道を辿ると鉢合わせして食べられちゃうので、これは安心材料。薬草でも食べ物でもないけど嬉しくて、少しだけ口元が緩んだ。

「小さい兄ちゃんなら弓の弦を張るところだ」

あいにく弓なんか持ってないし使えないので、足跡は追わず薬草を探す。

記憶してきた薬草の絵と、実際の薬草はどれだけ似ているのだろう。実物を知っているのは昨日ちょっとだけ採取できた一種類のみだ。穫り逃したくないので、気になった草は葉っぱを裏返したりしながら観察し記憶と照らし合わせていく。

——昨日は全部の薬草を覚えていなかったし、時間制限が曖昧で焦りもあったし、原っぱの広い範囲を闇雲に歩いて探していた。今日はまだなにも見つけられていないけれど、昨日より少しだけ進歩している。そんな気がした。

「あ」

その草を見つけて、思わずそんな声が漏れた。

お目当てのものではない。先の方に切れ込みが入ったような形の、広くて青々とした葉っぱ。

それは昨日、間違えて採取して返品されてしまった薬草。

「ヒシク草」

見れば昨日みたいにたくさんは生えてないけれど、やっぱり群生はしている。一カ所に集まって生えやすいのかもしれない。

「…………」

少し考える。

塗ってよし。煎じて飲んでよし。お茶にしてもいい。水薬の材料にもなる薬草。

そして、馬も食べていた。

ナイフを取り出し、プツリと茎を切る。摘まんで持って、葉っぱをじっと見つめて。


パクリと食べてみた。


「……まずい」

青臭くて、苦くて、舌触りが悪くて、繊維が噛みきれなくて。

それでもお腹が減っていたから、渋い顔をしながらもしばらく噛んで、やがてゴクリと呑み込んだ。

馬はあんなに美味しそうに食べてたのに。

裏切られた気分でもう一枚葉っぱを口に入れて、薬草探しを再開する。


「よいしょ、っと」

なんにも入っていない上着カゴを置いて、両手で太い枝を掴んだ。幹にある瘤(こぶ)に右足をかけ、左足で地面を蹴る。グッと腕に力を入れて、右足を伸ばして、勢いをつけて身体を持ち上げる。左足を両手と同じ枝にかけた。

木登りは得意。村の子供たちの中でも、たぶん一番得意だったと思う。かけっこも力比べも弱い方だったけれど、なぜかこれは上手だった。コツは掴む枝をちゃんと選んでから登ることと、なるべく木に身体をくっつけること。……ちなみに高いところが恐い子は、そもそも登らなくていいと思う。

スルスルと上の方まで登って、枝が細くなってきたあたりで止まって、バランスをとりながら手を伸ばす。

楕円形（だえんけい）の赤い木の実を、親指と人差し指と中指で摘まんだ。プツリと穫る。

ニルナの実。食べられるけど鳥も食べ残す、と言われる木の実だ。

実は大きめだけれど種も大きくて、ほとんど果肉がないのがそう言われる理由。小さな鳥だと口に入らないか喉に詰まってしまうかだし、大きな鳥でも種の部分は消化できないからそんなに栄養にできない。この木にもたくさんなっているけれど、全然鳥に食べられてないように見えた。

ただ時期が早いから、実のほとんどはまだ青い。食べられるくらいに熟しているのはちょっとだけだ。

穫ったニルナの実の果皮を歯でこそいで食べる。皮のツルリとした食感と、にじむくらいだけれど少し甘みがある果汁。

「んー……」

微妙な顔になってるだろうなと自覚しながら、味わって食べる。あんまり味がしなくて美味しくはないけれど、まずくもない。つまり食べ物だ。食べごたえがないのが寂しいけれど。

一個を食べて、種を捨てて、手を伸ばしてさらに赤い実をいくつか採る。果皮を味わいながら、周囲を見回した。

木が多くて視界は悪いけれど、高いところから見るとやはり違う。遠くまで見れる。

「あ」

森の中に木の途切れている場所を見つけ、目をこらすとチラチラと光が反射した。

「水場だ」

たぶん川。ニルナの実を口に入れて木から降りる。朝から喉はカラカラだ。飲める水ならすごく嬉しい。


——じゃーな、ガキんちょ。あんま町から離れるんじゃねーぞ。

——気をつけてな。あまり遠くへは行くんじゃないぞ。

そんな、忠告を受けた気がする。

けれど僕はそのことを、すっかり忘れていた。

「川だ」

見つけた水場は河川のそれで、その周りだけ森が途切れたかのように木々がなくなっていた。なだらかだけれど地面が削れたように低くなっていて、白くて角のない形の石が敷いたかのように落ちているのが不思議だった。

村の近くにも川はあったけれど、こんな景色は見たことがない。

石に躓かないよう水へ近づく。……正直、あんまり綺麗な川ではないように見えた。濁ってはいないけれど、川底が見えるほど澄んではいない。けれど膝をついて掬ってみれば、手のひらの器にゴミが浮くほどではなかった。

上の方の澄んだ水を飲む。あんまり川の水を飲むとお腹を壊すって聞いたけど、喉が渇いて我慢できない。二度、三度と掬って飲んで、やっと一息つく。……そして、顔を上げた。

改めて周囲を見回す。あんまり大きな川じゃなかった。対岸までそこまでの距離はない。流れも急じゃなさそうだ。

けれど底が見えないくらいだから深そうで、渡るなら泳ぐ必要があるだろう。そこまでする理由はないから、ここより向こうへは行かなくても大丈夫。

……けれど、少しだけ気になった。

海、たくさんの人通り。二階建て、壁、切り株。他にもいろいろ。思えば、こっちに来てから知らない景色ばかり見てきた。

この先には何があるのだろう。まだ僕の知らない景色が待っているのだろうか。

「あれ？」

さらに視線を巡らせて、気づく。水ばかりに気を取られていて気づかなかった。

「ここら辺の草、ちょっと他と違う……」

バッと立ち上がった。慌てる必要なんてないけれど、気持ちが逸(はや)ってしまって駆け寄る。

河原にたくさんある角のない石たちの、隙間から遠慮するように顔を出した草。それに、見覚えがあった。

「薬草だ……！」

それを見つけたという事実を噛み締めるように、口に出して言った。肉厚で長細く伸びた葉と、痛そうなトゲのある茎。それはたしかに依頼の薬草だった。たぶん一番上に描いてあった安いやつだけども、今日初めての収穫で、河原を見回せばたくさんあった。採り放題だ。

急いでナイフを取り出す。鞘から抜いて、記憶の通りに葉だけを採取する。けっこう固くてしっかりしてるので、ナイフがあって助かった。

トゲのある茎は残す。そうしておけと書いてあった。なんでか分からないけど、要らないのなら採らなくていい。上着カゴは底が浅くてあんまり入らないから、余計なものを入れる余裕なんてない。

一つ採り終わって、近くにあった次の薬草へ。それも採り終わって、さらに次へ。上着カゴにどんどん溜まっていくのが嬉しくて、夢中になって採る。

採った葉っぱを上着カゴに入れて、次を探すとちょっと遠いところにあって、小走りに駆け寄った。片膝だけついて左手で薬草を摘まみ、ナイフで……——

「あ、痛ぅ……」

ちょっと急ぎすぎて、左手の人差し指に茎のトゲが刺さってしまった。慌てて手を放すとトゲは抜けたけれど、ポツリと血が浮いてくる。ジクリと痛くて、指を舐めると血の味がした。

……落ち着こう。薬草は逃げない。僕は刃物も持ってる。河原は石だらけだから転ぶと危ない。気をつけないと。

改めて薬草に向き合い、トゲに気をつけて摘まむ。ナイフをしっかり持ち、葉っぱを切——

——そこで。ガサリと、近くの藪から音がした。

ビクリと身体を震わす。手が滑って、ナイフは葉っぱに掠りもせず空を切った。丸砂利の河原に尻餅をつく。あまりに驚きすぎて逆に声も出せなかった。

ガサリ、と藪がまた動く。その光景に目を見開く。気のせいじゃない。なにかいる。

ここは森の中。町から離れ、危険な野生動物や魔物がいてもおかしくない、人里の外の世界。

今までなにも出遭わなかったから、油断していた。

尻餅をついたまま後退る。音がした方向を凝視する。背の低い木の枝葉が動く。

そして――そいつはヌルリと姿を見せる。

知っていた。見たことはないけれど、聞いたことがある。ゼリー状で丸っこくて透明な、一発で分かる見た目。

「……スライム！」

魔物だ。

ガサリと藪を出て、一段低くなっている河原へぼとりと落ちて、スライムはノロノロとこっちへ寄ってくる。……目も鼻も見当たらないけれど、僕が見えているのだろうか。

まだ少し距離は離れている。あまり刺激しないよう、地面に手を突いてゆっくりと尻を浮かす。中腰になって、薬草の葉っぱが入った上着カゴを引き寄せた。

ジリ、と音を立てないよう注意して、スライムの進行方向から横にズレてみる。もしかしたら、川を目指しているだけかもしれないと思ったからだ。あのゼリーみたいな身体はいかにも水分をたくさん含んでいそうで、水がたくさん必要なんじゃないかなって気がした。……けれど僕が動くと、スライムはノロノロとした動きでこちらへ進路を変えた。僕のことが見えているし、こっちへ向かってきている。

スライムから目を離すことができず、左手のナイフの柄を親指でなぞって確かめて、ギュッと握り直す。小さな刃はたしかにそこにあった。

——たしか村の大人の話だと、スライムは木の棒で殴れば倒せるらしい。斧で切っても倒せるし、火を嫌うし、思いっきり踏みつけても倒せるって聞いたことがある。

普段は木の実とか虫とかネズミとか、あとは動物の死骸なんかを溶かして食べてる魔物で、よっぽど大きなやつかたくさんの群でもないかぎり、人間が襲われてもやられることはないとか。

「そんなに強くはない……はず」

ノロノロとスライムが寄ってくる。

ジリジリと後ろに下がる。

川の水を飲んだのに喉はカラカラに渇いて、上手く呼吸できなくて、縋(すが)るように薬草の入った上着カゴを抱えて。

そして。

バッと身を翻して、走って逃げ出した。

松明を地面に投げて、向かってくる敵に剣を構える。素早い動きで迫り来るは二匹。

逆に猫を補食してしまいそうな、濃い灰色のでかいネズミだ。汚れてごわついた毛並みと、長く伸びた前歯が嫌悪感を誘うコイツらは、床のみならず壁も蹴って移動するから意外と捉えづらい。

駆け出しの冒険者ならわりと苦戦する相手だ……が。

「よっと」

二匹が跳びかかってくる。そのタイミングを見切って剣を振るう。低めの位置で横一閃。長剣は大きなネズミ二匹を一度に斬り裂いた。

ぼとぼとと地面に落ちた四つの肉塊は、それぞれが血を噴き出しつつ痙攣し、そして動かなくなる。

「向かってくるから楽だよな」

ふふん、と余裕で笑って長剣についた血を払い、鞘に収める。鹿や兎なんかの逃げる獲物は、剣ではなかなか倒せない。やるならかなり上手く身を隠して長く待ち伏せするか、通る場所を見極めて罠でも張るか……そういうのはちょっと、俺みたいなただの戦士には難しい。

そもそも探す段階からお手上げなんてこともあって、山中を丸一日歩き回って収穫なし、ってこともザラだ。獲物を狩るのはそう簡単ではないのである。

その点、ここはいい。下水道は歩いてれば向こうからネズミがやってきて、それを迎え撃てば金になる。バカでもできる仕事だ。誰がバカだ。まあバカなんだが。

「えーっと、これで何匹目だっけ？　結構狩ったよな」

しゃがみ込んで、尻尾をちょいちょいとナイフで切り取る。記憶をさかのぼって倒したネズミを数えようとして、途中でやめた。数えたところで手持ちの尻尾は増えない。そんなのは最後にバルクが数えればいいのだ。とりあえず今は、いっぱい、ってことにしておこう。

放り出した松明を拾って、よっこらしょっと立ち上がる。ネズミの肉塊は足で蹴飛ばして、下水路に落としておいた。チャポチャポン、と音を立てて落ちて、ゆっくり流れていく。アイツらの肉は腹痛くなりそうだし、かといって放置しても他のネズミの餌になるだけだ。死骸はこうしておくのがいい。

……さてと、まあまあ働いたし、どうするか。

とりあえず飯代と宿代くらいは稼げただろう。そろそろ帰ってもいいし、酒代を稼ぐならもう少し粘ってもいい。……ただ、ネズミ程度では正直物足りなさを感じてもいた。

ぶっちゃけ面倒ではある。二日目にして早くも飽きてきた。剣の訓練にすらならないし、下水道は長居したいほど居心地のいい場所でもない。

もう帰ろうかな……。そう気持ちが傾きかけて、ボリボリと頭を掻く。

そのときだった。

「…………ん？」

違和感を覚えて、松明を持つ左手を進行方向に向けた。見える範囲にはなにもない。続いて後ろへ向けるが、そちらもなにもいない。

なにか気配のようなものを感じたのだが、気のせいだっただろうか。首を捻って考えようとして、考えて分かることでもないよなと思い直す。違和感は直感だ。思考というものをすっ飛ばして訴える、常とは違うという警鐘。

冒険者であれば……それを感じたときは、杞憂（きゆう）であっても警戒を怠ってはならない。

冒険するということは、死ぬということだ。

百回に一度しか死なないような冒険であっても、百度やれば一度は死ぬ。そして冒険者とは、冒険を日常にして生きる者である。

生き残れるのは、生き残る才がある者だけ。だがこういう直感を疎かにするなら、そのあるかないかも分からない才をも棒に振る。

ちゃぷん、と水音が鳴った。

跳び退く。松明を放り捨てる。剣の柄に手をかける。

ザバッ、と下水路の水が盛り上がる。でかい何かが飛び出してくる。大口を開けて襲いかかってくる。

白くて、人間の倍以上もある大きさの爬虫類(はちゅうるい)。

「大蜥蜴(おおとかげ)かよ！」

鎧ごと噛み砕かれそうな凶悪な牙をすんでの所で避ける。鞘から抜きざまに剣を振るうが、厚い鱗(うろこ)に弾(はじ)かれた。バックステップで慌てて距離を取る。

「恐っ、危なっ、ビビった！　死ぬとこだ！」

驚いた。マジか。こんなところに大蜥蜴が出るなんて聞いてない。油断していたら本当に危なかった。

下水道の暗さと、水の中からの奇襲。完全に見えてなかったから避けられたのは幸運だろう。水音に反応できてよかった。こういうことがあるから冒険は気が抜けない。

……が。

「まあ、大蜥蜴だよな」

奇襲は避けた。体勢は立て直した。こうして正面から相対してしまえば、負ける相手ではない。

大蜥蜴はだいたい人間と同じくらいの大きさのトカゲで、ノコギリのようにギザギザした歯と滑らかで柔らかい体表が特徴だ。一応魔物だが、どちらかというと獣に近いんだとかなんとか。よく知らんけど。

前に出くわしたときは、その辺にいる小さいのと同じで細い尻尾は斬ってもまた生えるのか――などと、ラナやミグルと真剣に議論したっけな。

思い出に浸り笑みまで浮かべながら、大蜥蜴に向けて剣を構える。その姿を改めて視界に収める。

人間の倍はある巨大な体躯。転がった松明の明かりを受けててらてら光る、生っ白くて分厚い鱗。全部が筋肉なのだろう、ずっしりとした重みを感じるぶっとくて長い尻尾。長く突き出したような妙にでかい口には、長く鋭い牙がズラリと並んでいる。

這いずるように低い姿勢の巨大爬虫類は、記憶にあった大蜥蜴よりもずっと凶悪なフォルムで……

――

「………なんか違くね?」

意外と俊敏な動きで、全身を振り回すように大蜥蜴が尻尾を横薙ぎに叩きつけた。壁が破壊され、粉砕された石材が飛び散る。

その尻尾を跳んで避けて、空中で眉間にシワを寄せる。たぶん違う。きっと違う。この大蜥蜴は大蜥蜴じゃない。もしかしなくても別の何かだ。

なんだろこれ。

大蜥蜴っぽい何かが跳びかかってくる。素早い動き。大きな顎。圧倒的な重量。人間など、一噛みで絶命させうる巨大なバケモノ。

「ま、いいか」

踏み込みは風よりも滑らかに。

振るう剣は閃光のごとく。

すり抜けざまに頸椎（けいつい）へ落とされた刃は、骨を絶ち気道を通り動脈を裂いて。

大蜥蜴の頸部を両断した。

「殺せば死ぬだろ。だいたいは」

ゴトリと落ちた頭部が裂けんばかりに口を大きく開き、斬り離された胴体の方は血を噴き散らしながらビタンビタンと暴れるように痙攣する。

安全な場所まで下がって、油断なく剣を構える。

このまま死ぬならいい。だがもし不死族とかだったりしたら面倒だ。動かなくなるまで刻むしかない。

やがて両方とも動かなくなって、構えを解いた。松明を拾って近寄ってみれば、いまだ爪が痙攣しているもののちゃんと死んではいるようだ。

それを確認して、やっと剣を鞘へ収める。……そして、改めて眉根を寄せた。

「どーすっかな、これ」

爬虫類の死骸を眺めて、呟く。どうしたもんか。

ネズミと違ってわりと喰えそうだが、こんなでかい胴体はちょっと運べない。しかし下水道で解体するのはすげえ嫌だ。というかこんなとこに棲息してたヤツを食べるとやっぱ腹壊すだろうか。しかし久しぶりの肉だしな。そろそろ焼き肉喰いたいな……。

むう、と悩んで、首を巡らす。落とした頭部に目をとめる。これだけでもでかくて、重そうだが……。

「頬肉」

持って帰ることにした。


燻製肉の塊が載った皿を手に席を探す。一人なのだからカウンターでもいいのだが、冒険者の店の飯処なんかだいたい空いている。テーブルを使っても構わない。

実際、今日もテーブルの空きは結構あった。

味はそこそこ。量は多くて値段は安め。飯屋としては悪くはないのだが、冒険者ではない一般人はまず利用することはない。たぶんそういう雰囲気があるのだろう。

たまに飯だけ喰いに来るヤツがいると、全員が物珍しさでじろじろ見てしまうのが悪いのだと思う。あれはダメだ。ガラの悪いならず者まがいの注目を浴びながら落ち着いて飯を喰える一般人はなかなかいない。いたら結構な大物だ。

まあ世間様に迷惑掛けないよう囲うために冒険者の店が飯処やってるのだし、わざわざ檻の中にやってきたパンピーなんて見られるに決まっているのだが……——

——テーブル席に一人、注目を浴びながら飯を喰っているやつがいた。

かっ、かっ、かっ、と勢いよく黒パンをがっついている小さな姿。時折くず野菜のスープにパンを浸したり、喉に詰まったのを慌てて水で流し込んだりしている。

周りからの視線など気にもしていない……というか、気づいてないのだろうか。大物だなアイツ。

「よう、薬草採取の調子はどうだ?」

ガタ、と椅子を引いて対面に座る。他にも席は空いていたが、せっかくなので同席することにした。子供だが、依頼書を読んでくれた恩人だ。俺が一緒にいれば妙な絡まれ方もしないだろう。

「あ、ウェイン……」

ビク、とガキんちょの顔が曇る。……もしかして妙な絡み方をしているのは俺なのではないか。そんな不安が一瞬よぎったが、無視することにする。

この世界、俺みたいなガラの悪い輩に絡まれるのも勉強のうちだろう。そういうことにした。

「えっと……昨日よりは採れたよ。途中、スライムがいて逃げて来ちゃったけれど」

「スライムか。アイツは恐ぇ」

ガキんちょが食べてるのは懐かしいメニューだ。店の一番安い、黒パンと塩スープのセット。俺も駆け出しの頃はいつもアレだった。

ただ、今は少し羨ましく感じてしまうのが悲しい。俺は自分の燻製肉の塊をナイフで切って齧り、ため息をつく。

「え、スライムって恐いの？」

「おう。ノロいけどな、一回まとわりつかれると厄介だぞ。鎧の下に入られるとマジでヤべぇ。物陰に潜んでたり木の上から落ちてくることもあるから、ちゃんと注意しとけ」

なるほどー、とうんうん頷きながらスープを飲むガキんちょ。よしよし素直な反応だ。ちゃんとコミュニケーションできているぞ。

「……ところで、そのご飯はなんなの？」

やっと俺の皿を目にしたのか、ガキんちょが困惑する。当然の反応だ。俺もなんなのか知りたい。

「燻製肉の塊かな……」

俺の皿には、燻製肉がそのまま塊で載っていた。今日の夕飯は燻製肉と安酒のみだ。

冒険中の携帯食でももう少しなんか喰うぞ。

「今日、下水道でなんか変わったヤツ仕留めたんで、ここで焼いてもらって喰おうと思ったんだけどよ……なんか知らんが没収されたんだよな。で、肉が喰いたいなら代わりにこれでも喰ってろってこれだけ渡されてさ。パングらい添えてくれてもいいと思わね？」

「下水道にいたやつ食べようとしたの？」

下水道がなにかも知らなかったくせにドン引きしやがって……。酒で漬けたりとか、毒消し草で香草焼きにするとか、調理法ってのはいろいろあるんだよ。俺はやったことないけど。

追加でなにか頼もうにも、バルクのヤツは血相を変えてどっかへ行ってしまった。人手不足の今は、料理人兼ウェイトレスの娘が臨時で依頼受け付けに座ってる状態である。

もう勝手に調理場に入ってパンでも拝借してやろうかな……。バルクに殺されるか。

ため息を吐きつつ肉を削り取って囓り、安酒をちびりとやって飲み込み、また肉を囓る。それの繰り返し。

まったく、いくら肉が喰いたかったといっても、ここまで肉だけだとこれはこれでウンザリするし顎が痛くなりそうだ。燻製肉は嫌いじゃないんだが。

「そうだ、お前それだけじゃ寂しいだろ。ちょっと分けてやろうか？」

「……いらない」

明らかに警戒顔で首を横に振られて、こちらが渋面になる。どうやら一人で完食しなければならないらしい。俺、なんかコイツに悪いことしたかな……。

しばらく燻製肉に苦戦していると、ガキんちょは食事を終えて席を立った。

「それじゃあウェイン。おやすみなさい」

「おう、おやすみな」

ちゃんと挨拶できるの偉いし、皿を返しに行くのも偉いな。俺があれくらいの頃はもうちょっとだけヤンチャだった。もうちょっとだけ。

店を出て行く小さな背中を見送って、酒をちびりと飲む。ぬるくて辛くて強い酒だ。あまり飲み過ぎると悪酔いする類の安酒だが、コップ一杯程度では少し物足りない。……まあ、金もあまりないしおかわりはやめとこう。

肉をナイフで削り取る。薄くスライス、厚めにスライス、サイコロ状にぶつ切り。気まぐれで食べやすいように切れ込みを入れてみたりもする。食感だけでもバリエーションはあるものだ。なにやってるんだろ俺。

「そういや、あいつの名前聞いてなかったな」

肉を口に運んで、そういえば、と思い至る。まあ必要ないと言えば必要ないのだが、向こうはなぜか俺の名前を知ってるのだし不公平な気がした。

たしかバルクの読みだと、今日にもさよならだったか。明日も会うようなら聞いてもいいだろう。

「……なあ、あんたあの子供の知り合いか？」

不意に声を掛けられて、目を向ける。

声の主は剣を吊った硬革鎧の男だった。歳は十五くらいで、三人組のパーティなのか後ろに同じくらい若いのが二人、杖を持った男と短剣を腰に差した女が控えている。……戦士、魔術士、斥候だろうか。

話すのは初めてだが見覚えはある。最近この店に来るようになった新人だ。

「知り合いってわけじゃねぇよ。名前も知らねぇ」

まあ、あのガキんちょは目立つから気になるのだろう。とはいえ聞かれても大したことは知らないのだが。

「あれ人間だろ。ホントに十二歳以上なのか？」

「さあ？　路上のガキならあれくらいじゃね？」

「路上の子供にしては顔色がいいよ」

だろうな。字が読める時点で、路地裏を寝床にする類の子供じゃないだろう。服も上物ではないが見窄らしくはないし。単なる個人差って可能性もあるが、たぶん年齢を誤魔化しているのではないか。

まあ、そんなことはどうでもいいことだ。

「あんな子供が冒険者なんて、この仕事舐めてるんじゃないか？」

おや手厳しい意見だ。あのガキんちょ、この若いのたちにはあんまりいい目で見られてないらしい。さすがにあれくらいの歳で冒険者は珍しいからな。いろんな見方をされるのもさもありなんだ。

「店主のバルクが認めたなら別にいいだろ。俺らが気にすることじゃねぇよ」

「……そもそも、あんな子供が冒険者ってアリなのか？」

「分かってねぇな」

納得いかなそうな若い三人組に、諭すように説明してやる。

わざわざ言って聞かすのは面倒ではあるが、先輩風を吹かすってのはいいな。存外に気持ちいい。

「店からしてみりゃ、何歳だろうが知ったことじゃねぇんだよ。どうせ確かめようがねぇ。冒険者の店への登録ってのは形式上の登録だけだからな、バカみたいな偽名だってまかり通るもんだ」

まあ、偽名が後でバレたら店主からの尋問が始まるわけだが、そんなことで登録は消されない。登録を消されるときは、ギルドや店に損害を与えるようなマネをしたときだけだ。

冒険者ギルドってヤツは基本、おおらかなのである。……もっとも、それは優しいという意味ではないが。

「きっちり仕事さえしてれば、店は個人的なことにはあまり関与しないんだ。冒険者ってのは基本的に自……せきに？　ってヤツだからな」

「自己責任？」

「そうそれ」

俺はもう残り半分になってしまった酒で口を湿らせる。そう、冒険者は自己責任なのだ。

「冒険者ってのは請けた依頼で死んでも文句は言えねぇ。店も責任はとらねぇ。死人が出ても怪我で再起不能になっても関係ないってそっぽ向く。……つまり、店にとっては使い捨ての駒みたいなもんなのさ。そんで、俺たちは好きでそんな駒になってるまさに物好きだ。な？　店からしてみりゃ俺らの事情なんかどうでもいいし、俺らからしても要らねぇ干渉なんかされるいわれはねぇだろ？」

「……なんだよそれ」

「嫌ならまっとうな職に就くこった」

見るからに不満顔で憤る若年冒険者。まあ、夢とか見て来てそうなのに使い捨てとか言われたらそうなるだろう。

若人にそういう悩みや怒りはつきものだ。好きなだけやってればいい。経験を積めばだいたいどうでもよくなるし、割り切れなかったら冒険者なんて辞めてしまえばいいのだ。まっとうな職に就くより面倒がなくて楽でいい、なんて思ってしまう社会不適合者だけが長く続けられる。それが冒険者である。

さて、話は終わっただろうか。そろそろ燻製肉に戻ってもいいかな。

「なあ……あんたあのケイブアリゲーターを倒したのか？」

「うん？」

肉の欠片を口に入れたところで、再度問いかけがくる。今度は別の話題らしい。

ゆっくり咀嚼(そしゃく)して飲み込んで、さてなんのことかと考える。ケイブアリゲーター。洞窟ワニ。

「ああ、あれがワニなのか」

「知らずに倒したのか？」

ポンと手を打つと、若いのが驚く。そんな素っ頓狂な声を出すな。

「知らなくても、殺せばだいたい死ぬだろ」

「……ま、まあそりゃな」

どうやらあの白い大蜥蜴のでかいのは、ケイブアリゲーターというらしい。これは若い三人組に感謝だ。一つ勉強になった。ワニってあんな姿なんだな。

「さっき店主に渡してたあの大きな頭、見て驚いたよ。ケイブアリゲーターはかなり強いって聞いたぞ。あんた、腕のいい戦士なんだな？」

「まあなー」

話している内に少し熱が入ってきた様子で、若いのは少し前のめりになる。……のだけれど、こっちは褒められても正直嬉しくない。この稼業、剣の腕だけよくてもダメなのは身に染みて分かっている。でなきゃネズミ狩りなんぞ行ってない。

戦闘力は重要だ。けれどそれだけでこなせる依頼はあまりない。そして俺は剣を振るしか能がない。しょっぱい今日の稼ぎ額を思い出せば、この羨望の視線はむしろ痛かった。

「で、そ、それでな。あ、あのさ。あんたソロなんだろ？　よかったら俺たちと組まないか？」

あー……なるほど。どうやらこれが本題だったらしい。ガキんちょの話はただのきっかけだったか。

「いや、誘いはありがたいが今はソロの気分でな。他を当たってくれや」

大して悩みもせず断った。世迷言(よまいごと)の類だ。耳を貸すのも面倒で、視線を肉に戻す。

「な……ソロの気分ってなんでだよ？」

「気分は気分さ」

「あんたがいれば請けられる仕事があるんだよ。な、頼むよ。一回だけでも……」

結構しつこいな。こっちに誘いを受ける気はないんだが。

さて、どうやって断ったもんか。面倒事になるのも嫌なんだが。

「ヒヒヒ！　はっきり言ってやれよウェイン。ひよっこのお守りなんざ嫌だってよぉ」

酒焼けで嗄（か）れた陽気な声が響いて、さっきまでガキんちょが座っていた席に小柄な男……頭のてっぺんが禿げ上がったシワだらけの爺が座る。おおう、と俺は頭を抱えたくなった。

……最高に面倒なのが来た。

「まぁた肉ばっか喰ってるのかお前はよぅ。野菜もちゃんと喰え。でないとオレっちみてぇに長生きできねぇぜ」

酷く小柄だが、ドワーフやハーフリングみたいに背が低い種族というわけではない。耳の形や骨格などを見ていけば種族が人間であることが分かる、つぎはぎだらけで斑模様になってしまった貫頭衣を纏ったその爺さんは、人を喰ったような笑みを浮かべてテーブルに頬杖をついた。

「別に好きでこんな肉の塊喰ってるわけじゃねぇよ」

テーブルに相席されたらさすがに無視するわけにもいかない。ため息を吐いて説教に応じる。俺だって普段なら、付け合わせの野菜くらい喰う。

知った仲だ。毎日会う顔であり、店の二階にある大部屋のヌシであり、この店に登録した当初から知ってる男。

頭頂以外の残った髪はすっかり白く、もう長いこと切っていないのか背中まで伸びているのに、髭はきちんと剃っているのかまったくないのがいつも気になる。ボロボロの格好をしているくせに身だしなみに気を遣っているのかいないのか。

もうかなりの歳のはずだが腰は真っ直ぐで、日焼けした肌はいまだ現役の証拠。ギョロッとした濃い茶色の目は若さすら感じさせる光を宿しているのが印象的だった。

「おい、なんだよ爺さん。いきなり割って入って来て誰だあんた」

憤った若いのが声を荒らげた。まあそうだろう。失礼な物言いで会話の邪魔をされればそうなって当然だ。

「あ？　オレっちか？　オレっちはムジナってんだ。ヨロシクな若えの」

「ムジナ……？　って穴熊じゃないか。そんな名前あるかよ」

「ヒヒヒ！　そりゃ本名じゃねぇかんなぁ。冒険者名、ってヤツだ。さっきウェインから聞いたろ？　バカみたいな偽名だって通るのが冒険者ってヤツだ。ま、ひよっこの坊やには分からなくても仕方ないけどよぅ」

小馬鹿にするように笑うムジナ爺さんに、若い冒険者は顔を真っ赤にして怒気を露わにする。

新人をからかって遊ぶ悪癖、変わらねぇな……。ヤメロよ他人を玩具にするの。せめて俺がいないところでやってくれねぇかな。

「あー……紹介するぜ。ムジナ爺さんは何十年も前から冒険者やってる、この店のヌシみたいな妖怪爺さんだ」

見かねて口を挟む。挟むしかない。もしここで乱闘騒ぎにでもなったら、バルクにドヤされるのは俺だ。ここにいるだけで貧乏くじ確定とか最悪だな。

「はん、古株だからってなんだっていうんだ。ロートルも甚だしい。昔はすごかったかもしれないが、今はただの爺さんだろ」

「ヒヒヒヒヒ！　たしかにその通り、オレっちはただの爺さぁ。敬う必要はねぇ。ただ一個間違ってるぜ若えの。オレっちはずっとFランクだからな、すごかった時期なんざねぇよ」

「Fラン……？」

反発精神旺盛だった若いのが、思わず絶句する。まあ気持ちは分かる。

Fは最低ランクだ。さっきまでここにいたガキんちょと同じ証無し。つまりこの爺さんは冒険者登録してから数十年、一度も昇格していないのだ。

そりゃ絶句もするだろう。偉そうな爺さんに対して反抗しようと思ったら、全然すごい相手じゃなかったんだから。

「……まあ、ゴブリン並みの怪物討伐をしないとEには上がれないからな。ムジナ爺さんはそういうのじゃないのさ」

「そういうこった。なにも剣を振り回すだけが冒険者の仕事じゃねぇ。オレっちみたいな弱っちいビビりにだって、できる依頼はあるってなぁ。ヒヒヒ！」

同意を求めるように視線を向けられ、俺は思わず目元を手で覆ってしまう。……耳に痛い話だ。そして、昔は理解できなかった話でもある。

だからこの若いのにも理解できないだろう。今は。

「はぁ……そうかい。まあそういう仕事はあんたに任せるよ」

気が抜けてしまった様子で、若いのは視線を逸らして後頭部を掻く。厄介なのに絡まれたなとか思っているんだろう。やっと気づいたか。

「おう任せとけ。……それはそうと、ウェインを誘うのはやめときな。誰も得しねぇ」

「……なんでだよ」

「実力が違いすぎる」

「…………なんだと！」

ハッキリ言うな……。とはいえ、まあ事実だろう。

また不快そうな表情を見せる若いのに、ムジナ爺さんは人差し指を向けて示す。

「ご立派だが体格に合ってない剣を吊ってるせいで、身体の重心が傾いてるぜ兄ちゃん。柄の布帯の巻き方もなってねぇ。革鎧は汚れてるが傷一つなくて、まだろくな敵とやり合ってないのが丸分かり。立ち姿で素人晒してるのに、なんだもなにもないよなぁ？」

相変わらず目ざとい爺さんだな、戦闘の心得もないくせに。何十年もここにいれば、見るだけで実力くらい分かるようになるんだろうか。

実際に図星なのだろう。若いのはグゥの音をあげて言葉を詰まらせる。……その隙を、このよく喋る爺さんが見逃すはずがない。

「なあ若えの。ウェインを誘って背伸びした依頼こなして、報酬はどうすんだ？」

――クリティカルな題目だ。本当、この爺さんは古株なだけあって要点を押さえている。

まあ、ムジナ爺さんがパーティとか組んでるとこなんか見たことないのだが。

「報酬……？　まあ……そりゃ、働きに応じて……」

「ヒヒヒ！　出来高か、それが一番ダメだ！」

遠慮なくバカにした笑いを響かせるムジナ爺さん。今気づいたが、どうやらこのテーブルは他の客たちから注目されているようだ。……というか、ガキんちょがいた頃から引き続き注目を集めているのかもしれない。

なんて日だ。俺は燻製肉の塊を食べてるだけなのに、同席のせいで他のヤツらの酒の肴にされているのだ。

「いいかよく聞け。例えば、冒険で戦闘があったとする。そのときは楽勝で、誰も怪我せず勝利した。スゲぇいいことだろ？」

「……まあな」

「で、前衛の戦士はこう言うのか？　今回は怪我しなかったから、癒やし手の神官は働いてないな。報酬は少なくていいだろう、ってよぉ。ヒヒヒ！」

「う、うちには神官はいない！」

あくまで喩え話だ。いるかどうかは関係ない。

この例だといずれ神官は仲間の怪我を望むようになるし、それで実力より上の依頼を請ければ酷い目に遭うだろう。

それは他のメンバーも同じで、報酬に差が出るなら各人が自分の得意を活かせる依頼を望み始めるし、あまり活躍の場がない依頼の時はやる気が下がってしまう。なんなら、分け前を増やすためにわざと危険を呼び込む者だって出るかもしれない。

結果、喧嘩別れならマシな方だ。上手くいくことはまずないだろう。

「報酬はパーティの不和の原因になりやすいからな。できるだけ実力の近い者同士で組んで、山分けが一番いい」

俺がそう言ってやると、若いのは怒ったような情けないような顔をしてこちらを見る。

「そ、そりゃたしかにランクはあんたより低いけどさ。そうだ、あんただけ分け前を二倍なら……」

「同じことだろ。それとも、お前らは俺の半分しか働く気がないのか？」

もう面倒になってきて、突き放すような言い方になってしまった。とはいえ間違ったことは言っていない。

一人だけ報酬が高いと、その一人に頼るようになってしまう。……まあ、それで上手く回るくらい俺が働き者ならいいが、あいにく剣を振るしか能がないからな。

なんにしろ歪なパーティになるだろう。結果は目に見えている。

「ヒヒヒ！　ま、無理せず身の丈に合った依頼で経験を積むこったな。なぁに、若いんだ。真面目にコツコツやってりゃ、そのうち実力もついてくる」

ムジナ爺さんのいつもの特徴的な笑い方に、俺はため息を吐く。

真面目にコツコツ。冒険者の大半は、それが嫌でこんなところにいるのだろうに。


「……たぁく、ウェイン坊はお優しいこったな。あんなお誘い、普通なら鼻で笑って小馬鹿にするもんだろうが。お人好しの事なかれ主義か？　そんなだからミグルにラナを取られんだぞ」

若いのが仲間の二人と共に店を出ていってから、ムジナ爺さんは呆れ声で俺にダメ出しする。おいやめろ、あの二人は関係ないだろ。

「別に、ハナから受ける気はなかったよ……。あいつらまだFランクだろ。臨時で一、二回ついてってEに上げてやって、そんで抜けた直後に全滅とか寝覚めが悪すぎる」

「だろうな。ま、明日ウェイン坊がついていかなかったせいで全滅するかもしれねぇがよ」

「それこそ知ったことじゃない。冒険者は自己……責任だ。できる依頼を選ぶのも実力のうちだろ」

「……へぇ、言うようになったじゃねぇか」

俺もそれなりに経験は積んだからな。それくらいは言うさ。だから坊扱いはヤメロ。そもそも、二年前にここに来た時からそんな歳じゃねぇ。

「ヒヒヒ、さすがにもう初心者は卒業ってとこか。じゃあ、そんなウェイン坊にいいことを教えてやるよ」

「ん？　なんだ？」

「下水道のネズミ退治、常設から外れてんぜ」

ムジナ爺さんが壁を指さす。……そちらに視線を向けると、遠目だがたしかにネズミの絵が描かれた依頼書が見当たらない。

マジかよ。困るぞ。

「お前が持って来た頭……ケイブアリゲーターだったか？　あんなでかいのが出る場所に、新人を向かわせるワケにはいかねぇだろお？　だからバルクのヤツが、出かける前に剥がしていったのさ」

「……そういうことか。クソ、明日からどうすりゃいいんだよ」

納得の理由に頭を抱えてしまう。あのワニの頭を持って来たのは俺なので納得するしかない。たしかにネズミ狩りで精一杯の初心者があんなのと出くわしたら死ぬよな。

どうしよう。またあのガキんちょに依頼書を読ませようか。なんだかイマイチ懐いてくれてないが、こっそり小遣い渡せば文字読みくらいやってくれねぇかな。

「ま、オレっちの読みじゃあ、お前は困らねぇよ」

爺さんはそう言ってヒヒヒと笑い、そして右手を手のひらを上にして差し出してくる。……その視線の先には、だいぶ小さくなった燻製肉の塊があった。

さすがに喰い飽きてきたし、顎も痛くなってきたし、腹もまあそこそこ満たされた頃合いだ。俺はヤレヤレと息を吐いて、残りの燻製肉をそのまま手にのっけてやる。

「ありがとよ。ヒヒヒ！　野菜もいいが、たまには肉も喰わなきゃな」

ナイフで削ったりもせずそのまま齧りついて、うめぇと笑うムジナ爺さん。どうやら歯もまだ丈夫そうだ。

あと十年は元気なんだろうな、この困った古株。

「バルクは今、領主のとこに行ってるのさ」

「領主のところに？」

「一時的に依頼を差し止めるにしても、下水のネズミ狩りは早めに再開しなきゃならん。大ネズミが増えて街中に溢れるようになったら、バカみてぇな大惨事になるからよぉ」

まあ、たまに冒険者も餌になるからな。一般人、特に子供なんかには危ないだろう。それにでかいと言ってもネズミだから、ヤツらは何でも喰う。食い物売ってる露天とか襲われるかもしれない。

溢れれば、酷いことになるか。

「だから、領主に相談……というか報告して、依頼を出させてるのさ」

「依頼を出させる？」

「そう。つまり……──」

ニィ、と爺さんの口の端がつり上がる。

「ギルドクエストさ」


「ギルドクエストだ」

曇り空が広がる早朝。頬傷のある顔を強張らせて、店主バルクはそう言った。

「依頼内容は、下水道内におけるケイブアリゲーターの侵入経路調査。また、ケイブアリゲーター及び他の危険生物の探索。そしてそれらがいた場合の掃討だ。これは領主からの直接依頼であり、暴れケルピーの尾びれ亭の威信をかけて達成すべきクエストである」

ギルドクエストにはいくつか種類がある。

お偉いさんからの直接依頼、早急に解決すべき厄ネタ処理、ギルドのメンツを保つためのプライド案件。つまり、そういった絶対にクリアしなければならない仕事をギルドクエストと銘打つのである。

今回はお偉いさん依頼と厄ネタ処理の複合だろうか。バルクからはとにかく速攻でクリアしろとの圧力を感じた。

「質問」

俺は顔の高さまで手を挙げる。バルクは視線を逸らした。俺はかまわず口を開く。

「なんで俺？」

「第一発見者であり、実際にケイブアリゲーターを倒せる力がある。調査ならどこでどのように発見したか、などの情報が重要だ。お前の指名は妥当だろう」

なるほど、まあ分からなくもない理由だ。俺は妥当。

「質問」

俺の隣で手が挙がる。バルクは視線を逸らしたままだったが、そんなことを気にする女ではない。

「なんで私？」

目深に被ったとんがり帽子の下から放たれたシェイアの声には、軽い怒気が含まれている。下水道なんぞに行きたくはないのだろう。

だがギルドクエストである。指名されれば断るのは難しい。正当な理由なく断れば最悪、ギルド契約を切られる可能性がある。

「ウェインはバカだ。調査依頼なんぞ一人でできん」

「ヒデぇ！」

いやまったくその通りなのだが、もう少しオブラートに包む努力をしろ。傷つくぞ。

「威信をかけたクエストなら、ＣかＢランクにやらせればいい」

シェイアが指摘する。それもそうだ。

俺のランクはＤ。シェイアはたしかＥランクだっただろうか。俺らより上がいるのだから、重要な依頼ならそいつらに頼めばいい。

「言いたいことは分からなくもないがな……お前の指名理由だが、あの下水道はもとは古代遺跡の産物なんだ。ケイブアリゲーターの侵入経路次第では、隠れていた未踏の部屋だって見つかる可能性がある。魔術士の知識と術は、今回のクエストに欠かせないと判断したわけだ」

なるほど納得の理由である。魔術士は希少だし、魔術士の冒険者はさらに希少だ。それで魔術士必須のクエストが出てきたら、普段暇してるシェイアに声がかかるのはある意味当然である。

それに、とバルクは渋面で続ける。

「お前はまだＥランクだが、全然仕事してないだけで十分ランク以上の力はある」

「魔術士がいるパーティは他にもある」

「二組な。あいにくだが両方出払っている」

むぅ、とシェイアが押し黙る。この店の高ランクだとＣランク帯に魔術士入りのパーティがあるが、そういえば最近見ていないな。護衛とかの長期依頼を請けてるのか、あるいはどこかの遺跡にでも潜りに遠出しているのか。

「もう一つ質問」

まだ納得していない様子のシェイアだが、自分が適任だということは理解してしまったらしく、どうにも食い下がれないようだった。……なので俺がもう一度手を挙げると、バルクは嫌そうにさらに視線を逸らす。こっち見ろやコラ。

「いくらなんでも、報酬が安くないか?」

文字の読めない俺だって、報酬の額くらいはだいたい分かる。

ケイブアリゲーターはでかいし危険だ。俺だって虫の知らせで警戒していなかったらヤバかった。しかもこれは調査依頼であり、いるかも分からないワニとそれが通れる穴を探して、広い下水道を隅から隅まで見て回らないといけないというクソ面倒くさいクエストである。

なのに依頼書に提示された金額は、依頼内容にしてはあまりに寂しい数字だった。

「……冒険者の店ってのは、領主の支援を受けて経営しているんだ」

「それで?」

「今後も支援を受け続けるためには、多少安値でも優先して依頼を請けなければならん」

「俺ら命懸けるんだが?」

ぐむぅ……、とバルクが呻(うな)る。

冒険者は慈善事業ではない。危険を伴う依頼には相応の報酬を受け取る権利がある。

割に合わない仕事はやらない。冒険者として当然の話だ。安値で命を張らされるぐらいなら他の店に行く。

「……これはギルドクエストだ。ランク評価には色を付けるつもりでいる」

「今は金の方がいいんだが……」

つまりランク評価には響きやすいが、報酬は安い場合が多い。それがギルドクエストだ。指名料まで入ってるのかなこれ。

まあ、この依頼をこなせばシェイアはDランクに上がるだろう。俺もCランクに手が届くかもしれない。ランクが上がれば今まで請けられなかった報酬のいい依頼も請けられるようになる。やる意味がないわけではない。

……とはいえ、俺一人だと結局ネズミ退治しかできなさそうなんだが。

「今は常設のネズミ狩り依頼は差し止めているが、下水道から大ネズミがいなくなったわけじゃない。探索途中にいくらでも見かけるだろう。尻尾を持って来たら報酬は別で払う」

「ついでにネズミも狩ってこい、ってことか……」

大ネズミが溢れ出るとバカみたいな大惨事になるって話だもんな。新人が潜れない今は、バルクも俺らにやらせるしかないのだろう。

まあどうせ大ネズミは向こうから襲ってくるのだ。手間はない。

ワニ調査とネズミ退治。二つの依頼を同時進行するのなら、それなりに稼げはするか。

「分かった。請ける」

深い深いため息を吐いて、シェイアが折れた。声から嫌そうな感情がダダ漏れだが、とにかくやる気にはなったらしい。

はあ、と俺もため息を吐いた。この面倒くさがりがやるというのなら、俺だけ駄々をこねるのもみっともない。

「仕方ねぇ、請けてやるよ」

「そうか、よろしく頼む」

バルクは見るからにホッとした様子で、やっとこちらを見た。メチャクチャいい笑顔しやがって。本当コイツ調子いいよな……。

「けど、足りない」

バルクの笑顔が凍る。どうやら、シェイアはまだなにかを要求するらしい。

まあ俺も同じく足りないと思っていたところだ。といっても、別に追加で報酬が欲しいとかじゃない。要るのはもっと切実なものである。

「斥候だな」

「そう」

ああそうか……とバルクの表情が安堵に溶けた。コイツ、冒険者の店の店主なのにイマイチ察しが悪いんだよな。まあシェイアの言葉が少ないのも悪いんだが。

現在、戦士と魔術士。ただのネズミ狩りで下水道を練り歩くだけなら俺一人でいいが、調査ならせめてもう一人は専門家が欲しいところだ。

細かいことによく気がつく目や耳、そして場合によっては未踏の遺跡探索のために手先の器用さがいる。

つまりは斥候。

「できれば夜目が利くドワーフがいいんだが、ちょうどいいのはいるか?」

「ドワーフはダメだ。今回の仕事には向かない」

「なぜ?」

「下水道は水場だ。暗視では濁った水中までは見通せないし、奴らは沈む」

「……ああ、泳げねえもんなあいつら」

ドワーフって重いんだよな。あのずんぐり体型ほぼ筋肉だし。

下水道を泳ぐ気なんてさらさらないが、滑って落ちるなんて事故はままある。泳げない奴はあまり連れて行きたくないし、来たくもないだろう。

「心配するな、斥候については心当たりがある。お前らよりは頼りになる奴だ」

「おいシェイア、俺ら全然信用されてねぇぞ……」

「ウェインは仕方ない」

お前の方が仕方ねぇんだよ。俺は怠け者よりは働くぞ。

「……あの」

俺たちの話が一旦切れたタイミングで、遠慮がちな声がした。低い位置からの小さい声量。声変わりもしてない幼いそれは、つい最近になって聞くようになったものだ。

「よう、おはようだなガキんちょ」

「お……おはようウェイン。お二人も、おはようございます」

……あれ？　なんか今、俺だけ敬語がなかった気がする。

「おはよう」

シェイアが素っ気なく挨拶を返してから、ジト目でバルクを見る。

そういえば、バルクの読みではこのガキんちょ、昨日でさよならのはずだったか？　おはようは別れの挨拶じゃねぇな。

「お……おう、おはよう。どうした？」

バツが悪そうに頬傷を掻くバルクだが、べつにガキんちょは悪くない。悪いのは読みを外したおっさんである。

「はい、また薬草採取に行こうと思います」

「ああ分かった。気をつけろよ」

「はい！　行ってきます」

用件はそれだけなのか、一度頭を下げてから踵を返すガキんちょ。

たぶん俺らが話していたから順番待ちしていたのだろう。けどなかなか終わりそうになかったから、会話が途切れた隙を見計らってちょっとだけ割り込んだのではないか。

礼儀正しくて微笑ましい奴だ。冒険者としては、ちょっとヤンチャさが足りない気もするが。……というか、冒険者になるようなタイプじゃねぇなあれ。

「あ、おい。少し待て」

俺がなんとなく微笑ましい気分で見守っていると、今にも駆け出そうとする小さな姿をバルクが呼び止めた。不思議そうな顔をしてガキんちょが振り向く。

「ちょうどいい。お前にギルドクエストがある」


「ええっと……ここかな？」

入り口の看板を読んで、聞いた店名と合っているか確認する。うん、大丈夫。店構えも教えてもらったとおり。

二階建てだけれど、すごく古い建物だ。レンガの色あせ具合から分かる。なんだか造りそのものも違う気がした。……のだけれど、それだけではなかった。

古くても老朽化はしていない。レンガはよく見れば何度も修繕された跡があって、苔も生してなくて綺麗だし、よく手入れされている気がする。古い家はみんなボロだと思っていたけど、ここはなんだか新品よりも落ち着いたいい雰囲気がある。

「お邪魔します」

店内に入ってみると、どうやら食堂のようだった。宿屋と聞いていたのだけれど食事処もやっているらしい。

お客さんはいない。ただテーブルを拭いている細くて背がピンとしたおばさんがいて、僕に気づくと声をかけてくれた。

「いらっしゃいませ。どのようなご用件でしょう?」

……敬語だ。

僕みたいな子供に敬語を使う人は神官さんだけかと思ってたけれど、この人は神官ではないと思う。なんというか、素っ気なく、どこかよそよそしい態度。

全ての人に門を開く、教会のおおらかさがない。言葉は丁寧だけれど、まるで冒険者の店で初めて受付をしたときのような、あまり歓迎されてない感じがした。

「えっと……冒険者ギルドからの伝言があって来ました。チッカという人がここに泊まっていると聞いたのですが、いらっしゃいますか？」

それが、僕に与えられたギルドクエストだった。

――町の外へ行くんだろう？　チッカの宿はちょうど道の途中だ。駄賃をやるから伝言を頼む。伝えたらそのまま薬草採取へ行っていい。

この町に来たばかりの僕は、道なんて分からない。けれど町の外へ行く道の途中なら大丈夫。店のだいたいの場所や見た目の特徴も聞いたし、看板の店名も読めるだろう。

それでお金をもらえるのだから、僕に断る理由なんてなかった。

……ただ、チッカという人の名前が出たとき、ウェインとあの綺麗なお姉さんの顔が曇ったのはちょっと気になったけれど。

「彼女でしたら二階の一番奥の部屋です。どうぞ」

「あ、ありがとうございます」

おばさんに許可をもらって店の奥に入る。手すりのある木の階段があって、僕は初めて建物の中の階段を上がった。

二階は明かり取りの窓から日の光が差し込む廊下があって、部屋がいくつか並んでいた。おばさんに聞いたとおりに、一番奥の部屋の扉まで進む。

……おばさんは彼女って言っていたし、たぶん女の人だと思う。チッカって名前もなんだか女の人っぽいし。あとは冒険者なのも間違いないだろう。

ただ、そういえばどんな人なのかは聞いてこなかった。伝言の内容と、その人の名前、そして泊まってる宿のことを聞いて来ただけだ。

「……恐い人じゃないといいけれど」

扉の前で少しだけ不安になったけれど、だからって任された仕事を放り出すわけにはいかない。意を決して扉をノックする。

「おはようございます。チッカさん、いますか？　冒険者ギルドからの伝言です」

ノックだけだと足りないと思ったので、声も掛けた。——そして。

ほどなくして、ガタガタタンッと中から大きな音が鳴った。ガタゴトガゴンッという強烈な音がして、ガシャーンガコガコンッという音が続く。

ふぎゃっ、という踏んづけられた猫のような悲鳴が上がった。

「えっと……」

何かが落ちた音だと思う。そして、連鎖するように何かが崩れたのだと思う。最後のは落ちてきた物が当たった悲鳴だろうか。

大丈夫かな、中の人。……声をかけただけでここまで物が崩れるような部屋に住んでるなんて、どんな人なのか。

「……おおーぅ」

すごく元気のない小さな声が中から聞こえて、床の物を蹴っ飛ばしながら歩く足音が聞こえた。

ガチャリとドアノブが動いて、扉が開く。

「え……――」

その人の姿に、僕は思わず言葉も失ってしまった。すごく、すごく驚いた。

「んん？　なんだよ、ずいぶんチビな伝言屋だな」

ボサボサの赤毛を手ぐしで梳かしながら、寝ぼけ眼でそう言った寝間着姿の彼女は――

「――君の方がチビじゃないか」

僕よりも背丈が低くて、細身だったのだ。


町に来て、いろんなものを見た。新しいものも古いものも、知ってるものも知らないものも、僕が見たことないものだらけだ。

けれどまだまだ、驚きは底をつきそうにない。

「ノッポなあんたらと一緒にすんな。あたしの種族だと、これでも背は高い方だよ」

あくびまじりにそう言われて、僕は目をパチクリとしてしまう。種族。種族？

「君、人間じゃないの？」

「はぁ？」

改めて見てみる。ボサボサの赤毛。綺麗なタンポポ色の瞳。ちょっとそばかすのある肌の色も、普通と変わらない。……けれど、耳。耳の形だけちょっと尖ってて、明らかに人間とは違う。

「もしかしてハーフリング？　すごい、初めて会った！　本当に小さいんだ！」

「いや、どんな田舎者だよチビ」

「すっごく田舎者！」

「そうかー」

神官さんの本で読んだことがある。背が小さく、細身で、深い森の奥に住むというエルフほど耳長じゃないけれど尖った耳を持つ、ハーフリングという種族がいるらしいって。

村にはハーフリングどころか、人間以外の種族はいなかった。たまにずんぐりむっくりのドワーフの鍛冶師さんが来てくれて、村のいろんなものを直してくれていたけれど、それくらい。

ハーフリングを見たのはチッカが初めてだ。

「それで、伝言屋でしょ？　どんな言づてがあって来たの？」

呆れまじりにそう催促されて、本来の目的を思い出す。そうだ、ちゃんと仕事しないと。

「お仕事を頼みたいから、すぐに冒険者のお店に来てほしいって」

「だろーね。分かった」

ふぁぁ、と口に手を当ててあくびして、チッカは伝言を受け取った。まるで内容を最初から承知していたみたいな反応だ。

「久しぶりにやるかー。冒険」

「久しぶりなの？　冒険者なのに」

「あたしは専門職だからねー」

専門職。よく分からないけれど、なんだかカッコいい響きだ。

「ごくろーさま、伝言屋さん。着替えたら向かうよ」

「うん、お願いします」

「うぃうぃー」

ぺこりと頭を下げる僕に、チッカは適当に手を振って背を向ける。言ったとおり着替えるのだろう。部屋の中に入っていった。……彼女がドアの向こうに消える一瞬、隙間から垣間見た部屋の有様は、なんというか――見なかったことにしようと思った。

「よし、これで終わり」

ぐっと両手で握りこぶしを作って、伝言の依頼達成を小声で喜ぶ。これでギルドクエスト完了だ。

ギルドクエストがなにかは知らないけど。

チッカがハーフリングだったことには驚いたけれど、難しい仕事じゃなかった。宿屋もすぐ分かったし、チッカも部屋の中にいてくれたからすんなり完了だ。これでお金がもらえるのだから、なんだか得した気分である。

「と、そうだ。なあチビ……なにしてるんだ？」

「わわ！」

急にガチャリと扉が開いて、チッカがひょっこりと顔だけ出した。僕は不意打ちで両手で握りこぶしを作ったままの格好を見られて、慌てて手を後ろに隠す。なんかすごく恥ずかしい。

「ま、いっか。それより、あたしを呼んだのはどんな奴？」

「どんなって……受付にいる頬傷があるおじさんだけど」

「は？　バルクかよ！」

僕が答えると、あからさまに嫌そうな顔をした。あのおじさん、バルクって名前なんだ。

「うーわ……ってことはギルドクエストかぁ。面倒くせー……」

額に手を当て、大きくため息を吐くチッカ。ギルドクエストってそんな暗い顔になるものなの？

「罠ありお宝ありの迷宮探索じゃないよなー。久しぶりのお仕事が店の小間使いかー……行くのやめよかな……」

「え、それは困る」

伝言はしたけれど、あの内容だとチッカがお店に行ってくれなければ報酬がもらえない気がする。

そんな僕の顔を見てか、チッカは舌打ちした。

「冗談だよ。ギルドクエストって分かって無視すると後が面倒だし……。ちゃんと行くから、ほら、もう行きな」

じゃ、と扉の隙間から顔が引っ込んで、代わりに出てきた右手がヒラヒラして、それも引っ込むと扉が閉じられる。

今度こそ着替えるのだろう。ちょっと不安ではあったけれど、出てくるまで待って店に連れて行くと時間がなくなってしまう。今日はまた、森にあったあの河原まで行きたい。

少しだけ迷いつつも、扉の前を離れる。とにかく依頼は達成した。チッカはこれから店に行って、冒険の依頼を頼まれるのだろう。僕も頑張らなきゃいけない。

「……ギルドクエストって、他の依頼となにが違うんだろう?」

いまいち分からなかったけれど、普通よりちょっと上のものっぽい気はした。

第四章 装備

町の外へ出て道を歩く。木こり小屋のある切り株だらけの入り口を通り、森の中へ。木に登って一休みしつつニルナの実をつまみ食いし、丸い石の河原を目指す。

今日はヒシク草は食べなかった。あれはすごくまずい。今日は朝ご飯にパンを一つ食べられたから、お腹は大丈夫。ニルナの実は食べでがないけれどほんのり甘くて、おやつにはちょうどいい。

……あの河原にまだスライムはいるだろうか。いたら嫌だ。ウェインはスライムは恐いと言っていた。村の大人たちはみんな倒せるって言っていたけれど、冒険者がそう言うならたぶん逃げて正解だったのだと思う。僕は間違ってなかった。

あのスライムのせいで、昨日は採取の途中で帰ることになった。……でも河原にはまだたくさん薬草があったのを覚えている。

上着カゴいっぱいにしたら、昨日の倍くらい稼げるかもしれない。いや、昨日は半分より多く入れていたから、倍はないか。それでも多いに違いないし、今日はチッカに伝言もしたからその分のお金ももらえる。

もしかしたら明日は、お弁当でパンを持ってこれるのではないか。

そんな近しい未来を想像して、なんだか嬉しくなった。お金を稼いで食べ物を買う。それができるのがたまらなく嬉しかったのだ。一足飛びに一人前になったような気がした。

それに今日は初めてハーフリングっていう種族のチッカに会って、話もできた。貴重な体験だったと思う。町に来てから、新しいことに出くわさない日はない。村にいたころでは起こらなかったことが、一気に襲いかかって来るようだ。

村を出て、レーマーおじさんに奴隷商に連れて行かれそうになって、逃げて……。最初はすごく不安だった。正直すごく後悔した。

でも今は、なんとかやっていける気がする。商人にはなれなかったけれど、このまま冒険者として生きていけるのではないか。そんな気がした。

「あ……」

ポツリ、と鼻先に水滴が落ちた。空を見上げると、青空はなくて雲が一面を覆っている。

そういえば今日は、冒険者の店を出てきたときから曇り空だった。

ポツリポツリと雨粒が落ちてくる。ちょっとした小雨だ。雨宿りするほどではない。

「……早めにやっちゃおう」

たぶんだけれど、雲の色が薄いからすぐやむ気がする。少なくとも強い雨にはならないはず。けれどどうしようもない不安に駆られた。

天気は晴れや曇りの日ばかりじゃないのだ。丸一日土砂降りの日だってあるだろう。冬は吹雪の日だってあるかもしれない。

そんな日は薬草採取にいけない。そしたらパンが買えない。

一日なら、なにも食べなくても大丈夫かもしれない。二日でも頑張れば耐えられるだろうか。でも三日はたぶん無理。

「お金、稼がなきゃ……」

パンを買ったらなくなってしまうくらいじゃ、全然足りないのだ。できれば数日くらいは食べられる程度の蓄えがほしい。

湿気を含んだ生ぬるい風が首元を通り抜けていく。昨日よりも早足で河原へ急いだ。

思ったより雨は長引いた。しとしとと、雨脚こそ弱いがしつこいそれは、濡らした服よりも先に心を重くさせていく。

幸運にも、昨日のスライムはもういなかった。木の上や物陰に隠れていることがあるってウェインが言っていたから気をつけてはいたけれど、姿を見ることはなくて、おかげで今日は上着カゴいっぱいに薬草が採れた。

ただ……できれば、もう少し森を探索したかった。

河原で採れる薬草は安いやつだ。もっと高い薬草を見つけることができたら、今より稼げるのではないか。大きな木陰で雨宿りしながら曇天を見上げ悶々とそんなことを考えたのだけれど、弱いけれど一向にやまない雨に根負けして結局やめにした。

もしこれ以上雨が強くなったら、帰るのも難しくなる。薬草はこれ以上持てないほど採れたのだし、今日のところは帰った方が得策だろう。

そう判断して切り上げて、町までは無事に辿り着き、チッカの宿を横目に見ながら早足で帰路を進む。

嫌味なことにここまで来てやっと雲に切れ間ができて、暗い夕焼けが顔を覗かせる。雨はあがっていて、僕ははぁとため息を吐いた。

昨日より収穫は多い。けれど、今日の方が心は重かった。

店に入ると、中にはもう結構な人がいた。みんな雨で早めに帰ってきたのかもしれない。ただあまり騒がしくはなくて、どこか空気が落ち込んでいる気がした。

受付に行くと、チッカがバルクって呼んでいたいつもの頬傷のおじさんが座っている。相変わらずしかめっ面で書類仕事をしているようだ。

「すみません、採取してきた薬草です」

「ん、おお、坊主か。ご苦労さん」

声をかけるとバルクはこちらを向いて、書類を置いてから大きく伸びをした。ポキポキと骨の鳴る音が聞こえてくる。どうやらそうとう長い間、座りっぱなしだったらしい。

「どうも座り仕事は向いてないな……。どれ、薬草を見せてみろ」

コリが酷いのかさらに右肩をグルグルと回すバルクに促され、僕は薬草を山盛りにした上着カゴをカウンターに置く。そのついでに、確認のために聞いてみた。

「チッカはちゃんとこっちに来ましたか？」

「ああ。あれもご苦労だったな。おかげで助かった」

どうやらすっぽかさずに来たらしい。助かった、と言われると役に立てたようで少し嬉しかった。

あんまり詳しくは分からないけれど、今朝の様子では、チッカはウェインやあの綺麗なお姉さんと一緒に冒険へ出かけたのだろう。たぶん行き先は下水道だ。

あの三人が一緒になって冒険している様子を想像してみて、ちょっとだけ笑ってしまった。ウェインとチッカは騒がしくて、綺麗なお姉さんに怒られている絵が真っ先に浮かんだからだ。きっと楽しい道中になるだろう。

そうだ、もしかしたらあの三人も今日の冒険を終えて戻っているかもしれない。そう思って店を見回してみたけれど、姿はどこにも見当たらなかった。どうやらまだ帰っていないようだ。……そういえば下水道は地面の下にあるらしい。洞窟みたいな感じだとしたら、雨は関係ないだろう。帰ってくるのはもっと遅い時間かもしれない。

少しだけ、話せないのが残念だった。

「薬草は全部問題ないな。よし、今日の分の報酬だ」

検分が終わり、報酬を渡される。伝言の分もちゃんと計算されていて、昨日よりだいぶ多い。

両手で受け取って、頭を下げる。

「ありがとうございます！　……あの、また厩を借りていいですか？」

「おう。ま、頑張んな」

寝床の許可ももらえて安心する。夜の内にまた雨が降るかもしれないから、断られたらどうしようかと思っていた。……けれど安堵と同時に、自分はまだ一人前にはほど遠いのだなとも実感した。食べ物は買えるけれど、寝る場所はバルクの温情に頼っている。

チッカみたいに宿に泊まれるようになりたい。一番安い薬草を採取して満足している場合ではなかった。今までで一番多い今日の分の報酬でも、全然足りないのだ。

もう一度お礼を言ってから、情けない気分で報酬を握りしめて食事処の方へ向かう。食事を頼むときはバルクじゃなくって、あっちのエプロンを着けたお姉さんに頼むものだと昨日教えられた。あの人は調理とウェイトレスを両方やっているらしい。

今日はお金があるけれど、昨日と同じ品を頼もう。少しでも貯蓄したい。

「おうバルク、今日の分の薬草だ。検分頼む」

そんな声が聞こえて、ドン、と重いものが置かれる音がした。思わず振り向いた。

背負いカゴいっぱいの薬草を受付に出していたのは、ツギハギだらけのボロを着た、とても冒険者には見えない小さいお爺さんだった。


その人は小さかった。一瞬、ドワーフかなって思うくらい。けれどツギハギだらけで斑模様になってしまった貫頭衣の下は、きっとドワーフほどには太くない。どちらかと言えば細い方だろう。

ハーフリングでもない。耳の形が普通だし、この人は僕よりは背が高い。チッカは僕より背が低かったけれど、種族としては高い方だと言っていた。

頭のてっぺんに髪がなくって、日焼けした顔はシワだらけでシミがあって、目がギョロッとしているのがちょっと恐い。口元にクセのある笑みを浮かべているのが妙に印象的だった。

「ムジナ爺さん。いつもすまないな」

僕の時は椅子に座ったままだったバルクが、わざわざ立ち上がって応対する。量が多いからか、それともこのお爺さんだからか。

背負いカゴから取り出された薬草が検分されていく。安いのも多かったけれど、絵でしか見たことのない高い薬草も多くあった。

あんなに量があるのに、検分はすごく早く進んでいく。僕の時は一つ一つの薬草を確かめていたけれど、今回はほとんど見ていない。たぶん、種類しか確認していないのではないか。

全然時間がかからず終わって、シワだらけの手に報酬がドサリと袋で渡されるまで、僕は唖然（あぜん）としながらそれを見ていた。

「ヒヒヒ、まいどあんがとさん。新しいのは出てるかい？」

「ああ。北に二つだ」

「そうかい、最近多くなってんなぁ。一応確認しとくわ」

重そうな袋を懐にしまったお爺さんが、空になった背負いカゴを肩に引っかけて受付を離れる。

……向かった先は依頼書が貼ってある壁の方で、その中の一枚の前に立ち止まった。近づいて後ろから覗き見ると、どうやら討伐依頼。

「……ゴブリン退治？」

「ん？」

てっきり薬草に関する依頼書だとばかり思っていたので、意外すぎて声が出てしまった。気づいたお爺さんが振り向いて、目が合ってしまう。

なんというか、すごく表情がハッキリした人だ。片方の目を細めて、片方の目はいっぱいに見開いて、下唇を前に出すようにして、顔の全部で困惑を表現している。

「なんだぁ坊主。文字が読めんのか？」

「あ……はい」

「いいねぇいいねぇ。うらやましいねぇ。こんなトコにいないで、将来は学者様にでもなればいい」

ヒヒヒ！　とお爺さんが特徴的な笑い方をする。うらやましいって、自分も依頼書を読んでいるのに。

しかし学者様……って神官さんの本に出てきた、片眼鏡ってやつをかけている人のことだろうか。なんだか難しいことを考える偉い人のことだっけ。そういう人たちってどうやってお金を稼ぐのだろう。

「あ、あの！」

気づかれてしまったので、もう思い切ることにした。聞きたいことを直接ぶつけてみる。

「薬草採取ってどうやったら上手くできますか？」

「ああん？」

お爺さんは珍獣でも見るような目で僕を見て、それから明後日の方を向いて、髪のない頭のてっぺんをポリポリ掻く。

そして。

「あー……」

腕組みをして、口をへの形にして、首を捻って、考え込む。

この人はすごく表情に出るから、顔を見れば分かる。……これはなんだか困ってる。

なんだろう。渋い顔をしてはいるけれど、怒ってはいないと思う。たぶん真剣に考えてくれていて、そのうえでなにを言えばいいのか思いつかないでいる感じだ。……僕、そんなに難しいこと聞いたかな？

「こいつ」

それでも待っていると、やがてお爺さんは壁の依頼書の一つを指さした。

常設。薬草採取。僕がいつもやるやつだ。節くれ立った指はその中の絵の一つを示している。

低い位置に薄くて広い葉っぱが広がって、真ん中にねこじゃらしの穂先みたいな花が咲いている絵だ。ナクトゥルスという名前の薬草らしいそれは、描かれている中で二番目に高いものだった。

「こいつは、まだ採るな」

……………採取できる薬草が一つ減った。

翌日の朝は晴天で、雨の心配はなさそうに見えた。僕はまた町の外へ、薬草採取へ行く。

ムジナ爺さん、とバルクは言っていただろうか。昨日は結局、お爺さんは逃げるように冒険者の店の上階へ行ってしまったからなにも分からなかった。二階は宿になっているらしくて、きっとそこに泊まっているのだと思う。

次はもっと話を聞きたい。あの人はきっと、僕がここでやっていくために必要なことを知っている気がする。

「こいつは、まだ採るな……」

道を歩きながらその言葉を呟いてみる。あのお爺さんに、たった一つだけ教えてもらったこと。それがなんだか妙に気になっていた。

ナクトゥルスという薬草の注意書きに、採る時期については書いていなかった。根っこが太くて効能があるから、傷つけないよう気をつけて掘り出せってあっただけ。

この時期だとまだ根っこが細いから高く売れないとか、そういうことだろうか。それとももっと他の理由だったりするのか。……あるいは、あまり考えたくはないけれど、自分が独り占めしたいから僕には採るなって嘘を言ったのだろうか。

気になったけれど、考えたって分かるはずがない。

「……探してみよう」

そう思った。考えたって分からない。でも、実際に見ればどういう意味か分かるかもしれない。どうせあの河原で採れない高価な薬草を探す気ではあったのだ。

今日の目標は決まった。幸いにもいい天気だ。森のまだ行ってない場所を探索しよう。

切り株だらけの森の入り口でそう決意して、もう慣れてきた獣道に入る。少ししてから、いつもとは違う方向へ進もうと思った。ニルナの実の樹でまた少し休憩してから河原の方ではない方角へ向かおうと思って、昨日の雨でまだぬかるんだ地面を進んでいく。

意外だったことに、そのニルナの樹までの道中で薬草は見つかった。

獣道の横に転がっている、僕のお腹くらいの大きさの苔の生えた岩だった。その岩のひび割れから顔を覗かせるように生える、茎のない濃緑の葉っぱだけの草。ともすれば周りの苔に埋もれて、見逃してしまいそうになるくらい地味な植物。

ナクトゥルスではない。河原にある薬草でもない。もちろんヒシク草でもなくて、ちゃんと依頼書にあったもの。

けれどそれは、初めて見る植物ではなかった。

バルクがムジナ爺さんの背負いカゴから、選り分けて検分していたものの一つだ。

「昨日、検分されてたやつ……」

あの時は、依頼書の絵のやつだ、と思った。けれど今は、昨日見たやつだ、となっている。

実物を見ることはすごく大事なことだと感じた。絵と文字だけでは分からないことも多いのだと実感した。色合いとか、大きさとかだろうか。見てすぐに記憶と結びついて、これが依頼の薬草だと分かった。

「…………」

無言で手を伸ばす。この薬草には採取に関する特別な注意書きはなかったはずだ。試しに根元から引っ張ってみると、簡単に抜けた。根っこは短くて弱いらしい。

岩に生える植物なのだろうか。それともこの苔のあるところに生えるのだろうか。もしくはここにあったのはたまたまで、岩や苔は関係ないのだろうか。辺りを注意深く探してみたけれど同じ薬草はなくて、ちょっと分からなかった。

これもそこまで高価な薬草ではない。けれど、今まで通っていた道に生えていて、今まで見過ごしていたのは問題だと思った。

今まで、注意してしっかりと探していたつもりだった。けれどこうして見落としを見つけてしまうと、それも怪しく思えてくる。

来た道を振り返る。枝葉が風に擦れる音がして、どこかから小鳥の鳴き声が聞こえてきた。もしかしたら、まだ他にも素通りしてきたやつがあるかもしれない。きっとあるのだろう。ないはずがない、という確信めいたものまで感じた。

「もっと。……もっと、ちゃんと探さなきゃ」

最初の日を思い出す。半分も種類を覚えずに町の外の草原を歩き回ったあの日にも、素通りした薬草はあったに違いない。けれど今は全部覚えているのにもかかわらず、今日までこんなところにあった薬草に気づかなかった。

節穴の目ではなんの意味もないのだ。

ふぅう、と息を吐いた。胸の空気を限界まで吐き出して、苔だらけの岩に腰を預ける。ゆっくりと息を大きく吸って、また吐き出す。深呼吸を二度、三度と繰り返す。

記憶を呼び起こす。

薬草採取の依頼書は全部暗記していた。描いてあった絵も全て思い出せる。

昨日のムジナ爺さんの薬草検分は後ろで見ていた。いろんな種類があったけど、全部覚えている。

記憶を頼りに依頼書の絵と実物を重ねていく。

この目で見たのは、全部で六種類。河原の薬草もあったから、新しいのは五種類。内一つは今見つけたこれ。

残り四種類。

あのお爺さんが採取してきたのだから、この時期に生えている薬草だろう。

「ナクトゥルスの薬草は、やめだ」

ついでに見つかるならそれはそれでいいが、わざわざ探すことはない。どうせ今は採取するつもりがないのだから。

「四種類、全部探す」

決意のように口にして、まだニルナの実の樹に辿り着く前だったけれど獣道を逸れる。

探索へ。
冒険へ。

「お、ガキんちょじゃねぇか。……って、どうしたそれ？」

冒険者の店に帰ると、ウェインとチッカ、そして魔法使いのお姉さんがテーブルを囲んで食事をしているところに出くわした。

ウェインは鎧を脱いで着替えていたし、お姉さんも普段と違って三角帽子やローブじゃない。チッカも当たり前だけど寝間着じゃなくて、格好が違うから最初分からなかった。気づいていたら近づかなかったのに。

「……ぬかるみで転んだ」

「あー、昨日雨だったしなー」

カラカラと笑って、ウェインは焼いた腸詰めをお酒で流し込む。

できれば、恥ずかしいから知ってる人に会いたくなかった。あれから森のまだ知らないところを探索しようとした僕は、いくばくも行かないうちに濡れた地面に足を取られ、盛大に転んでしまったのだった。

おかげで格好は泥まみれ。さすがにもう乾いたのだけれど、叩いた程度じゃ汚れは落ちない。怪我をしなかっただけ幸運で、森の枯葉が積もった柔らかい土は、服や顔を汚すだけで傷つける固さはなかった。

「日陰は湿ってることが多い」

大きな貝の身をほじりながら、魔法使いの綺麗なお姉さんが助言してくれる。助言してくれたんだよねこれ。もう遅いけれども。

「うん、気をつけます」

肩を落とす。

結局他の種類の薬草は見つからなかったし散々だけれど、最後に河原に寄っていつもの薬草は採取してきた。だから一応、今日もパンとスープのメニューにありつける。

だからそれはいい。終わったことをくよくよしても仕方ない。ただ、困ったのは着替えがないことだ。汚いし服を洗ってから食事にしようかと思ったけれど、服を洗ってしまうと着る物がない。さすがに裸でここに来るのはどうかと考えて、しかたなく夕食を摂ってから服を洗うことにしたのだ。

ウェインたちがいつもと違う格好に着替えているのは、冒険で服が汚れたからだろう。僕も着替えが欲しい。欲しいものだらけだ。

「そういえば、下水道に行ったんでしょ？　上手くいってるの？」

会ってしまったのはしかたない。もう気にしないことにして、気になることを聞いてみる。

この三人は昨夜、冒険者の店に帰ってこなかった。もしかしたら僕が厩に行った後に戻ったのかもしれないけれど、今朝もいなかったからたぶん帰ってないのだと思う。

二日続けての冒険だったとしたら、結構大変だったんじゃないだろうか。

「おう、だいぶ進展あったぜ。未発見の部屋があるかも、なんて話だったが、部屋どころじゃねぇ。なんと崩れた場所から新しいエリアが見つかりやがった。こりゃスゲぇってことで探索してマッピングして、まだまだ広そうだってんでちょいと本格的な準備して出直そうかっ、てな。こうして報告がてら一旦戻って来たワケよ」

「へー、すごいね」

よく分からなかったけれど、ウェインが興奮してるからきっとすごいのだろう。

「新エリア見つけたのもマッピングしたのも一旦の出直しを決めたのも、あたしだけどねー。このバカは剣振ってるだけ」

「俺はネズミ狩りでめちゃくちゃ役に立ってるだろうが！」

「あと遺跡って言っても元から下水道だから、お宝とかは全然ないしすごいかと言われるとちょっと……」

チッカがため息を吐く。彼女の前には果物しかない。

どうやら下水道の冒険はあまり好きじゃないらしい彼女は、足をぶらぶらさせながら頬杖をついている。どうもあまり食が進んでいないようだ。

身体が小さいし、もしかしたら小食なのかもしれない。

「上手くいけば、町の下水道が広がる」

静かにそう言ったのは、魔法使いのお姉さんだ。苦戦しているようで、さっきと同じ貝とまだ格闘している。

「町の中心部にしかなかった下水道が、もっと広い範囲に敷設できる」

よく聞けばさっきと同じ内容だけれど、ちょっと詳しく言い直すお姉さん。説明が足りないと思ったのかもしれない。

「便利になるってことですか?」

「一等地が増える」

やっとほじくり出した貝の身を口に入れて、幸せそうにもぐもぐしてから、ゴクンと飲み込んだ。

そうして、続ける。

「領主は驚喜。バルクは大忙し。たぶん、私たちの報酬は上がる」

なんというか、前もそうだったけれど言葉が少ない人だ。ただ、だから今日の薬草の検分はあんなにもおざなりだったんだなって思った。

意味を考えてみる。一等地っていうのはたぶん、良い土地のことだろう。畑も日当たりとか土の質、水はけ具合などによって作物のできが全然違うから、きっとそういうのだ。

下水道が広がると一等地が増えるのだから、良い土地が増えるということ。うん、作物の収穫が増えれば領主様は喜ぶに違いない。領主様の機嫌がよくなれば三人の報酬も上げてもらえるかもしれない。

……ただ、バルクはなんで大忙しになるんだろう？

「えっと……つまり、やっぱりすごいことなんだ」

とにかくそれは理解して、冒険者ってすごいんだなって感心した。

「報酬が上がるのなら嬉しいけど、あたしはやっぱアガらないなー。罠とか宝箱とか隠し扉とかないと。こう、大物がかかった時みたいな、きた！　って感じの感覚がないんだよね」

「分かるぜ。俺もせっかくワニ退治だと思ってたのに、まだネズミしか狩ってねぇしな。ていうか、隠し扉の向こう側ネズミいすぎだろ……」

「……バルクとの交渉は私がやる」

確固たる決意を秘めた声音で言って、眉間にシワを寄せるお姉さん。なんだかちょっとイライラしているように見えるのだけれど、なにかあったのだろうか。

「なあ……というかさ。結構自然にいるし話してるけど、このチビ冒険者なの？」

これまでだいぶ普通に話していたから今さらだけれど、やっとというかなんというか、チッカが僕に胡乱げな目を向ける。自分の方が小さいのにチビって言うのはやめてほしい。

「あれ？　言ってなかったっけ？」

「冒険者の店から来たとは言われたけど、チビが冒険者だとは聞いてない。通りすがりの子供に小遣い渡して伝言させただけかと思ってた」

「あー、それも間違ってねぇな」

困惑するチッカに、ウェインが頷く。あの伝言のお仕事、ギルドクエストって言われたんだけれどな……。

「よし、いっつも海釣りばっかやってて店に来ないチッカに紹介するぜ。こいつは最近来た新入りのガキんちょだ。名前なんだっけ？」

「キリ」

「そうかキリか。そういや初めて聞いたな」

「うん」

「というわけでチッカ。このガキんちょはキリだ。ヨロシクしてやれ」

すごく適当な紹介の仕方をするなぁって思ったけれど、それはチッカも同感のようで、思いっきり呆れた顔をしていた。

「……バカとチビが仲良しじゃないことは分かった。その子のことなんにも知らないでしょ」

「なにおう？　ちゃんと知ってるぜ。なんとこの歳で文字が読める秀才だ」

「へー、それはすごいね。依頼書でも読んでもらったの？」

「な……んなこたねぇよ……？」

あからさまに動揺するウェイン。こんなに嘘がヘタな人初めて見た。

「で、この歳でってことはやっぱ子供なんでしょ？　何歳？」

聞かれて、僕はほんの少しだけ迷ってから答える。

「十二歳です」

「ふーん」

疑わしげにチッカがじろじろ見てくる。……バレてるかもしれない。バレてる気がする。でも彼女はハーフリングだから、人間の子供がどれくらいの背丈かとか詳しくないのではないか。

「よっと」

そんな声を発して、チッカが椅子から降りた。彼女は小さいから、人間用の椅子だと足が床に付かない。……それは僕もなんだけれど。

チッカは目の前まで来て、覗き込むように僕を見てくる。さらに横に回って、後ろに移動して、一周するようにまた横へ回り込む。

「えっと……どうしたの？」

「ウェイン、シェイア。明日、遺跡探索の準備任せちゃっていい？」

チッカは僕ではなく仲間の二人にそう声をかける。

「いいぜー」

「かまわない」

ウェインもお姉さんもあっさりと了承して、チッカはにひひと笑った。なんだか面白い悪戯(いたずら)でも思いついたかのような笑い方。

「よしチビ。あたしから指名依頼だ。明日の朝、あたしの宿に来な」


「お、来た来た。こっちこっちー」

翌朝、言われたとおりにチッカの宿まで行くと、彼女はもう外で待ってくれていた。こちらに気づくと元気に手を振って、居場所を教えてくれる。

「おはようチッカ。……それなに？」

「見て分かるでしょ？　荷車さ」

彼女の言葉通り、チッカが寄りかかっていたのはまさしく荷車だった。大きな車輪が二つ付いた木製のそれには暴れケルピーの尾びれ亭と同じ、馬と魚が合体したような絵が描いてある。たぶんお店のやつなのだろう。こういうのってバルクに言えば貸してもらえるのだろうか。

しかし、どうして荷車なのだろう。依頼があると言われたし報酬も食事もくれると言われたから二つ返事で来たのだけれど、間抜けなことにそういえば仕事内容はなにも聞かされていない。

まあ……荷車だ。荷車である。荷車なのだから、きっとなにかを運ぶのだろう。

「今日は、あたしの部屋の掃除をする」

首を傾げる僕を見て、ふふん、と腕を組んだチッカが今日の予定の宣言を行う。ハーフリングの彼女は見た目には僕より小さい女の子にしか見えないから、ちょっと微笑ましい。

…………冒険者ってなんだっけ。

「実はだね、あたしの部屋が汚すぎるって、大家さんがカンカンなんだよ。このままだとそのうち追い出されそうでさー」

あんまりな仕事内容に思わず沈痛な顔になってしまったけれど、チッカにとってはそれはわりと切実な問題のようだった。お金をちゃんと払ってても宿を追い出されることってあるんだ……。たしかに扉の隙間からちらりと見えたあの惨状では、宿を貸している方は怒りたくなるかもしれない。

——そういえば冒険者の店に貼ってあった依頼書には、単なる力仕事や手紙の配達みたいなものもあった。レーマーおじさんも言っていたけれど、冒険者はやっぱりなんでも屋なのだろう。それを考えれば仕事内容が部屋の掃除だからといって、驚くことはないのかもしれない。

……というか、もしかしてこれは悪くないお仕事なのではないか。掃除くらいなら僕でもできるし、報酬も食事もくれるって言うし、危険もない。あの惨状の部屋を片付けるのは骨が折れるだろうけれども、お仕事というのは大変なものだ。

うん、悪くない。むしろいい。だって掃除は頑張れば綺麗になるのだから。一日目の薬草採取みたいに必死で歩き回っても成果が上げられないなんてことはない。

——ちょっとだけ、森で昨日見つけられなかった薬草を探したいという気持ちはあった。けれどチッカは明日にも下水道の探索に戻るはず。つまり彼女が空いているのは今日だけで、僕の薬草採取はいつでもできる。ここは我慢すべきだろう。

今日はこっち。薬草はまた明日やればいいのだ。

「とりあえずあたしの部屋に行こうか。どんな状態か知らないでしょ？　自分で言うのもなんだけど、ビックリすると思うよ」

それは知ってる。

宿の中に入ると、前もいた細くて背がピンと伸びたおばさんが戸口の前に立っていた。僕をちらりと見ると、軽く会釈される。僕も頭を下げた。

「チッカさん、やっと部屋を片付けてくれる気になっていただけたのですか？」

話を聞いていたのか、それとも荷車から推測したのか、おばさんは開口一番そう聞いた。

言い方は硬いのだけれど、ちょっと声が明るい気がする。

「ああ、今日は手伝いも呼んだから徹底的にやるつもり。ちょっとドタバタするけど許してよ」

「分かりました。床が抜ける心配がなくなるくらいには、綺麗にしてくださいね」

「はーい」

どうやらそんな心配をさせるほどらしい。床って抜けるんだ……。

そういえばチッカの部屋は二階だった。もしも床が抜けたら大変だ。きっと酷いことになるだろう。下の階に人がいれば潰れてしまうのではないか。そんな想像をしてしまって、さっと血の気が引いてしまう。

——この依頼、頑張らないといけない。ただの掃除なのに、なんだかそんな使命感がふつふつと湧いてきた。

意気込みを新たにして手すりのある階段を上がる。一番奥の部屋まで進んで、チッカが魔法のように鍵を取り出した。まったくそんな素振りはしなかったのに、さっきまでなにも持ってなかったはずの手にいつの間にか鍵が握られていて、どこから出したのかホントに見えなかった。

……けれど、僕がどうやってその鍵を取り出したか聞く前に、その驚きは新たな驚きで上書きされてしまった。チッカが扉を開くと、中は僕の想像以上に酷い有様だったのだ。

なんでこんなことになるのだろうか。なにが悪かったのだろうか。

脚が三本も折れた椅子があった。錆びだらけの外套(がいとう)掛けがあった。チッカには絶対に使えない大きさの分厚い鉄盾があった。ぱっと見ではガラクタにしか見えないそれらがうずたかく天井近くまで積み上げられていた。空き瓶や空の食器が無造作に転がっていた。履きつぶして大穴の空いた靴が木窓のところにさもインテリアですよという感じで置かれている。テーブルらしきものの上には大量の服が投げ出すように積まれていて、そのテーブルの下には妙に貴重そうな台座に固定された球体の夜空を模してるっぽい何かが無造作に置かれている。チェストの引き出しは全て開け放たれ、見るからに許容量以上の物品が盛られていた。一角に大量の釣り竿(ざお)が立てかけてあって、なんだか藁干しの光景を思い出した。

足の踏み場もなかった。というか壁の半分より下が見えなかった。シーツがくしゃくしゃになった寝台の上にだけかろうじて空いているスペースがあって、きっとそこでチッカは寝ているのだろうと分かる程度。

「邪神の呪いでも受けてるの？」

「そんな心当たりはないねー」

そうかー。いっそそういうのであってほしかったんだけどな。教会に行けば治るかもしれないから。

「というわけで、今日はここを綺麗にするよ」

「頑張ろー……」

「どうしたチビ？　元気がないぞー」

「よっしゃい、まっさらにしてやんよー」

村で一番元気だった子のマネをしてみたけれど、やっぱり元気は出なかった。出るわけないと思ってた。

……というかこの際、元気はどうでもいい。とにかくやらなきゃ終わらないのだ。これをすっかり綺麗にしてしまうなら、あの荷車で運ぶにしても何往復かしなければならないのではないか。こんなの今日一日で終わるかどうか。驚き呆けている時間ももったいない。

「よし、やろう。チッカ、なにからやればいい？」

「お、やる気だねチビ。じゃあとりあえずその辺にある小物のゴミをこれに入れて、荷車まで運んでくれる？」

「分かった」

　腕まくりして尋ねると、チッカはそう言って取っ手のある木のバケツを渡してくれた。僕はそれを受け取って、床に散乱した見るからにゴミっぽい物を入れていく。

　最初に大物を運んだ方が作業できる場所が広くなるのではないか、という考えは普通なら正解だけれど、今回は間違いだと僕は瞬時に理解していた。まずは床に足の踏み場を作るのだ。大きくて重い物を運んでいる時に踏んづけたりしたらすごく危ない。転んでガラクタの山に突っ込んだら大惨事になる。……ところでこのバケツ、なんだかかすかに生臭いのだけど、もしかして釣り用なんじゃないだろうか。

「あ、そうだチビ」

「なに？　チッカ」

　なにかを思いついたような声音で呼ばれて、振り向くとチッカはにひひと笑っていた。

　それがなんだか、すごく意地の悪い笑みに見えた。――こう、まるで物語に出てくる小悪魔のような。

「下着とかあっても盗むなよ？」

「盗らないよ！」

　思わず想像しちゃって、顔が熱くなったじゃないか。

チッカの部屋は二階の一番奥だった。つまり玄関から一番遠い。

持てる限界まで運んで、荷台に積んで、駆け上がって、また持てる限界まで運ぶ。それを延々と繰り返すと、距離はそんなになくてもヘトヘトになった。特に階段がつらい。思ってたよりもさらに重労働だ。

それでもとにかく往復を繰り返し、大物はチッカと二人で協力して運んでいくと、やがて荷車が一杯になった。……山盛りにすればまだ載せられるだろうけれど、これ以上は僕らだと荷車が動かなくなりそうだからこれくらいにしておく。

「そういえば、これってどこへ持っていけばいいの？」

「冒険者の店の隣にある武具屋だね」

とのことだった。

冒険者の店までならそんなに遠くはないし一本道だ。隣の武具屋も、入ったことはないけれど知っている。看板に細剣と円盾の絵が描かれていたあそこだろう。

……けれど、武具屋でこんなゴミを引き取ってくれるのだろうか。

「武具屋って言っても、あそこの実態は冒険者御用達(ごようたし)の何でも屋さ。武器や防具だけじゃなくて、水筒や火打ち石、ロープやカンテラなんかも売ってる。……で、買い取りの方も何でも屋で、とにかく金になりそうなもんはなんだって買い取ってくれるのさ」

後ろから荷車を押してくれながら、チッカがそう説明してくれた。どうやらすごく便利なお店らしい。……そして、冒険者っていろんな装備が必要なんだなって思った。

「そんなに大きなお店には見えなかったけれど？」

あの武具店は小さくはなかったけれど、大きくもなかったはずだ。武器や防具が売ってて、便利な雑貨も売っているのなら、さらにチッカの部屋のガラクタたちは置けないのではないか。

「全部自分の店で売るわけじゃないよ。あたしらからちょっと安値で買って、違う店に持っていってちょっと高く売る。そうすれば店の広さは関係ないでしょ？」

「……それは冒険者にとっては損なんじゃない？」

「それが違うんだよねー」

石畳で舗装された道は進みやすくて、荷車は淀みなく進んでいく。これが村の道だったら、ちょっとしたでこぼこで何度も躓いているところだ。

石畳を敷くのってすごく大変なんじゃないかって思ってたけれど、道が平らっていうのはこんなにも便利なことらしい。

「冒険者って、いろんなところからいろんな品を持ち帰ってくるからね。古代遺跡に転がってた遺物だったり、魔物の素材だったり、敵が持ってた武具だったり。一番難しい魔法の品なんか、素人が一見しただけじゃ何なのかも分からないものも多い。そういうのをしっかりと鑑定できる店主は貴重だし、それをちゃんとした値段で買い取ってくれる店主はもっと貴重なんだ」

なるほど。なんでも買い取ってくれるってことは、なんでも価値が分かるってことなのだ。それはすごい。

それと信用はとても大事だ。レーマーおじさんみたいに騙して奴隷商に連れて行く人だっているから、一番大事。確実に信用できるのなら、たしかに手数料がかかったとしてもそこを利用した方がいいのだろう。僕もなにかあったらあの店に行こう。

「でも、ゴミばっかりだけど」

「わりと売れるよ。そのまま店先に並べられなくても、洗ったり修理したりして使えるものなら値が付く。鉄製なら錆びてようが壊れてようが鍛冶屋が溶かして使うし、空き瓶とかも洗えば使えるし割れてても材料になる。革製品も大きさによっちゃ買い取ってくれるし、木の家具とかはどうしようもなくても薪になる」

「そうなんだ?」

「ま、どれも安値だけどねー。これだけ売っても今日の昼食代にはならないかな」

荷車いっぱいに運んでそれは寂しい。

けれどまあ、どうせ要らないものなのだし。いくばくかでもお金になるのなら全部捨てるよりは、一度そのお店に持っていった方がいいだろう。そう考えるとこの荷もガラクタじゃなくて、ちゃんとした売り物に見えてくる。

「それでも売れなかった物は？」

「冒険者の店の裏手にかまどがあるだろ？　あそこに置いとけば薪と一緒に燃やしてくれる」

……なぜだか、バルクがブツブツと文句を言いながらゴミを投げ入れる姿を想像してしまった。


武具屋に積荷を置いてお店の人に値踏みを頼むと、それが終わるのを待つことなく宿へと引き返した。どうやらお金は後でもらうらしい。やっぱりずいぶん信用できるところのようだ。

チッカの部屋はまだまだ片付いていない。宿へ戻るとまた二階から外まで往復を繰り返し、とにかくガラクタを運んでいく、をひたすら繰り返す。

……そうやっていると、こう、ちょっとずつ大雑把になっていく。

最初は壊れた椅子みたいなガラクタ以外は、いちいち捨てていい物かチッカに確認していた。けれど長時間掃除をしていて未だ終わりが見えない状況に置かれると、そういう遠慮のような心がすり減って、今度は半ば確信になりつつある疑問が浮かび上がってくる。

つまり、こうだ。

――この部屋にあるものは、ほぼ全てゴミなのではないか。

「あ、その壺面白い形してるだろ。なんでも海向こうの国で花を飾るために造られたヤツらしくて……」

「うん、花とか飾らないよね？」

「この大盾はいけすかない戦士野郎から賭けで巻き上げた代物で……」

「使えないでしょ」

「この鍋ならなんと二十人分のスープが一度に……」

「使わないから」

「その人形は都で一時期流行した舞台の……」

「要らないね」

「それは遺跡で手に入れた……」

「ゴミ」

荷台いっぱいに積み込んで、なぜか口数の少なくなったチッカと共に武具屋に行って、また宿へ戻る。

朝早くから始めたのに、もう日がかなり高くなっている。正午は過ぎただろう。要領は分かったし、もう少しペースを速めた方がいいかもしれない。とりあえずさっさと大物は片付けてしまおう。

なにせ要らない物を運ぶだけで終わりじゃないのだ。この依頼はあくまで部屋の掃除である。

チェストの中のものは全部出してしまって、着られる服を選別して、入りきらなかったものは全部運び出す。チッカはあの部屋に一人で住んでいるんだから、そこかしこに投げ出されている食器も最小限を残すだけでいい。床にまだまだ転がる用途のない小物は問答無用でなくしてしまって、早く溜まった埃を掃き清められる段階にしてしまわないと今日中に終われない。

寝台のシーツを洗う時間は……さすがになさそうだ。少し悔しいな。

「おかえりなさいませ。少しご休憩されてはいかがですか？」

宿の玄関に入ると、背筋をピンと伸ばした宿のおばさんが待ち構えるようにして立っていた。手で促されて視線を向けると、食堂の方のテーブルに二人分の食事の用意がしてある。

「昼食がまだでしたら、どうぞ。簡単なものですが」

「え……あ……」

お腹は空いていた。けれど返事は上手くできなかった。

またレーマーおじさんの顔が思い浮かんだのだ。ゼルマ奴隷商いと看板が頭をよぎったのだ。道中の優しい顔と声と、僕が文字を読めることに気づいたときの声が同時に幻聴として襲いかかった。

身体がビクリと硬くなって、関節が動かなくて、喉が渇いて、思わず後退りそうになった。

――ここは町で、この人は知らない人だ。優しくされる理由なんかない。

「部屋が綺麗になって喜んでる……」

「え……？」

ぼそっとしたチッカの呟きで、呪縛が解けた。……見れば、少しだけおばさんの表情が柔らかい気がする。分かりにくいけれど。

「ちょうどそろそろ食事にしようと思ってたんだよ。ありがたくいただくねー」

「ええ。午後からも頑張ってくださいね」

おばさんにツンとした声で言われて、チッカが僕だけに見えるように舌を出す。……なるほどそういうことかと理解して、理解したらお腹が大きな音で鳴ってしまった。

「あ……ありがとうございます。いただきます」

とにかくお言葉に甘えることにして、恥ずかしさに慌てながらチッカとテーブルへ向かう。

クスクスと後ろから聞こえた小さな笑い声は、きっとおばさんのものだったのだろう。

「こ……これだけはダメだから！」

大物を運び出し余計な小物も整理して、散らかった衣服もしまい込んだころには、もうすっかり日は暮れて夜になっていた。やっと部屋という体裁を整えた空間は、以前と完全に見違えている。今日はすごくすごく頑張ったと自分を褒めていいだろう。

ただ……チッカの部屋にはあれだけのガラクタの山だったのに掃除用具が一つもなかったので、大家のおばさんに借りた箒で床を掃き清めたのだけれど、やっぱり納得いかない場所があった。僕は腰に手を当ててそこを眺める。

まるで子供でも守るかのようにチッカが両腕を広げて背にしている、部屋の一角を支配する大量の釣り具。

「チッカ。僕はべつに、全部なくしてしまおうって言ってるわけじゃないんだ」

「ダメ、絶対にダメ！」

「そんなに必要なくない？」

「全部必要なの！」

「壊れてるのもあるみたいだけど」

「直すから！」

そういえば、ウェインが昨日言っていたっけ。チッカは海釣りばっかりしてるって。

どうやら彼女の趣味は釣りらしい。それもかなり入れ込んでいるようだ。でなければ竿ばかり十本以上もいらないだろう。他の品はわりと潔く手放したのに、釣り具だけはこんなに往生際が悪いのも、彼女がそうとう釣り好きである証拠だと感じた。

ううむ、と腕を組む。……思い返してみれば最初からその一角だけは、釣り具しか置いていなかった。お世辞にも整理されているとは言えなかったけれど、他のガラクタが倒れ込んだりしてこないような置かれ方だ。チッカなりに大切にしているのかもしれない。

けれど、釣り。釣りかぁ……。

「……釣りって面白いの？」

純粋に気になってしまって、聞いてみる。

「ん？　そりゃ面白いに決まってるよ。やったことないの？」

「手づかみで川魚を捕ったことならあるけど……そうじゃなくって。魚捕るなら網じゃない？」

川に網を放って魚を捕るのは、村ではよくやっていた。あれはたくさん捕れるからみんながお腹いっぱいになる。

けれど釣り糸を垂らしてもそんなに捕れないのではないか。釣り竿を持って出かける大人はいたけれど、いつも釣果は網漁より全然少なくて、なんなら一匹も釣れなかったと落ち込んで帰ってくることも多かった。

「バカ。ホントにバカ。おまけにチビ！」

バカはともかくチビは余計じゃないかな。

「いい？　釣りってのは網と全然違うの。狙う獲物によって糸を垂らす場所も時間も餌も変わるし、待ち方も全然違う。何時間でも待って、あるいはポイントを変えて、時には餌をまいて引き寄せたりして、魚との知恵比べさ。しかもかかった時はタイミング良く引いて針を喰わせなきゃ逃げられるし、糸が切れないよう釣り上げるためには技と根気と集中力が必要だし、大物だったら竿を持ってかれることもあるから力も要る。釣りってのはね、狩猟じゃないんだ。魚との勝負なんだよ」

……魚の方は勝負するつもりないと思うけれど。

まあ、熱意はなんとなく伝わってくる。チッカはやっぱり魚釣りがすごく好きなのだ。好きなことがあるっていうのは良いことだって、神官さんはいつも新しい本を読むときに言っていた。

「元々あたしは都にいたんだけど、いつでも海釣りができるここが気に入って移り住んだくらいでねー。それまでのパーティのヤツらにはドン引きされたっけ」

そんなことを言われると、好きすぎるとダメな時もあるかもしれないと思った。

「お？　なにその顔は。さては釣りがどれだけ素晴らしいか分かってないね？」

「いや分かったから」

「よし、いいこと思いついた。今度海釣り連れてってあげるよ。竿も貸したげる」

興味ないんだけれど？

「釣りはいい。釣れれば食卓に料理が増えるし、大漁だったら売って金にできるからね。海の高級魚って良い値段で売れるんだよ？」

「え、そうなの？」

前のめりになって聞くと、チッカはにひひと笑った。

「もちろん。嘘は言わないって。ま……下水道の仕事が終わって暇になったころに誘ってあげるよ」

だから、とチッカは肩越しに、親指で自分の背後を指さす。

「これはこのままにしておこうよ。ね？」

……なにがだからなのかはよく分からない。けれどまあ、依頼者のチッカがそこまで嫌がるなら、僕が無理を言ってまで捨てる理由はないのだけれど。

ただやっぱり、壊れたのは要らないんじゃないかな……。

「ま、それはそれとしてだね。チビ、ちょっとこっち来な」

早くこの話を終わらせたかったのだと思う。チッカは僕の袖を引っ張ると、強引に釣り具の一角から離した。

同じ部屋の中だ。移動距離はほんの数歩。それだけでもう一つの、絶対に捨てたらダメな物品たちが置いてあるスペースへと辿り着く。

それは彼女の仕事道具だった。

綺麗な石がはまった大振りのナイフ。全体が黒く塗られたナイフ数本。小さめの仕掛け弓。革の鎧とその予備。革の水筒。一見してもよく分からない何か。背負い鞄はすでに膨らんでいて、いつでも出発できるように準備されている。

彼女に言われるまでもなく、捨てることのできなかった品たち。

冒険者の装備。

「これあげる。着けてみなよ」

チッカは少し埃を被っている方の革鎧を持ち上げて、にひひと笑った。

「チビは昨日、転んだとかで服に泥つけてたでしょ？　アレ見て、あ、こいつ結構無茶なことしてるなって思ってさー」

とりあえず首を通してみて、慣れない感覚に戸惑いながら肩当ての位置を直す。革製の鎧はなかなか重かった。たぶん、動物の革を何枚か重ねて造ってあるのだと思う。

チッカが背中側に回って、ポンポンと叩くようにして整えてくれた。そのまま側面の革紐も結んでくれる。

「普通に転んだくらいじゃ、鎧を着けてたら服はあんなに汚れない。だから鎧を持ってないのはすぐに分かった」

「それは……うん」

たしかに鎧を着けていたら、鎧に泥が付くだろう。その下の服までは汚れない。

「で、泥の色とか服に付いてた枯れ葉の欠片とかでね、これ森行ってるなーって気づいて」

「そんなの分かるの？」

驚いて、思わず大きな声が出た。たしかに僕は昨日、森で転んだのだ。

「分かる分かる。あたし斥候の専門職だから、それくらい見抜けないと間抜け扱いされちゃうよ」

専門職。前もチッカは自分をそう言っていた。

斥候っていうのはよく分からないけれど、服の汚れだけでどこに行っていたか当てるだなんてすごい洞察力だと思う。……なのに、それを当たり前のようにできなければ間抜けだなんて。驚きを通り越して絶句してしまった。

冒険者ってすごい。——本当に、すごいんだ。

「こっち側の門から近い森っていうと、ドワーフの木こりたちが働いてるとこでしょ。あそこの屈強な木こりは大抵の魔物なんて追っ払っちゃうから、あの辺はわりと安全っちゃ安全なんだけどね。けど、それでも魔物が出ないなんてことはない。さすがに鎧もなしに行くのは無茶だよ」

「……そうだったんだ」

森でスライムに遭遇したことはあった。あの時は逃げることができたけれど、もしあれが移動の遅いスライムじゃなくて、もっと別の魔物だったらと思うとたしかにゾッとする。

——きっと、恐い魔物に出遭わなかったのは幸運だったのだ。今更ながらに、危険な場所にいたのだと認識した。

「で、そういえばもう使わなくなった防具があったなってね。ハーフリング用のだけど、チビは子供でチビだし、ちょうどいいんじゃないかって思ってさ。……ま、部屋があんな状態だったから、どこにあったかなーってところからだったけど」

革紐を結んでくれたチッカが、具合を確かめるために鎧の端をつまんで揺する。むぅ、と呻って、もう一度紐をほどいた。

「……もしかして、今日は僕のために？」

その可能性に思い至って、ほとんど呆然とした心地になった。

たしか昨日、チッカは冒険から戻ったばかりで疲れていたはずだ。下水道で新しいエリアが見つかったと言っていた。本当だったら今日は休んで、明日からの冒険再開のために疲れを癒やすべきだったのではないか。

それなのに、僕にこの鎧をくれるために一日を潰してまで——。

「いや？　部屋が汚すぎて追い出されそうだったのも本当」

違った。

「どっちかっていうと、そろそろ部屋の掃除しなきゃなーって憂鬱だった時に、チビのバカが無茶してるの見つけて、しかたないなー掃除のついでで昔の鎧の発掘もするかー。みたいな感じ？　掃除するきっかけの理由にしたってとこ」

「掃除するのにきっかけとか理由とかいる？」

「チビ、わりとしっかりしたお子さんだよね……」

普通だと思うけれど。大きい兄ちゃんとか神官さんとか、身の回りの物は綺麗にしなさいってよく言ってたし。

キュッと紐が縛られて、鎧の装着が終わる。揺すられても今回はあまり動かなくて、身体にピッタりとくっつくように思えた。しかもなんだか、心なしか軽くなった気もする。

確かめるように身体を動かしてみるけれど、動きにくさはない。軽く跳んでみたけど擦れて痛んだりはしなかった。

重みはある。けれどそれは安心する重さだ。自分の身体が守られている、という実感が湧いて、わぁと声が漏れる。厚みと固さを確かめるように鎧を撫でてしまう。

「しっかり着けると動きやすいでしょ？　鎧ってのは上手く着ないと単なる重しだからね。自分でできるように練習しておくんだよ」

「うん……うん、ありがとうチッカ！」

湧き出る喜びのまま心からお礼を言うと、チッカはにひひと照れたように笑って頬を掻いた。くすぐったそうにしているその顔は、今まで見た彼女の表情の中で一番可愛（かわい）かった。

そして。

「そうだ。革帯があるから、ついでに武器の留め帯も作ってあげるよ」

そんな提案までしてくれて、僕は目をパチクリさせる。

「武器の……留め帯？」

「ああ、そういうのもちゃんと鎧に合わせて調節しとかないと。遠慮なんかしなくていいよ。あたしは……っていうか、ハーフリングはだいたい手先が器用なんだ。留め帯くらいパパッと作ったげるからさ。チビの得物はなんだ？　剣か？　槍か？　それともまさかの斧やメイス？」

ハーフリングって手先が器用なんだ。初めて知った。……というのは、まあ今はどうでも良くて。

武器。……武器。

「これ……かな？」

僕は鞘に収まった小さなナイフを取り出して、チッカに見せる。


「ウェイン！　バカ！　ロクデナシ！　顔貸せこの野郎！」

冒険者の店にチッカの高い声が響き渡る。身体は小さいのにすごい声量だ。

店中の視線が集まるけれど、彼女はお構いなしにずんずん進んでいく。手首を掴まれているので僕もついて行くしかない。

「ようチッカ。おかんむりみたいだがどうした？　明日の準備ならやっといたぞ」

「ありがとお疲れ。ちょっと来い」

突然の罵倒にも動じず、食べていた骨付き肉をちょいと掲げて挨拶するウェイン。チッカはちゃんとお礼は言ってから、顎で外を示す。

とんがり帽子の綺麗なお姉さん……たしか、チッカがシェイアと呼んでいた魔法使いの女の人は、視線も上げずにスープを飲んでいた。

「行くのはいいけど、せめて理由くらい教えてくんねぇ？　なんか俺悪いことしたか？」

「お前じゃない。このチビ、鎧どころか武器も持たずに森まで行ってたんだよ！」

「え、マジで？　ヤンチャ過ぎだろそれは」

あのウェインが眉間にシワを寄せて引いている。あのウェインが。

どうやら僕がやっていたのは、かなり無謀な行為だったらしい。

「ナイフならあるのに……」

「あんな小さいの武器になるかバカ！　ゴブリンも鼻で笑うよ！」

耳元で大声を出さないでほしい。耳がキンキンする。

「あれは戦闘に向かない」

ふーふーと湯気の立つスープを冷ましながら、シェイアがポツリと教えてくれる。

たしかに薬草採取の依頼に役立つとは言われたけれど、戦闘に使えるなんて言われなかったかもしれない。

「つーか俺、あんま町から離れるなって言わなかったか？」

「…………………言われた」

門のところにいた兵士さんにも言われた。

思わず目を逸らしてしまう。そうか。森は遠いし危険なとこだったんだ。たしかに結構歩くし町も見えなくなる。近くはない。

「はー……なるほど分かった。行くぜ」

呆れた様子で軽く頭を振って、骨付き肉を持ったままウェインが席を立つ。

「つまり武具屋だな？」

「そう」

チッカはふくれっ面のまま頷いた。僕の意思は聞かれなかった。

シェイアは立ち上がることなくスープを飲んでいた。


武具屋は冒険者の店の隣にあった。今日チッカの部屋のガラクタを売りに来たお店。ただ毎回店主さんを呼んで外に荷を置くだけだったので、実は店の中に入るのは初めてだったりする。

「お邪魔しまーす……」

ズカズカと入って行くウェインとチッカに続いて、薄暗い店内に入る。……灯りが一つしかないのは、もう営業時間外だったからだ。お店は閉まっていたけれど、二人は遠慮なく戸口をガンガン叩いて開けさせていた。

冒険者はあんまり時間とか気にしないから——なんて言っていたが、お店の人は気にするのではないか。それとも冒険者相手の商売をしているならある程度覚悟するものなのか。とにかく将来武具屋になるのはやめとこうと思った。

「しっかし、ガキ用の武器選びは俺も初めてだなー」

「人間だけどチビだし、でかいのは振り回せないよね。短剣とか？」

「これから習うんならともかく、すぐ使うんだろ？　剣は素人にオススメしたくねぇよ。あいつ手首細いし、たぶん止められなくて自分の脚を斬る」

「ふーん、じゃあ斧とかもダメだね。大きめのナイフにしとく？」

「人間はお前らみたいにすばしっこくねぇんだよ」

「むぅ。となると……」

店内を見回す二人の間で話が進んでいく。僕の意見が聞かれない。まったく聞かれない。

「つーか予算いくらだよ？　それでけっこう違ってくるぞ」

「これ。今日の部屋掃除の報酬」

「おー、掃除代にしちゃそこそこ奮発したな」

「部屋がずいぶん綺麗になったし、処分品も思ったより高値になったからね。昼食代も浮いたし」

僕のお金が勝手に使われる……！

「え、えっと……僕、武器とか使ったことないんだけど」

なんとか勇気を出して口を挟むと、チッカが振り向いて手を僕の顔の前に伸ばした。

なんだろう、と思った瞬間、ぺちんとデコピンされる。……痛い。

「ようく聞きなチビ。武器は持ってるだけでもいいの。自分は相手を傷つける手段があるって見せるだけで、獣だってうかつには襲ってこなくなるからね」

「まあ襲われる時は襲われるけどなー」

「突きつけるだけで跳びかかってくるのを躊躇わせるし、むちゃくちゃでも振り回せば追っ払えることだってある。素手だったらなんにもできずに終わるんだから、持ってた方がいいに決まってる」

「武具目当ての野盗とかもいるけどなー」

「バカは黙ってろ！」

チッカの肘が脇腹に突き刺さって、カエルみたいな声を出してうずくまるウェイン。すごい、今のは本気で痛そうだった。

「まったく……このバカみたいにデカいヤツには関係ない話だろうけど、あたしらみたいに小さいと、襲ってくる奴にナメられるんだからね」

「ナメられる……？」

「弱そうだって思われて、アレなら簡単に勝てるって侮られる。さっき武具目当ての野盗もいるってバカが言ってたけど、野盗なんてやったことがないようなただのゴロツキや、魔が差した一般人に追いかけ回されることだってあるんだ。自衛手段くらい持ってないと、危なっかしいったらない」

——それは。例えば、奴隷目当ての行商人みたいな相手だろうか。

レーマーおじさんは、僕が武器を持っていたら奴隷商に連れて行かなかったのだろうか。……いや、おじさんは信用している僕を騙すつもりだったのだから、武器を持ってたところでそんな心配なんてしていなかっただろう。だからそんなの、考えるだけ無駄な話。

けれどまたそういう人と出くわしたとき、武器を持っているのといないのではかなり違ってくるのではないか。もし反撃されて怪我でもしたらつまらない。そう思ってくれることがあるのなら、それは十分に価値がある。

「それは……それは、必要だね」

「やっと分かった？　じゃあウェイン。結局なにがいいか教えてあげな」

脇腹を押さえてうずくまる濃い茶色の髪の戦士は、そう促されると一房だけ白い前髪の辺りをかき上げる。

「ま、最初からだいたい決まってたけどな……槍だろここは」

もう回復したのか、元から大して効いていなかったのか、すっくと立ち上がった彼は店内を移動した。奥の槍が立て掛けられている壁の前に立つ。

大きいものはウェインの背丈よりも長く、短い物でも僕の胸くらいはある。

「槍の良さは何よりもリーチの長さだ。遠い間合いから攻撃できるのは単純に強いし、敵の攻撃が届かなければ無傷で勝ちやすい。敵を倒したけれどこっちも酷い怪我を負ってしまった、ってのは、仲間に治癒術士がいる時以外は負けと同じだからな」

無傷で勝つ。槍はそのための武器。聞くだに、それはとても重要な特徴だと思った。痛いのは嫌だ。

説明してくれながら、ウェインは短めの槍を一本一本手に取って、軽く持ち上げて、また戻していく。手慣れた手つきでたまに横にしたりしているけれど、それでなにが分かるのか僕には推測もできなかった。

「木の棒の先端に刃を付けただけだからわりと軽いし、長柄は持ち手の間隔を広く取れるから、剣とかよりも素人が扱いやすい」

僕はあんまり力が強くないから、軽いのはとてもいいことだ。長柄だから扱いやすいっていうのはピンとこないけど、ウェインが言うなら……ウェインが言うなら……そう、なのだろうか？

やがて彼は僕の背丈より少し短いくらいの槍を手にして、こちらへと差し出した。

柄が薄緑に塗られている以外になんの飾り気もない、いかにも穂先と石突きを付けただけですよという感じのそれは、それでもたしかに槍だった。

「あと、ほぼ木だから値段が安い」

「それにする」

僕の武器が決まった。

「よしよし、素直で大変よろしい。チッカ、支払い任せていいか？」

「あいよー」

「ようし表出ろガキんちょ。槍の基本を教えてやんぜ」

オススメした武器が選ばれて嬉しかったのか、上機嫌なウェインにバンバンと背中を叩かれて咳(せ)き込んでしまう。さすが冒険者って力が強い。

「えっと……あれ？　さっき武器は持ってるだけでいいって言ってなかった？」

「バーカ、使えた方がいいに決まってるだろ？」

……それはそうかもしれない。

食事を終えて、ハンカチで口の周りを拭く。冒険者の店の料理は好きだ。特に貝の料理がいい。新鮮な海の幸を味わえるのはこの町のいいところだと思う。
チッカとウェインはあの子供……キリとか言っただろうか。小さな新人を連れて武具屋に行ってしまった。
世話を焼いてあげるのか、からかって遊ぶのか、そのどちらともか。
きっと本質的には同じこと。縁あって少しかまうくらいはしても、身銭を切って助けるまではしない。彼が着けていた革の防具だって、チッカからしたら要らない物を押しつけたくらいの認識でしかないだろう。

冒険者は自己責任。甘えが入れば死ぬのに、甘やかしてもいいことはない。感情移入した分だけ後味が悪くなるだけ。……それくらいあの二人だって分かっている。あんなの、たまたま持っていた魚の干物を野良猫に投げてやる程度の感覚だろう。理解はできるけれど付き合う気にはならなくて、食事が終わっても武具屋に行こうとは思わなかった。

「なんでダメなんだよ！」

さて、明日は早いし今日はもう寝に帰ろうか……そんなことを考えながら席を立ったとき、大声が店内に響き渡った。うるさい。

見れば、受付にいるバルクと冒険者のパーティがなにやらもめている。

冒険者は三人組で、男の戦士と女の斥候、そして魔術士らしい男。名前までは知らないけれど、いずれも若くて、最近になって見るようになった顔だ。

「薬草採取の依頼書をちゃんと読んだか？　採取方法や運び方が雑で傷んでいるから、これじゃとても薬師ギルドに納品できん。しかもこの採り方じゃ薬草の株が枯れてしまうだろうが。次が採れなくなるぞ」

「……ぐ、あんなたくさんの細かい注意書き、すぐに覚えきれるわけないだろ！」

「頭のデキはお前らの事情だ。店に言われても知らん」

バルクも大変だ。薬草採取はけっこう繊細で知識が必要だから、ああいうことはよくあるのだろう。

しかし……どうやらあのパーティ、薬草採取の依頼には慣れていないらしい。ということは、もしかしたら下水道のネズミ退治をやっていたパーティだろうか？

常設だったネズミ狩りは、ケイブアリゲーター騒動のせいで一旦取り下げられている。新人には ちょうどいい訓練になる依頼だったから、なくなれば困るパーティも出てくるのかもしれない。

まあ、でも。彼らは幸運だったのではないか。

ウェインがソロになって、下水道に行くしかなくなって、そこでケイブアリゲーターに遭遇して。

そうでなければ、襲われたのは彼らだったのかもしれないのだから。

というかこれ、彼らが幸運だったというよりウェインが不運なのかもしれないけれど。

「……まったく。これじゃお前らより、あの小せぇガキの方がよっぽど使えるぜ」

バルクのぼやきに、若い新人たちの顔が屈辱に歪んだ。

第五章

腰抜けムジナ

槍を腰だめに構える。重心はやや後ろで、持ち手の間隔は肩幅くらい。

ふぅ、と一つ息を吐いた。肩の力を抜いて、身体は柔らかく。

「ふっ！」

踏み込む。腰を回す。槍を突き出す。

「むぅ……」

突きを繰り出した姿勢で止まって、自分の身体を確認する。すぐに引けるよう、あまり前に出し過ぎないように。

「……よく分からない」

槍の石突きを下に河原の丸い石の地面に立てて、むぅーと呻る。昨日教えてもらったとおりにやってみたけれど、これでいいのだろうかと首を傾げてしまう。

たしか……踏み込みと腰を回すのと槍を突き出すのは、本当は一緒にやるのだったか。慣れてきた

らそうしろと言われているけど、今はまだ慣れてないから順番に。

陽は高くて快晴で、空の上の方に鳶が飛んでいた。

濃い樹木の香り。軟らかな土。枝葉の擦れる音や川のせせらぎ。槍と鎧を装備して訪れた森は、いつもと特に変わらない。

だけれど、一昨日のように森を探索しようという気にはなれなかった。

「危険……か」

ここより先を眺めて、呟く。森はそういう場所だ。僕はそれを教えられていながらも失念して、何度かここに足を運んでいた。

木こりの人が魔物を追い払ってるから、森の深い場所まで行かなければそこまで危険ではないと言っていた。チッカが怒ったのは武器も持たずに森へ入ったからだ。

——だから槍も鎧もある今は、浅い場所なら入ってもいいのだと思う。

そう考えていつものように来て、切り株だらけの入り口で森がおどろおどろしく見えた。

それでも森へ入らなければ薬草採取は捗(はかど)らない。道中をできる限り警戒しながら歩き、川辺の薬草を採って、時間が余ってしまっても以前のように薬草を探しに行こうと思えなくて、こうして槍の練習をしている。……それが、なんというかすごくバカみたいだった。

探索に行くべきだ。

あるいは、帰るべきだ。

ここは町から離れた森の中。魔物は滅多に出ないとはいえ、決して安全というわけではない。槍の練習なら帰ってからやればよくて、森に留まるのなら探索した方がいい。ここに居続けるのは一番頭の悪い選択だ。

探索はしたい。けれど危険は恐い。

そんなどっちつかずの心が、わずかながら知っていて見晴らしもいいこの川辺に僕を繋いでいる。

「ふっ！」

槍を振る。今回は薙ぎ払い。脚を踏ん張って、腰を回して、脇は締めたまま水平に槍を横へ薙ぐ。

臆病。自分がそうだということは自覚していた。恐いのは嫌いだ。

けれど、こんなに愚か者だとは知らなかった。他の子と比べても、頭は悪くない方だと思っていたのに。

「しっ！」

突きを繰り出す。魔物が聞きつけてくるかもしれないから、大きなかけ声は出せない。

結局、ウェインは突きと払いしか教えてくれなかった。たぶんその二つで飽きたのだと思う。

二つの技を繰り返しながら、僕は森の奥へ視線を向ける。

この先には危険な魔物がいるのだろう。いないわけはない。いるに決まっているのだ。そんなの恐くないはずがない。見つかったら食べられてしまう。

森の奥は危ない。

けれど、高価な薬草もあるのだろう。

「冒険……」

呟く。それは、自ら危険を冒すという意味の言葉。

危険の先に、何かを得ようとする行為。

「冒険者、かぁ……」

森を眺め、槍を握りしめる。何日か通った川辺の薬草は、そろそろ採り尽くしてしまいそうだった。


結局、川辺から行くことも退くこともできず時間だけが過ぎて、無為に槍だけ振って帰ってきた。

気づいたら手のひらが痛くて腕が重くて、槍を持つのもキツくなっていて、今度から町の外で練習するのは絶対やめようと思った。そうか槍って杖になるんだ……っていう発見があったけれど、それは今日見つける必要のなかった学びだと思う。

「な……なんで薬草採取なんかで、そんなに稼げるんだよ！」

冒険者の店へ帰る。店内に入って、気になって見回してみたけれど、チッカたちはいなさそうだった。

昨日のうちに本格的な冒険の準備をしてあの三人は、朝早くから下水道へ向かっていった。きっと今も冒険の最中なのだろう。今日はたぶん帰ってこないし、明日もいないかもしれない。明後日くらいになれば、また顔を見られるだろうか。

「あん？　そりゃおめぇ、オレっちが薬草採取の達人、腰抜けムジナ様だからに決まってらあな！」

チッカたちの代わりというわけではないけれど、店内には知っている顔があった。何一つ格好良くない肩書きと二つ名を名乗って、ヒヒヒ！　という特徴的な笑い声を上げるお爺さんだ。

日焼けした禿げ頭にシワだらけの顔をした、ツギハギだらけで斑模様になってしまった貫頭衣の老人。ムジナ爺さん。

あれだけ堂々としていると、一周回ってカッコいいと思ってしまうからすごい。

「……っ！　そんなかっこ悪い名乗り、よくできるなアンタ」

言い合いの相手は僕みたいに態度で騙されなかったようで、眉根を寄せて苦言を漏らす。

小さい兄ちゃんと同じくらいの歳に見えるから、十五歳ほどだろうか。革鎧を着て長剣を腰に吊っているので、たぶん戦士さんなのだろう。

その彼の隣には、同じくらいの歳のムスッとした魔法使いっぽいお兄さんと、気弱そうな顔をした女の人がいた。女の人の装備は人間用だけれど、なんとなくチッカのに似ているから斥候さんなのかもしれない。

「もちろんできるさぁ。時期にもよるが、オレっちは下手なCランクなんかより稼ぐからなあ。ヒヒヒ！　腰抜け呼ばわりしてバカにしてくる奴より稼ぐってのは、なかなか気分いいもんだぜぇ？」

「な……爺い！」

……あのお爺さん、ちょっと性格が悪いかもと思った。

「なんだかもめてるね」

僕は受付に今日採取した薬草を渡しながら、座っているバルクに話しかける。

騒ぎは恐いけれど、言い合いは依頼書の貼ってある壁際のところでやっている。ちょっと距離があるから、ここなら巻き込まれないだろう。

「よくあることだ」

頬傷のバルクはまったく動じてないようだったけれど、なにかあったのか不機嫌そうな顔をしていた。いつもよりさっさと検分して、過不足のない報酬をくれる。

「ま、長年やってりゃ採れる場所もだいたい分かるし、目端が利くようになるもんだ。言っただろお？　真面目にコツコツやってりゃ、そのうち実力もついてくるってよ。お前らもオレっちみたいに何十年か薬草採取し続ければ、これくらいは稼げるようになる。——って、そんなバカみたいなマネはしねえよな！　ヒヒヒ！」

バルクから報酬を受け取りながら、届いてきた言葉に聞き入る。

すごい、と思った。あのお爺さんは薬草採取を何十年も続けているのだ。だからあれだけたくさんの薬草を見つけられるのだろう。

森にも行くのだろうか。森の奥の方へも行くのだろうか。森じゃない場所も知っているのだろうか。……きっといろんな場所へ行くに違いない。僕みたいに、恐くて川辺から奥へ行けなかったりとかはしないのだろう。

あのお爺さんは……――冒険者だから。

「クッソ偉そうにっ。アンタが全部採っちまうから、町の近くに薬草が生えてないんじゃないのかよ！」

若い冒険者の声に、僕は息を呑んで振り向く。

「んだとぉ？」

ムジナ爺さんが口を歪ませた。いかにも心外だといった様子で、若い三人を睨み付ける。

その反応を図星と解釈したのか、三人の中のたぶん一番おしゃべりな戦士の男は、それ見たことかと人差し指を突きつけた。

「そうだろう！　町の外の草原を探しても、めぼしい薬草なんて残っちゃいない！　あっても安いのが少しだけだ。全部アンタが独り占めしてるんだろう！」

興奮してまくし立てられた若人の指摘に、ムジナ爺さんは右手で禿げた頭のてっぺんをボリボリ掻く。

そして、はぁー、とこれ見よがしのため息を吐いた。

「なあ、坊や」

「おれは坊やじゃない！」

「坊やだろ。あのな、薬草採取ってのは、冒険者への依頼だぞ？」

諭すように述べるムジナ爺さんの表情には、先ほどまでのからかうような笑みは消え失せている。もう微塵も残っていない。

というか、子供に言い聞かせるような言い方だった。

「町のすぐ外の原っぱで大量に採れるんなら、薬師ギルドがわざわざ金を払うわけないだろうが」

……………それは、一日目で僕も思ったことだ。

「遠いところにしかない。めったに見つからない。危険な場所にある。このどれか、あるいはどれも。それが冒険者に依頼される採取依頼の基本だ。ねぇんだよ、門の近くにめぼしい薬草なんか。というかお前さん、そんな物騒な得物引っさげて、立派なおべべ着て、子供のお使いぐらいの距離しか歩いてないのか？」

「ぐ……！」

顔を真っ赤にする若い戦士に、ムジナ爺さんはダメ押しのように諭す。

「というかだな、オレっちが独り占めしてたところで、文句言われる筋合いもねぇんだよ。薬草なんざ早い者勝ちだ。それともお前さんら、町の外の土地は全部自分らのだって言うのかい？」

お爺さんの言うことは正しいと思った。そもそも僕だって、あの川辺の薬草を独り占めしているようなものだ。それについて文句を言われてしまったら困ってしまう。

「な……なら、アンタはあんな量の薬草をいったいどこで採ってるんだよ！」

そう問われて、お爺さんは今度こそ呆れはてた様子で、手で顔を覆った。

「おいおい、それはお前さん、オレっちの稼ぎ場所を教えろって言ってるようなもんだぜ。普通、そんなもん教えるわけないだろが」

「……ああもう、クソッ！　そうかよクソ爺！」

「ま、教えてやるんだがな」

「――……は？」

は？　と僕も耳を疑った。

僕だったらあの川辺を教えたくはない。あそこの薬草はもう残り少なくなっているのに、誰かに教えたらなくなってしまう。それは困る。

困る……はずなのに。お爺さんは今、あっさりと教えるって言った。聞き間違いかと思った。

「教えてやるよ。オレっちのとっときの場所をな。ああ、もちろんタダでいいぜ。これでもオレっちはお前さんらの大先輩だかんな。後輩にもちったぁ優しくしてやらねぇとなあ」

優しくしよう、なんて全然思ってなさそうな声音。けれどその嘘くささを隠さないところが、逆にこうも言っていた。

どっちでもいいぞ、と。

「その気があるなら明日、朝にオレっちのところへ来い。案内してやるからよ」

どう反応したらいいのか分からず絶句して立ち尽くす冒険者たちに、くるりと背を向けるムジナ爺さん。

宿の方の部屋に戻るのだろう。そのまま奥へと向かっていく。

「あ、あの！」

その背中に、僕は思わず声を掛けていた。

お爺さんが驚いた様子で振り向く。若い冒険者の三人もこちらを見た。四人の視線を一度に集めてしまって、少したじろいでしまう。

けれど。

「――それ、僕も行っていいですか？」


いつもより早く目が覚めた。木窓から外を見ると、やっと空が白んできた時間帯だ。朝日が昇る前。

一回だけのびをして身体をほぐしてから、チッカのお古の鎧を着ける。教えられたとおりにしっかりと、少しきつめに留め紐を縛っておく。

鎧を着け終わってから、馬房の端の方に置いていた槍を拾って土を払う。寝相は悪くない方だと思うけれど、もし寝てる間に刺さったりしたら嫌だし藁の寝床から一番遠くに置くようにしていた。

最後に上着カゴも持って、もう一度忘れ物がないか馬房を見回してから出る。隣にはあのヒシク草を食べた大きくて図太い馬がいて、寝たまま首だけ起こしてこちらを見た。軽く手を振ると、こてんと首を寝藁に戻す。まだ寝たいのだろう。音を立てないよう、厩の外へ出る。

冒険者の店へ向かう。

「——おう、一番乗りだな坊主」

こんな時間なのに、ムジナ爺さんはもう店の中にいた。

一番乗りだなんて嘘だ。だってムジナ爺さんがいる。遅れたらまずいと思って早く寝て、目が覚めてすぐ準備して来たのに、先を越されるなんて思ってなかった。

それも朝食まで食べてるなんて。

「おはようございます。その、今日はよろしくお願いします」

近くまで行って挨拶する。何を食べてるんだろうと思ったけれど、料理じゃなかった。生の野菜に塩をつけて丸かじりしていた。

「お……おう。まあ、よろしくお願いされてやるよ」

朝だからだろうか。ムジナ爺さんはなんだか、昨日よりも元気がない気がした。そっぽを向いて頬を掻いたりして、顔を合わせてくれないし。

「あー……とりあえず、今日は歩くからメシ喰っとけ。ってもこの時間の厨房は仕込みも終わってねえから、料理なんて作ってくれねえ。注文できるのはそのまま喰えるヤツだけだがな」

「ああ、そうなんだ」

だから野菜を丸かじりしてるのか。少し考えて僕もマネすることにして、生の野菜と塩、湯冷ましの水を注文すると、厨房の女の人はすぐに渡してくれた。さすがに食材そのままだったので安く、銅貨でお金を払う。

そして。

ムジナ爺さんのいるテーブルに戻って、皿を置いてから神さまにお祈りする。

「あ、パンを頼めばよかった」

作り置きのならそのまま食べられるから、パンも注文できたはずだ。間抜けだった。

「ヒヒヒ！　オレっちの皿見て野菜しか頼めないと思っちまったか。残念だったなあ」

「むぅ……」

笑われてしまった。まあその通りだから仕方がない。……でも、ムジナ爺さんの元気そうな声が聞けてちょっと安心した。病気とかではないらしい。もしかしたら朝に弱いのかもしれない。

野菜は好きだ。家の畑で採れた新鮮な野菜が好きで、収穫の時によくつまみ食いしたものだ。

特に赤くて瑞々(みずみず)しい実のやつは美味しかった。村のみんなも大好きで、収穫できる夏が来るのを楽しみにしていて、赤い実のやつと言えばあの野菜のことを示した。……ただ、この野菜の名前はなんていうのか、と聞いてみてもみんな知らなくて、今でもあの赤い実がなんという野菜なのか分からない。

時季がはずれているからか赤い実のやつはなかったけれど、皿の野菜はどれも美味しかった。生で食べやすいのを選んでくれたのだと思う。

「お塩、多いよね」

「ん？」

お皿の端には塩が多すぎるほど盛られていたので、野菜にたっぷりかけてみる。すごく贅沢だ。村にいた頃は、こんなふうにたくさん塩を使うなんて許されなかった。

せっかくだからちょっとした山になるまでかけてみる。

「海があるからかな？」

「ああ……塩田があるからなあ」

ムジナ爺さんが答えてくれる。塩田。初めて聞いたけれど、そういうのがあるのか。

――もし。

もしもレーマーおじさんがちゃんとお塩の商人さんを紹介してくれていたなら、僕はそこで働いていたのだろうか。……なんだか、いまいちピンとこなかった。

商家で働いている自分を想像しながら大きく口を開けて、たっぷり塩をかけた野菜を囓る。

すごく塩辛くて、すぐに水で流し込んだ。

「来たぞ、爺さん」

「おう、行こうか」

あの三人組の冒険者が姿を現したのは、朝日が完全に昇って店に冒険者の人が来はじめて、僕らがお皿の野菜を食べ終えて、いくつかの依頼書が壁から剥がされたころ。

あんなに早い時間から待っていたお爺さんは、少しも怒ることなく立ち上がる。……そういえば昨夜、集合の時間を決めていなかった。朝に自分のところに来いとお爺さんが言っただけだ。

もしかしたら昼になるまで待つつもりだったのかもしれない。待ってる間も特にイライラするわけでもなく、ムジナ爺さんはゆったりとした表情で腕を組んで座っていた。

「おはようございます。今日はよろしくお願いします」

僕は三人に向けて挨拶する。ムジナ爺さんにしたのと同じ挨拶。

今日この採取について行けるのは、この三人がいたからだ。機会に乗っからせてもらっているのだから、感謝しかない。

「……足手まといにはなるなよ」

「はい！」

やっぱり来るな、とかは言われなかったので、ホッとして返事する。

足手まといにならないように……ちゃんと肝に銘じないと。実際、僕がこの三人に勝っているところなんて一つもないだろう。槍も鎧も装備してみたけれど、戦ったら絶対に負けると思う。

薬草採取の達人のムジナ爺さんに、強そうな三人の冒険者。僕はそこにオマケとしてついていくだけ。申し訳ない気すらするけれど、僕にとってはものすごい好機だ。新しい薬草採取の場所を教えてもらえるし、このメンバーなら多少危険な場所でも恐くない。

「さて。まず最初に言っておくことがある」

床に置いていたカゴを背負い、ずいぶんと幅広の鞘をした短剣を腰に差して準備を終えたムジナ爺さんは、僕と三人の冒険者を見回してそう口を開いた。

「今日はこの五人で臨時パーティとして行動する。そして当然、リーダーはオレっちだ。パーティとして動く以上はオレっちの方針には絶対に従ってもらうし、従えないならいつでも帰っていい」

パーティ。

その単語を聞いて、ウェインたちを思い出した。ウェイン、シェイア、チッカの三人も臨時パーティを組んで下水道探索の最中だ。

どうしよう、なんだかすごく冒険者っぽい。

「アンタの指示が気に入らなかったら、抜けていいってことか」

「おうその通りだ。その代わり、オレっちがお前らのワガママで方針を変えることはないと思え」

若い戦士さんの言葉に、ムジナ爺さんは頷いてそう宣言した。ムッとした戦士さんが睨み付けるけれど、お爺さんはまったく譲る気がないのか逆に睨み返す。後ろで気弱そうな斥候のお姉さんと、むすっとした魔法使いのお兄さんが目配せするのが見えた。

どうしよう、早くも解散の危機だ。

「……分かったよ。今日はアンタがリーダーだ」

やがて戦士さんが折れて、僕はホッとして息を吐いた。視界の端で斥候のお姉さんと魔法使いのお兄さんも息を吐いていた。

「ようし、それじゃあ出発だ。ヒヒヒ！　パーティ組むなんざ初めての経験だぜ。長生きはするもんだな！」

「何十年もやっててそれかよ……普通は長生きしなくても経験するんだよ」

ムジナ爺さんのあんまりな言葉に、肩の力が抜けたのか呆れた声を出す戦士さん。……たしかにそれは、長生きしなくてもできる経験なのだと思う。

だって僕も、今日初めてだけど、たしかにパーティの一員になったのだから。

先頭を歩くムジナ爺さんは、僕が森へ行く道は通らなかった。馬車の轍（わだち）のある街道をしばらく歩き、轍のない細道へと入る。

どうやらより遠い丘の方へ行くようだった。

丘は森と繋がっていて、背の高い木々が多かった。ただ、坂がキツくて足場が悪くて、高低差があるからか太い根っこの張り出し方も酷い。藪もかなりあって、歩きにくさが段違いだ。

そんな細い獣道を、ムジナ爺さんは腰の片刃剣を抜いて藪を払いながら進んでいく。刀身がくの形に曲がった厚みがあってナタみたいに使える剣で、山刀、あるいはククリ刀といわれるやつだ。小さい兄ちゃんの狩人の師匠が同じようなものを使っていた。

……正直、冒険者らしくない武器だ。普通の剣より短くて鍔（つば）もないあの剣は、戦闘用というより山歩きに重宝するものだったはず。狩人や山師が仕事で使う刃物で、物語に出てくる勇者や英雄さん、そして冒険者が持っているイメージはまったくない。

「はぁっ……はあ……」

荒い呼吸が聞こえる。

僕は一行の一番後ろにいた。一番先頭が山刀を振るいながら藪を切り拓いてずんずん進むムジナ爺さんで、次が負けじとすぐ後ろをついて行く戦士さん。その数歩分後ろに魔法使いさんで、さらにちょっと離れて斥候のお姉さん。

息切れして荒い呼吸をしているのは、その斥候のお姉さんだった。

「お姉さん、大丈夫？」

心配になって聞いてみる。この人は山道を歩き慣れていないのか、明らかに歩みが遅い。

「……大、丈夫。気遣わ……ないで」

硬い声が返ってくる。どこか悔しそうで、情けなさそうな声。呼吸が乱れて普通に話せていないし、汗もすごくて脚もあがっていない。足場の悪い獣道で躓いてはよろける姿はあまり大丈夫には見えなかったけれど、声音が頑なでそれ以上なにも言えなかった。

ただ、前と離れすぎるのはよくない。もし肉食獣や魔物が潜んでいたら前の三人じゃなくて、小さな僕と疲れてるお姉さんを狙うだろう。

僕は槍を握りしめて周囲を見回す——見える危険はないけれど、太い樹木や藪で視界が悪くて、自信を持って安全とは言えない。やはりもう少しゆっくり進んでもらうよう、ムジナ爺さんに声を掛けるべきだろう。そう思って、前方へと視線を向ける。

——僕を睨み付けるように見ていた戦士さんと、目が合った。

「爺さん、少し休憩を入れないか」

「あん？　……ああ、そうだな」

戦士さんが提案して、振り返ったお爺さんが立ち止まって頷く。……良かった。お姉さんの状態に気づいてくれたらしい。

そっと胸をなで下ろすと、視線を感じた。顔を上げると、今度は戦士さんに加えて魔法使いさんも険しい眼で僕を見ていた。……そんな眼で見られる心当たりがなくて、もしかしたら僕の後ろに何かいるのかと思って振り返ったけれど、やっぱり何もいない。

そうしている間にお姉さんは前の三人に追いついていて、僕も慌てて小走りに駆け寄った。

「ここで少し休む。山歩きは慣れないと体力の消耗が激しいからな」

僕が近くに来るのを待ってから、ムジナ爺さんは改めてそう言った。

すごいことに、一番動いているはずなのに息切れどころか汗すらかいてない。とても老齢の体力とは思えなくて驚いていると、お爺さんは髭のない顎を撫でて皆を見回す。

「休憩ついでに、隊列ってヤツを決めとこうか」

そんなことを言い出した。

隊列……列ってことは、つまり歩く順番だろうか。そんなことまで決めるのか。

「まず、嬢ちゃん」

膝に手を突いて息を整えているお姉さんが、少しだけ顔を上げてムジナ爺さんを見る。

「お前は斥候だろう。危険がないか探りながら進むのが仕事だ。オレっちと一緒に前を歩け。周囲の警戒を怠るな。次に魔術士。お前は前衛ができる装備じゃねぇ。後ろから二列目だ」

指示はしても、返事を聞く気はないのだと思う。矢継ぎ早に順番が決定していく。

「最後に、前衛二人」

「こいつ入れんのかよ」

指をさされてドキリとした。口を挟んだ戦士さんと同じことを思った。

「入れるだろう、パーティだからな」

ムジナ爺さんはあっさりそう返して、ほんの少しだけ考えてから、口を開く。

「小さいのはオレっちと嬢ちゃんのすぐ後ろだ。敵が出たときは前に出て戦え。でかい方は一番後ろだ」

僕が、前。

それが魔物が現れたとき、真っ先に相手と肉薄しなければならない場所なのは理解できた。

前衛。鎧を着て、槍を持った僕はそれなのだ。

「なんでコイツが前なんだよ？」

「そいつは声が小さい。お前は声がでかい。後ろを振り返らなくてもそこにいるって分かる奴が、最後尾を守れ」

理由を説明されて、戦士さんが腕を組んで息を吐く。チラリと僕を見て、もう一度息を吐いた。

「分かった」

隊列が決定した。……というか、理由が声の大きさって。

トン、トン、トン。槍の石突きで地面を突いて、杖代わりにして丘の坂を登っていく。

杖にしては長くて扱いづらいけれど、これは槍なので仕方がない。でも悪路で補助があるのはちょっと楽だった。余計だと思った昨日の学びが早くも役に立っているのは、ちょっと納得いかないけれど。

……とはいえ、それでも疲れるものは疲れる。村にいた頃から歩くのは慣れているけれど、慣れているだけで大人より体力があるわけじゃない。今は鎧の重さだってある。

それでもなんとかついて行けているのは、藪を切り拓きながらでその分だけ進むのが遅いからだ……と思っていた。ムジナ爺さんはククリ刀の曲がったところに邪魔な枝を引っかけて、手慣れた様子で切り落としていくのだけれど、いくら手際が良くてもさすがに歩く速度は落ちるのだと。

けれど隊列が変わって分かった。ムジナ爺さんは歩きが一番遅い斥候のお姉さんに合わせ、速度を調整している。

「見ろ、あそこに薬草があんぜ」

ムジナ爺さんが立ち止まり、少し遠くを指さす。すると一行も止まってそちらを見る。

目をこらすとたしかに小さく薬草が見えて、よくあんなの見つけるな、と舌を巻いた。あんなの僕には絶対に分からない。

「……どんな眼してるんだよアンタ」

「こんなもん慣れだ。長いことやってっと、視界の端にでも入りゃ気づくようになる」

「採りに行くか？」

「いや、株が少ねぇし遠くて面倒だろ。無視して行くぞ」

戦士さんの呆れまじりの声に、肩をすくめて返すムジナ爺さん。ただの雑談の種でしかなかったようで、そのまま進むことになった。

他にも、

「この蔓(つる)は斜めに切ると、ちっとだけだが水が出てくる。喉が渇いた時に覚えとくと役立つぜ」

「あの草の新芽は生でも喰えるし美味い。小腹が空いてたらつまめ」

「この木の皮は剥がれやすいが、繊維が丈夫だ。紐やロープがないのにどうしても必要ってなった時は、コイツを使うといい。ま、これで長いロープを作ろうとするとスゲぇ時間かかっけどな」

などと、野外で役立つものを見つけるたびにいちいち止まって、知識を披露してくれたりもした。

最初は興味深く聞いていたけれど、その間に斥候のお姉さんが息を整えているのに気づいて、ちょっとした休憩になっているのだと分かる。役立つ知識を教えてくれながら、進む速度も調整しているのだ。

きっと彼女を前に行かせたのは、ムジナ爺さんが様子を見やすいようになのだろう。

「あれが、パーティのリーダー……」

すごいと思った。悪路を切り拓きながらも視野は広く、さりげなく仲間も気遣う。あんな振る舞い、僕にはできない。……けれど同時に、なんだか不思議にも思う。

ムジナ爺さんはきっと、優しい人ではない。冒険者の店で言い合う姿を見て、それはなんとなく分かってる。

けれど今朝、三人をけっこう待っていたのに怒らなかった。休もうと言われたときも嫌味一つ言わなかった。

優しさじゃないのだと思う。けれど、じゃあそれが何なのかが、分からなかった。

だいぶ進んだ。日はもう一番高いところを通り過ぎ、斥候のお姉さんどころか魔法使いのお兄さんも汗だくで息を切らし、戦士さんの口数も露骨に減ってきた。

僕もかなり汗だくだ。歩きやすい道ってそれだけで幸せなんだ。悪路の坂は普通に歩くよりかなり疲れる。町の石畳ってすごいんだなって改めて実感した。

さすがのムジナ爺さんも貫頭衣の袖で汗を拭っている。なんて体力のある老人なんだって思っていたけれど、やっぱり疲れるには疲れるらしい。なんだか同じ人間なんだって実感できてよかった……。でもこの中で一番動いてるのに、ちょっと汗を拭う程度なのかと舌を巻く。

はあ、はあ……と乱れてきた息を、深呼吸して整える。整わない。流れてきて目に入りそうになった汗を手の甲で拭って、前に遅れないよう脚を進める。

「…………しゃがめ！　頭下げろ！」

いきなり身を伏せたお爺さんが小さく、けど鋭い声でそう言ったのは、そのときだった。

あんまり急だったのでポカンとなってしまう。他の三人も同じ様子だった。周囲を見回してみるけれど、動くものは風に揺れる枝葉の影くらいしかない。

「なにしてる！　しゃがめ！　いいからしゃがめ！」

お爺さんの再度の声で、慌てて身を低くする。全員しゃがんだのを確認してから、お爺さんは親指だけで獣道の先を示した。

目をこらす。……けれど、何も見つけられない。もしかしたら魔物とかじゃなくて、もっと小さい毒蛇とかがいるのかもと思ってもう一度見てみても、やっぱり見つけることができない。

「あ……足跡」

ちょっと諦めかけたとき、そう呟くように言ったのは斥候のお姉さんだった。僕はそれを聞いて、改めてムジナ爺さんが指し示した方の地面を見る。

あった。

言われないと分からなかった。けれど、一度見つけると次々と見つかった。

僕と同じくらいの大きさの足跡。それが、けっこうたくさん。たぶん藪の中から獣道へ出てきて、そのまま道の先へ進んでいる。

「ゴブリンだろうな。……っち、ツいてねえ」

ムジナ爺さんが舌打ちした。

ゴブリンは子供くらいの体格の、緑肌のヒト型をした魔物だ。よく神官さんの本に出てきた邪悪な敵で、壁の依頼書で見たことがあるそれは、必ずある単語が見出しにされていた――討伐、と。

知らず、槍を握りしめる手に力が入っていた。じっとりと手汗を掻いているのを自覚した。

この道の先には、冒険者が倒すべき怪物がいる。

「仕方ねぇ、別の場所へ行く。戻るぞ」

その言葉には、僕ですら耳を疑った。

ムジナ爺さんはすでに道の先から背を向けている。不機嫌そうな表情は、冗談を言っているような顔にも見えなかった。

「な……薬草はこの先にあるんだろ？　もうすぐじゃないのかよ！」

戦士さんがその肩を掴む。

丘はもうすぐてっぺんだった。薬草がどこにあるかは聞いていないけれど、ここまで登ってきたのだから、一番上かその近くかにあるのだとは思う。

足場の悪い坂道はすごく大変だった。ここまで来て引き返すのは、あまりにもったいないのではないか。

「でかい声出すな。足跡の奴らが近くにいたらどうする」

「倒せばいいじゃないか。ゴブリンぐらいなら俺たちだって……」

「うるせぇ」

ムジナ爺さんは肩に置かれた手を払った。

「雑魚が見栄張ってるんじゃねえ。オレっちがリーダーだ。方針は変えん。この先を行くことは許さん」

「テメェ……！」

戦士さんの顔が怒りに染まる。腰の剣に手をかけた。僕はあまりの事態に恐くなって、ひっ、と声が出てしまった。

なのに、ムジナ爺さんは何一つ動じなかった。

「見ろ」

彼はもう一度振り返って、道の先……足跡を指さす。

「足跡の形と大きさはおそらくゴブリン。数はたぶん三匹。多くても四匹。ホブなし。通ったのは昨夜だ。おそらくそう遠くない場所にいる」

唖然とした。思わず口をポカンと開けて足跡を眺める。

何の足跡かは、さっき聞いた。けれどこんな遠くから見ただけで、数と時間まで分かるのか。

「見ろ」

お爺さんは次に、自分自身を親指でさした。そして魔法使いのお兄さん、斥候のお姉さん、僕と、順番に指さしていく。

老人と、息切れした魔法使い、汗だくでふらふらな斥候。そして武具を装備しただけの子供。

「やれば勝てるかもしれねえな。だが、この中の誰かが死なないとは言い切れねえ。そうでなくても、でかい傷を負って再起不能になるヤツがいるかもしれねえ。行くか退くか、それを決めるのはリーダーの役割だ。――なあ坊や、オレっちが行くっつって、もしそこの嬢ちゃんや兄ちゃんが死んだらどうする？　その時こそ、お前はオレっちを殺すんじゃねえのか？」

ギリ、という音が聞こえた。奥歯が軋む音だと分かった。ここまで聞こえるものなのか。

「………っち。バカバカしい」

戦士さんが舌打ちして、剣の柄から手を放す。視線も外して、八つ当たりのように近くにあった木の根っこを蹴った。

「アンタの二つ名を思い出したぜ、腰抜けムジナ。お似合いだな」

「おう、褒め言葉として受け取っとくぜ」

ヒヒヒ、と笑ってから、ムジナ爺さんは今度こそ来た道を戻り始める。

三人の冒険者は全員不満顔だったけれど、もう文句を言う者はいなかった。

来た道を戻る。登るときよりもかなり急いだ。下り坂は上り坂よりも楽だと思っていたけれど、急いで降りると思った以上にキツい。前に出した方の脚に体重以上の負担がかかる気がした。

だいぶ降りて、ムジナ爺さんが後ろを振り返る。つられて僕も見たけれど、特に危険そうなものは見当たらない。どうやらゴブリンが追って来たりはしていないらしい。

「ま、ここまで来れば大丈夫だろ。ちっと休憩だ」

ムジナ爺さんはそう言って大きな木に近寄ると、行きの時に教えてくれた水の出る蔓を切った。斜めの切り口から落ちる数滴の水を飲む。

そして。

「小便行ってくらあ」

くるりと背を向けて、誰の返事も聞かず藪を掻き分け行ってしまう。

小さな老人の背中が藪の向こうに消えて、僕は息を吐いた。脚が痛くて喉がカラカラだった。視線を巡らせてムジナ爺さんが水を飲んだ蔓と同じものを探して、ナイフで切る。口に持っていく……切り口が斜めじゃないと、水分がなかなか落ちてこないのか。

滲み出る水分を舐めて、蔓を捨てる。幸いにも蔓はまだあったので、もう一本切って滴る水を飲んだ。——たしかに水は落ちてくるけれど、本当に少しずつしか飲めない。これじゃ全然足りない。水筒も買わなければいけないなと痛感した。これから夏になればもっと暑いだろうし。

「おい」

三本目の蔓を探しているときに不意打ちで声を掛けられ、ビクッとなってしまった。あの若い戦士さんの声だった。振り向くと戦士、魔法使い、斥候の三人が集まっていて、みんな僕に視線を向けている。

……いったいどうしたのだろう。今まで、彼らから話しかけられることなんてなかったのに。

「俺たちは帰るが、お前はどうする？」

——びっくりした。

「帰っちゃうんですか？」

「ああ」

汗で髪をぐっしょりとさせた戦士さんは頷いた。斥候のお姉さんは目を伏せて、魔法使いのお兄さんは口をへの形に曲げていた。三人の、ムジナ爺さんへの不満が滲み出ているように感じた。

「最初からおかしいと思ってたんだ。どうせあの爺さん、最初から薬草の場所なんて教える気はなかったんだろ」

ちっ、と戦士さんは舌打ちして、ムジナ爺さんが消えた藪の向こうへ視線を向ける。

最初から教える気がなかった……僕は何度かまばたきして、その言葉の意味を考える。

「どういうこと？」

分からなかったので、首を傾げた。

「丸一日連れ回して散々歩かせて、こっちがしんどがってるのを眺めて笑うつもりなのさ。性格の悪いあの爺さんらしい嫌がらせだ。これ以上付き合っても馬鹿見るだけだろ」

ああ……そういうことか。

分かる気もする。僕もひっかかっていたことだ。

他人に採取場所を教えても自分の採り分が減るだけだから、今回の件はムジナ爺さんにいいことなんてない。それも仲の良い人とかならまだ分かるけれど、昨日あんなふうに言い合ってた相手に教える義理なんて一つもない。

嫌がらせしてバカにしているのであるなら、たしかに辻褄が合うのだろう。

「――ううん。違うと思う」

僕は首を横に振った。それは違う。きっと違うのだと、僕の直感が告げていた。

今日のこれは、きっと嫌がらせなんかじゃない。

「この道」

眉をひそめて見てくる三人に、僕は槍の石突きで登って降りてきた獣道を示す。

「ムジナ爺さんは迷いなく進んでたけれど、ずっと藪を払ってた。たぶん慣れた道だけれど、久しぶりに来たんだと思う。今年初めて来たのかも」

「……どういうことだ？」

「この人数で薬草を採るなら、たくさん生えてるところじゃないと。だからまだ今年は自分で採取してない、手つかずなところを選んだんだと思う」

僕が自分の考えを言うと、戦士さんは少しだけ道の先を目で追って考え込んでから、前髪をかき上げてこちらを見下ろした。

「それ、適当な道を適当に進んでただけかもしれなくないか？」

「…………そうかも？」

言われてみれば、たしかにそういうこともあるかもしれない。

はぁーと、戦士さんは一際大きなため息を吐いた。胸の中の空気を全部出してしまうように。

空気以外のものまで、放り出すように。

「調子の狂うヤツだな。……まあいい。それでどうする？　俺たちは帰るが、一緒に来るなら店まで送ってやるよ」

なんと、親切だ。どうやら一緒に帰ろうって言ってくれているらしい。そのためにわざわざ声を掛けてくれたのか。全然話してくれないしなんだか嫌われている気がしたから、これはちょっと意外。

けれど……どうする、か。

方針が気に入らなければいつでも帰っていいと、ムジナ爺さんは言っていた。だからこの三人はそうするのだろう。

あの先に薬草が生えている場所はあったのか。僕は見ていないから分からない。もしかしたら戦士さんの言うとおり、ムジナ爺さんの言うことは最初から嘘っぱちだったのかもしれない。

……けれど。

「僕は……――」

戦士さんの申し出に少しだけ考えて、自分の答えを決めてから口を開く。

ちゃんと考えはしたけれど、そんなに迷わなかった。

すごく情けないのだけれど。僕はあの時、引き返すことになって……ちょっとホッとしたから。

「――僕は残ります」

僕が断ると、三人はしばらく押し黙った。それぞれ違う色の視線で僕を見て、けれどなにも言わなかった。

「そうか。じゃあな」

戦士さんが背を向けて、それだけ言って坂を下りていく。残りの二人もそれに続いた。

僕は立ったまま、ただその背中を見送っていた。

「……まあ、こうなるわなあ」

三人が木々の向こうへ去ってから、そんな声がした。振り向くといつの間に後ろにいたのか、ボロを着た小さなお爺さんが髭のない顎を撫でていた。

不機嫌そうな顔ではあるけれど、怒ってはいない。むしろ消沈していた。ちょっと落ち込んでいるようにも見える。

「あの三人、もう帰るって」

「知ってるよ」

教えてあげるとそう返ってくる。もう知っているらしい。

そういえばだけど、おしっこにしてはずいぶん長かった気もする。途中から見ていたのかもしれないな、ってちょっと思った。

「つーか、送ってくれるって言われてたんだろ？　お前さんはなんで一緒に行かなかったんだ？」

やっぱり途中から見てたらしくて、呆れてしまった。盗み見や盗み聞きはあまりよくないって神官さんも言っていた。

「んー……」

理由を言葉にするのは難しかった。いや、実は簡単なのだけれど、相手に分かるように説明できる気はしなかった。だって自分でもちょっとどうかと思う理由だ。

それでも聞かれたことにちゃんと答えるのなら、こうなるのだろう。

「ムジナ爺さんは、優しい人じゃないから」

「は？」

やっぱり変な顔をされてしまった。

むぅ、と呻って、腕を組んで考えてみる。べつに理由はこれ一つだけじゃないのだし、言って分かってもらえることを話した方がいいだろう。

「あの三人は強そうだから、たぶん薬草採取以外の仕事でもできるんだと思う」

三人が去った方をもう一度見て、僕はそう言った。

戦士、斥候、魔法使い。ウェインたちと同じ構成のパーティだ。きっと、いろんな依頼をこなせるんだろう。

「けれど、僕はこれしかできないから。ここで帰るわけにはいかない」

ムジナ爺さんは、ふん、と鼻で息をして、それから口の端を吊り上げた。いつもの顔だ。皮肉げで、なのに快活で、他人をくったような笑み。

「ヒヒヒ！　バーカ、あんな三人が強いはずあるか。ゴブリン相手にだって全滅してただろうぜ！」

「アイツらはアレだな。仲良し三人組だな」

藪を払って進みながら、ムジナ爺さんはそう言った。話題のあの三人が帰るために使った道ではない、新しい道だ。

「仲良し三人組？」

「毎日のように一緒に遊んでた近所のガキどもが、そのまま冒険者になったんだろ」

歩く速度は普通だ。急いではいない。これから新しい場所を目指すとなると、もうそろそろ門が閉まる時間も考えなければいけないと思うのだけれど。

「あのヤンチャがギャーギャー言ってても、残り二人がそれを窘(たしな)めない。子供より体力のない女の歩きが遅くても文句一つ言わない。魔術士にいたっては一番頭良いくせに意見の一つも口にしない。互いの悪いところをナアナアで済ませながら、仲良しこよしでヌルい依頼をいくつかこなしただけの素人だ。ケッ、今頃三人でオレっちたちの文句を言いまくってんだろうぜ」

後ろをついて歩きながら、むぅ、と唇に指を当てて思い返してみる。

あの戦士さんばかりが喋っていたのは、三人の中で一番声が大きいから。

休憩を申し出たときは、山道に慣れない女の人を気遣ったため。

魔法使いさんが無口なのは、単純にそういう人なのだと思っていた。

たしかに仲は良さそうに見えたけれども。

「ムジナ爺さんは分かるけれど、なんで僕まで文句言われなきゃならないの……？」

べつに僕、あの三人に対して悪いことはなにもしてない。まあいいこともしてないのだけれど、ちゃんとついて行けたのだから足手まといにはなっていなかったはずだ。

「そりゃ、足手まといになってくれなかったからなあ。大ヒンシュクってヤツだろ」

「え、理不尽」

心の底からそう思って、そのまま声に漏れる。なにそれ。

「ああいう身内で小さくまとまってるグループってのは、自分たちより下を探したがるもんだ。べつに性格が曲がってるからじゃねえ。自分たちの何が悪いのか、どうしたら上に行けるのか、分からないから安心したくて劣ってるヤツを見つけようとする」

それは……なんだか、僕のことを言われている気がしなかった。

きっとムジナ爺さん自身が何度も経験してきたことなのだと、声の調子でなんとなくそう思った。

「なのに坊主は体力はまあまありやがるし、弱音も吐かねえし、女を気遣って歩調を合わせるくらいには性格もいいときた。気づいてなかっただろうがあいつら、坊主に負けるのだけは嫌だって感じが溢れてたぜ。ヒヒヒ！　あの戦士野郎なんか、ゴツい剣と重い鎧のせいでほとんど限界だってのに、無理しちまってよお。見てて面白いったらなかったぜ！」

——気づいてなかった。けどたしかに、戦士さんも髪が汗でぐっしょりしていた気がする。

あの人もそうとう疲れていたのか……。

「今頃、たぶんこんなこと言ってるんじゃねえかなあ。——あんな子供が悪路の坂をついて来れたのは、あの槍を杖にしていたからだ。あの鎧はハーフリング用だから特別軽いだろう。せっかく忠告してやったのに、それでも残るなんて頭の弱いバカだ……てよお」

「……言われてるかも」

「ま、それは全部本当なんだけどな」

ムジナ爺さんはククリ刀を操って、邪魔な枝を落とす。枝の切り口から濃厚な木の香りが染み出て、鼻をくすぐった。

「その鎧、チッカのだろ。前に着けてるのを見たことあんぜ。んで、ってことは槍はウェインが選んだか？　アイツはバカだから戦いのこと以外は信用すんなよ」

「すごい。当たり」

「すごかねえんだよ。物好きチッカになんにも考えてないウェイン。店でガキの世話焼く奴なんかあの二人くらいだ」

物好きはともかく、なんにも考えてないはかわいそうだと思う。ウェインだってちゃんといろいろ考えているはずだ。たぶん。

「奴らが選んだだけあって、その槍も鎧も軽くて坊主に合っている。さっきの三人の方が上等な装備だが、どうせ見た目で選んだんだろうな。あれじゃ重りにしかなってねえ」

——鎧ってのは上手く着ないと単なる重しだからね。

そう、チッカに言われたのを思い出した。

「まあ、勘違いすんなよ、ってことだ。お前さんに特別体力があったわけじゃねえ。あの三馬鹿が素人だったのさ」

「べつに、勘違いなんてしてないよ」

僕は本心からそう呟く。……だってそれは当然だ。目の前に体力オバケがいる。

老人なのに、ククリ刀で枝を払う分だけ動いてる量は多いはずなのに、全然息が切れてないし歩く速度も鈍らない。話している間も常に周囲を見回していて、危険がないか目を光らせている。

「そもそもあの三人、あんな丘くらいでへばってるのがありえねえんだよな。隊商の護衛依頼とかなら、数日間歩きづめたころに襲撃受けるとかもザラだ。そういうとき体力切れしてたらマトモに戦うこともできやしねえ。……基礎体力なんか最低限。あれじゃ自分たちは雑魚ですよって自己紹介してるようなもんだ」

それだとついて行くのがやっとな僕も雑魚なんだけどな。まあ雑魚だけど。

「だがな、アイツらはあれでも見所がないわけじゃねえ。なんてったって、オレっちなんかに最後まで付き合わず帰ったんだからな。そこだけは賢いって褒めてやらあ」

「たしかに……」

思わず納得して、頷いてしまった。申し訳ないけれど、実はちょっとこの会話に疲れてきていた。

ムジナ爺さんが言ってることは正しいのかもしれないけれど、ぼろくそだ。こんなに悪口ばかり聞かされると嫌な気持ちになってくる。

あの人たちは僕のことをあんまり好きじゃなかったかもしれない。けれど帰るとき、自分たちだけでさっさと行ってしまわず、僕を冒険者の店まで送ってくれるって誘ってくれたのだ。……きっと悪い人たちではないのだと思う。

悪口を言いたくなる気持ちも分かるには分かるけれど、言い過ぎるのは良くない。悪口ばっかり言ってるとそのうち、悪いことが向こうから口の中に飛び込んでくる。

「それでまあ、オレっちなんかについて来ちまった坊主は、どうしようもないバカだって話でな。……つっても、お前さんの事情を察すりゃ、他に選べるもんもないんだろうがよ」

ヒヒヒ！　とムジナ爺さんは笑った。ククリ刀を枝に引っかけ、よっ、と軽い調子で切り落とす。

「お前さん、町の人間じゃねえな。よそ者だろ」

枝を落とすのと同じ軽さで、ムジナ爺さんは僕のことを言い当てた。

「……なんで分かるの？」

冒険者登録したときに出身地は書いたから、バルクは知ってるはずだ。たしかチッカにも、僕は田舎者だって言った気がする。……でも、それくらい。この町で理由もないのに出身地を聞いてくるほど、僕に興味を向けてくる人はいなかった。

当然、ムジナ爺さんに町の外から来たことなんて言っていない。というか、今気づいたけれど名前すら言ってないのだ。

なのになぜ、町の人間ではないと分かるのだろうか。

「朝飯。この町に住んでりゃ、子供だって好みの塩加減くらい分かるもんだ」

「ああ……」

たしかに朝は野菜にお塩をかけすぎてしまって、すごく塩辛かったのを覚えている。

そうか、お塩を残すのもったいないから全部使おう、とかこの町の人たちは思わないんだ……。お皿に残った塩粒を野菜で拭って食べたりしないんだ……。

「厩に寝泊まりしてるって話だから、どうせ町にゃ行く当てもねえんだろ。とはいえ服や靴はボロってわけじゃねえし、字まで読めるんだからただ放り出されたガキってわけでもない。ちっと珍しいタイプだな。……たぶんだが、行商の子供だろ。商人の親とは町に来たばかりん時にはぐれちまって、しかたなく冒険者の店に居着いたんじゃねえか？」

「わ、すごい。ほとんどあってる」

へへん、と得意気な顔をするムジナ爺さん。

本当にすごい。塩とか服とか文字が読めるとか、そんなことだけでここまで分かるものなんだ。けれども、ちょっと違うところはある。レーマーおじさんは親じゃないし、はぐれたわけでもない。

「馴染みの行商人さんに住み込みで雇ってくれる商家を紹介してもらおうって村を出たんだけど、奴隷商に売られそうになっちゃって。逃げて、冒険者の店に来たんだ」

僕が正しい事情を説明すると、ムジナ爺さんの足が止まった。数秒だけ静止して、それから振り返る。

「……それに賭けた奴ぁ、いなかったな」

勝手に僕で賭け事しないでほしい。

「あー、まあ。よくあることかもな」

自分の説明に大した時間はかからなかった。二、三言ですむほどだ。けっこう酷い目に遭ったと思っていたけれど、口にしてしまえばそれで終わってしまうのだから、自分のことながら拍子抜けしてしまう。

歩きながら聞いていたムジナ爺さんは、髪のない頭頂部を掻いて肩をすくめた。

「行商人さんに騙されることが?」

「行商人が奴隷を売りに来ることが、だ」

ある程度進むと、ムジナ爺さんが枝を払う回数がぐっと減った。その分だけ歩く速さが上がる。獣道であることに変わりはない。ただ、この道は邪魔な枝がすでに払われているように見えた。ムジナ爺さんがよく使っている道に合流したのかもしれない。

「小さな村で考えなしの夫婦がガキをポコポコこさえてよ、貧しくも明るく幸せな家庭ってのをやるわけだ。で、何年か何十年かに一度の不作が起きるだろお？　ああダメだ、このままじゃ一家全員餓死するしかない、ってなって絶望してるところに行商人が来るわけだ」

子供を雨上がりのキノコみたいに言うのはどうかと思う。……けど、たしかに不作はダメだ。あれは悲しい。村中を回って食べ物を分けてもらったり、森に入って食べられるものを探して寒い冬を越さなきゃならない。小さい兄ちゃんはあれから狩人を目指すようになった。

「そうして行商は子供を安値で買って、町の奴隷商に連れて行って高く売る。夫婦にとっちゃ悲しい別れだが、子供は死ぬわけじゃねえ。ちっとでも金が手に入って口減らしができるんだから、みんな幸せの取引ってヤツだな。お前さんを連れてきた行商人も、そういうことやってきたクチだったんだろ」

「なるほど……」

レーマーおじさんのそういう噂は聞いたことがない。たぶん村の誰も知らないだろう。誰か知っていたら、もう少し強く止められたと思う。

そもそも村で不作の年はあっても、お腹が減って死んじゃう人はいなかった。……僕が生まれる前にはそういうことがあったって、大人たちからは何度も聞いたけれど。

「しっかし、それで冒険者にねえ。ヒヒヒ！　もしかすっと、そのまま奴隷になってた方が良かったかもしれねえぜ！」

「え、そうなの？」

驚いて聞き返す。それは考えたことがなかった。

お話で聞いた奴隷は、どれも酷い扱いを受けていたのに。

「おう。主になる奴にもよるが、少なくともメシは喰えるし、だいたいは町の中で過ごせるからなあ。今日にも町の外で魔物に襲われて死ぬかも、なんて冒険者よりマシだろおがよ」

……そうか。たしかに今だって、僕は危険のただ中を歩いている。

あの時は奴隷って文字で恐くなって思わず逃げたけれど、べつに殺されるわけじゃないのだ。あのまま売られていても僕は、今頃どこかで働けていたのではないか。

働く。そう、僕はこの町に働きに来たのだし、食べるものと住む場所、そして着る服に困らないのであれば、それは決して悪くはなかったのでは……——。

「冗談だ。奴隷なんぞなるもんじゃねえ」

そのムジナ爺さんの声音は、今まで聞いたことがないほど硬かった。聞いた僕が思わずハッとして、顔を上げてしまうくらいに。

いつもより荒々しくククリ刀が振るわれ、枝が落ちる。……あの枝は僕たちの背丈なら、少しかがめば潜れる位置だったように見えた。

「奴隷用の共同墓地って知ってるか？」

ムジナ爺さんは前を向いていたから、顔は見えない。けれど声とその内容に、背筋がゾクリとする。

「……知らない」

「町の外れにある共同墓地の、一番奥にある。草がボーボーで、墓標は全部ボロボロで、墓守も滅多に見回らないからたまに生ける屍（しかばね）が這い出してくる場所さ」

「そんな場所があるんだ？」

墓地なら村の教会の裏手にもあった。僕はよく神官さんのところへ行っていたから、お祈りついでに掃除や草むしりもしていた。

でも奴隷なんていなかったから、当然奴隷用の墓地なんてない。町にはそんなものがあるのか。

「奴隷は一般の共同墓地には入れねえ。だから死んだらみんなそこに入るわけだが、その費用は主が払うのが町の決まりだ。……だがな、そこに埋葬されるヤツはまだ大切にされてる方さ。あまり管理もされてない場所だから大した額じゃねえ。棺桶（かんおけ）も一番安いヤツならさほどはしねえ。けど、世の中にはその程度の出費ももったいねえ、ってケチな野郎がザラにいてな」

「…………」

なんだか、恐い話だ。働く話……働いて生きていく話なのに、なぜか死んだときの話になっている。

「まあそれくらいケチな野郎なもんだから、奴隷にやるメシは犬の餌より粗末なモンを一日一回とかで、服は薄いボロきれ、寝る場所は雨漏りに隙間風ってな。そりゃあ身体を壊す奴も出てくるわけだ。で、いざ奴隷が酷い病気や怪我をして、ああこりゃもうダメだなってなったら……お前はよく働いたから自由にしてやる、って奴隷契約を切って放り出す。共同墓地代と棺桶代を払いたくねえからな」

「……それは、酷い」

「ああ、酷いもんさ。奴隷なんざ使い捨てだってなあ。ヒヒヒ！」

ムジナ爺さんはあの特徴的な笑い方をして、天を仰ぐ。つられて空を見れば、日はだいぶ傾いてきていた。そろそろ時間が迫っている。

「オレっちは、そうやって自由になった」

――言葉が、出なかった。

そういうことをする酷い主がいる、そういうことをされる憐(あわ)れな奴隷がいる。そういうことを、噂かなにかで聞いたことがある……という、話だと思っていた。

ムジナ爺さんはまた歩き出す。わざわざ足を止めて話すほどのことではないと、軽い調子で続ける。

「かかったらだいたいは死ぬって病で死にかけて、奴隷契約切られて放り出され、それでもしぶとく生き残った。生きるために冒険者になろうとして、登録料のためにに盗みをしたのがバレるとボコボコにされて追い出された。けれど五歩も歩く前に戻って地面に頭擦りつけて、なんとか置いてもらった。満足に喰ってなかったから痩せ細った小せえ身体でよお、魔物なんかとうてい相手にできねえから、とにかく自分でもできる薬草採取を毎日やり続けた……何十年も前の、まだバルクが坊主くらいの背丈だった頃のヒデぇヒデぇ話さ。今となっちゃ笑い話だがな」

ヒヒヒ、とムジナ爺さんは笑う。僕はとてもじゃないけれど笑う気になれなかった。

冒険者の店の登録が無料になった理由は聞いていたけれど、それはこの人のことを言っていたのだ。

「文字が読めたから、奴隷商に売られる前に逃げられたって？　そりゃあ幸運だ。いやさ、お前さんの実力だ。あるいはどっちもで、べつにどちらでもいいことだ。ただ一つハッキリしているのは……」

ムジナ爺さんが立ち止まって振り向く。顎をしゃくって先を示した。

森の中なのにそこだけぽっかりと木がなくて、日の光が斜めに差し込んで明るい、ひらけた場所。

「奴隷じゃ、こんな気分は味わえねえ」

一目で分かった。依頼書に描いてあった薬草の一つ。他とは値段の桁が違う、上から三つの内の一つ。三番目の薬草。

風に揺れる美しい紫の花が、一面に咲いていた。

「ああ、前に来たときはまだちっと早かったが、そろそろ採り頃だな」

ムジナ爺さんは地面に膝を突いて、紫の花を確かめる。

そして、よっこらせっ、と立ち上がって周囲を見回した。

「どうやらここはマナ溜まりって言うらしくてな。普通の場所より魔力が濃い、珍しい場所なんだぞうだ。依頼に出される薬草の中でも、高値がつくヤツはこういうトコによくあるんだとよ」

マナ溜まり。初めて聞いたけれど、それがどういう場所かは語感でなんとなく分かる。……そして、ここにある薬草がどういうものなのかも、分かった。

ここにある薬草はきっと、畑なんかじゃ育たない。普通の場所にも生えていない。

特殊で珍しい場所でしか育たないものならば、たしかに高値がつくのだろう。

「あの丘の頂上近くにも同じような場所がある。毎年あっちの方が育ちが良いから、案内は向こうにしようと思ったんだが、こっちのもこれだけ育ってりゃ……」

「なんで……？」

それはすごく綺麗な光景で、紫の花の間を翅（はね）の生えた妖精が飛んでいても不思議じゃないくらい幻想的で、見とれてしまった。

だから、そんな間抜けな疑問が口から漏れた。

「……なんで、こんなすごい場所を教えてくれたの？」

前に見たムジナ爺さんの背負いカゴからは、六種類の薬草が出てきた。もちろん高めのものもあったけれど、基本的には安いのが多い。

あれはきっと、いろんな場所を歩いて採り集めたものだ。目の端に映れば遠くても薬草を見つけられる観察眼と、悪路でも歩き続けられる体力でカゴを満杯にしたのだ。それが分かっていたから、今日はそうやって薬草を集めるものだと思っていた。

けれどムジナ爺さんは、途中で薬草を採ろうとしなかった。道中、僕ですら見つけた薬草にも見向きすらしなかった。

僕はそれを……おかしいなと思っていたのだ。

ムジナ爺さんを疑っていたのはあの三人組だけじゃない。心の内では僕も、疑っていた。

それでもついてきたのは、他に縋れるものがなかったからだ。薬草採取の他に僕ができる仕事はなくて、薬草採取の達人であるムジナ爺さんの存在は唯一の希望にすら見えたからだ。

騙されて、今日一日を無駄に過ごしたとしても。

ムジナ爺さんは優しい人ではないから、優しくするふりをして相手を利用して得しよう、なんてことは考えてないから――あの三人が去り際に言っていたように、せいぜい嫌がらせで連れ回されて、最後にバカにされるくらいだろう。

そんなふうに、考えていた。

「とっときの場所を教えるっつったろ?」

その光景を前に呆然と立ち尽くす僕に、ムジナ爺さんはそう声をかけた。

そして耳の後ろを掻いて、むう、と呻る。唇を噛んで明後日の方へ視線を向ける。

「オレっちはべつに頭が良いわけじゃねえんだ。たぶんデキだけならウェインとどっこいくらいでな。どうして、とか聞かれても上手く言葉にできやしねえ」

考え悩んでいる様子のムジナ爺さん。……なんか、前にもこんなことがあった。依頼書が貼ってある壁の前で、僕が薬草採取を上手くやる方法を聞いたとき。

「オレっちもさすがにこの歳だからな。年々体力は落ちてやがるし、目も悪くなってる。いつまでも薬草採取はできねーな、引退も考えなきゃなって数年前に思い始めてはいるんだ。ただ薬草採取のべテランなんか他にいねーから、バルクはオレっちが辞めたら困るって言いやがる。この歳で長いこと歩くのツレえし身体も痛えし勘弁しろよとは言っておいたけどよ、どうやらそれくらいにゃ、オレっちも役に立ってるんだなって思ってよ」

あれだけ体力があって、遠くの薬草を見つけられる目なのに、衰えている……?

いや、衰えているのだろう。だってムジナ爺さんは老人だ。衰えていないはずがない。

「そう思ったら、なんかこのまま引退するのはもったいなくなっちまった。もしかしたらオレっちもわりと悪くないんじゃねえか、そうだこういうマナ溜まりをいくつか知ってることくらいは自慢できるんじゃねえか、じゃあ辞める前に誰かに教えて自慢しとくかってよ。ヒヒヒ！」

ムジナ爺さんは笑って、僕へ視線を向ける。老人なのに、まるで子供のように快活な笑みだった。

「まあつまり、オレっちは弟子が欲しかったんじゃねえかな」

「マナ溜まりの薬草は年中採れるわけじゃねえ。あそこのは一年の内のこの時期、だいたい十五日間くらいに採らなきゃならねえ」

「それは……短いね？」

「ああ、だからこの時期は足繁く通う。が……全部採るんじゃねえぞ。半分の半分くらいは残しておけ。花を全部採っちまうと種ができねえ。来年採れなくなる」

薬草を採取した帰り道。もう陽がかなり傾いて夕方になりかけて、本当に門が閉まってしまうからと早足で急ぐことになった。身体はすごく疲れていたけれど、足取りは軽い。いっぱいになった上着カゴを抱えてるから悪路は歩きにくいけれど、少しも苦じゃなかった。

ムジナ爺さんはいろんな話をしてくれた。

「さっき採れるのは十五日間くらいと言ったが、オレっちが知ってる他のマナ溜まりの薬草も、採れる期間は短い。だからその時期以外は、山歩きや森歩きで普通に生えてるヤツを探し回る」

「どうやったらムジナ爺さんみたいに、遠くのも見つけられるようになるの？」

「慣れだ」

もう少しなにかないのかな、とは思った。

「遠くのを見つけられるのは魔物やらを警戒してるからでもあるな。足下ばっか見てると木の上からスライムが落っこちてくる」

「あ、それウェインに聞いた。恐いって」

「あいつは一度酷い目に遭ってるからなあ……。まあとにかく、危険は先に見つけることだ。目で見て、音を聞いて、足跡や糞を探せ。で、ヤバそうだと思ったらすぐに戻れ。……いいか、決して向こうに先に気づかれるな。たとえば枝を払うときも、あまり音を立ててるんじゃねぇ」

ムジナ爺さんは今までもそうしたように、ククリ刀の曲がった部分を適当な枝に引っかける。

ふっ、と力を入れて切り落とす。

……目の前で何度もやられていたのに、これは今まで気がつかなかった。枝葉が擦れる音はするけれど、斧やナタで叩き伐る時の固い音や、木が折れるときの鈍い音がしない。

ククリ刀のあの形状が静かに枝を払うのに適している……だけじゃないと思う。きっとムジナ爺さんの技もすごいのだ。

「そうそう、魔物と言えば、坊主にも楽に警戒する方法がある。いいや、坊主だからこそ楽な方法がある、つってもいいか」

「え、どんな？」

「自慢じゃねえが、オレっちは頭が悪いから読み書きなんかできねえ」

「えっと……それは本当に自慢じゃないね」

「だが、覚えた字はある。この町周辺の地名と、討伐って見出しだ。いいか坊主。それだけ分かれば確認できることがある。店の壁に貼ってある依頼書だな」

そこまで説明されて、ピン、とひらめいた。ムジナ爺さんに初めて会った時のことだ。

あの時、ムジナ爺さんは壁に貼ってあるゴブリン退治の依頼書を見ていた。

「……まさか」

「そうさ。地名を確認してたのさ。毎日討伐依頼を確認して、そこに書いてある地名には近寄らない。なぜならそこには必ず脅威があるからだ」

「普通の冒険者とは真逆のことしてる……」

「ヒヒヒ！　言ったろ、オレっちは腰抜けムジナ。討伐依頼なんかしたことねえよ」

そんな話をしながら森を抜け、街道に出て、町の門に辿り着くころには日が落ちるギリギリだった。

僕らが通ってすぐ門が閉められたくらい。空は西が黄昏(たそがれ)で東は夜色。影は限界まで長くなって、石畳の平らな地面に伸びていた。

冒険者の店に辿り着いたときには夜の帳がすっかり下りた後で、店の中には今日も冒険者たちが料理とお酒のテーブルを囲んでいて。

「どうした？」

「あ、えっと……」

入り口で立ち止まって店内を見回していた僕へ、ムジナ爺さんが不思議そうに声をかける。

「あの三人組、いないなって」

「そりゃ、オレっちたちよりずいぶん早く着いただろうからな。もう帰ってるだろ」

「ムジナ爺さんは嘘なんて吐いてなかったって、教えてあげようと思ったのに……」

「それはべつにいいだろ」

誤解したままでいるのは良くないと思う……けど、いないのならしかたがない。次に会ったときにちゃんと話そう。

「それとウェインたちもいないなって」

「アイツらはまだ下水道かね。今日帰ってこないとなると、見つけたのはかなり広い規模のエリアなのかもな。ま、明日くらいには帰ってくるだろ」

残念。槍が杖として役立ったこととか、鎧の上手な着け方を教えてもらって良かったとか、今日のことを話したかったのに。

明日。とにかく、明日だ。あの三人組にも、ウェインたちにも会いたい。

そして、もう一人……――

「――ねえ、ムジナ爺さん。……明日もいろいろ教えてよ」

僕がそう言うと、ムジナ爺さんは髭のない顎を撫でる。

「それはいいが、条件があるな」

条件。そう言われて少し身構えた。

なにを要求されるのだろう。無理難題だったら困る。僕にできることなんて本当に少ない。

まだ僕は、この人に教わらなければならないことがたくさんあるのに。

「坊主はまず、薬草を入れるカゴを買え。隣の武具屋に売ってるからよ」


それからすぐ採取した薬草の検分をバルクにしてもらって、報酬をもらって武具屋へ走ったけれど、店の扉はすでに閉まっていて。

僕はガンガンと扉を叩いて、店主を呼び出したのだった。

冒険者は、あんまり時間とかを気にしないのである。


ムジナ爺さんと一緒に朝早くに出発して、昨日も通った道を歩き、森の中のマナ溜まりへ向かう。

二人でせっせと紫の花の薬草を採る。ムジナ爺さんは採取の速度もすごくて、僕の倍の速さで採っていく。待たせないように僕も急いだけれど、ゆっくりでもいいから丁寧にやれって叱られた。この薬草は特に傷みやすいらしい。

言われたとおり丁寧に採る。新しく買った背負いカゴはムジナ爺さんのよりは小さいけれど、昨日まで使ってた上着カゴとは比べられないくらいたくさん入った。

値段の高い薬草でいっぱいにして、来た道を戻る。昨日よりもかなり早く帰途についたおかげで、冒険者の店が見えても日はまだ高かった。

「背負いカゴの方が多く入るが、坊主の場合は肩に掛けるヤツでもよかったかもな」

「え、どうして？」

「坊主の槍、普段は背負ってるだろう」

歩きながらも、ムジナ爺さんは気づいたことを言ってくれる。

街中や見晴らしのいい街道では、槍は背負っていた。チッカが上手に留め紐を作ってくれたおかげで、しまうのも取り出すのも簡単だ。……だったのだけれど、たしかに背負いカゴを背負っていると、ちょっと邪魔で抜きにくいししまいにくい。

けど肩に掛けるカゴは背負いカゴよりも小さいから、あんまり入らないのだけど。

「とっさに武器を構えられない、ってのは命取りだ。オレっちだってバッタリ会ったゴブリンや猪相手に、コイツを牽制で使ったことくらいはあるしな」

歩きながら、腰に差したククリ刀をポンポンと叩くムジナ爺さん。

「ムジナ爺さんでもそんなことあるんだ？」

「おう、あるある。死ぬかと思ったぜ。だから明日から森に入る直前とかじゃなくて、町の門が見えなくなった辺りでもう取り出しとけ」

悪路なら杖にできるけど、普通の道だと背負った方が楽なのだけれど。

まあ、でもムジナ爺さんが言うのなら間違いはないのだろう。

「僕も槍じゃなくてククリ刀にしようかな？」

「ダメだダメだ。コイツは便利だが、クセが強くて坊主にゃ扱えねえ」

腰に差す剣なら、背負いカゴも邪魔にならなくていいと思ったのに。

……でもそういえば、ウェインに槍の良さは教えてもらった。長いし扱いやすいし安い、と。

ククリ刀は短いし特殊な形状だし、刀身の厚みもあるから値段も安くなさそうだ。それに重そうだから、たしかに僕では持て余すだろう。

「それに、コイツは冒険者の得物じゃねえ」

「冒険者の武器ってものがあるの？」

僕はそう聞いたけれど、それについてムジナ爺さんは教えてくれなかった。

「ま、暇なときは槍の練習もしておくんだな。ウェインの野郎にちったぁ習ったんだろ？」

「うん、突きと払いだけ――」

「お、ガキんちょじゃん。それにムジナ爺さんも。珍しい組み合わせだな」

冒険者の店の入り口へ入ろうとしたときに聞こえてきた声は、たった今話題に上がったウェインのものだった。店の裏手から来た彼は、あっけらかんとした笑顔で近寄ってくる。

「おうウェイン。お前さんは相変わらず元気そうだな」

ムジナ爺さんは片手を上げてそう言って、僕はぺこりと頭を下げた。

「こんにちは。……下水道の仕事は終わったの？」

「ああ。新エリア全域の探索完了だ。ワニの出所も分かったぞ。下水の壁に穴が空いてて、そこが自然洞窟と繋がっててよ、そこに洞窟ワニが群でうじゃうじゃいやがった。とりあえず穴は塞いできたから、もう入っちゃってるのは？」

「もう入ってこないだろ」

「見かけたヤツは駆除したが、依頼内容はあくまで調査だからな。まだやれって言うなら、新しく依頼を出してもらわねーと」

なるほどそういうものか、と納得する。

ウェインは店の中に用があるみたいだったので、三人で一緒に扉をくぐる。――店内に客は一人もいなかった。受付にバルクが座っていて、相変わらず羊皮紙と格闘しているだけだ。

朝や夜は人がたくさんいるのに、この時間だとこんなに誰もいないのか……。少し驚きつつも、僕はそのままムジナ爺さんについて受付のバルクの下へ向かう。ウェインは調理場へ足を向けた。

なにをしに行ったのだろうと思っていると、僕らが薬草の検分をしてもらっている間に、両手いっぱいに木皿を抱えた彼が戻ってくる。

そうして、ウェインは僕たちに笑みを向けると顎をしゃくる。

「爺さんとガキんちょも、それ終わったら裏へ来いよな」


冒険者の店の裏手に行くと、なんだか人が集まっていた。

多くは店の冒険者たちだ。装備でそうと分かるし、店内で何度か見かけた顔もある。ただ明らかにそれ以外の姿もあって、知っている人だと武具屋の店主さんとかもいた。

そして、その集まっている人たちの真ん中には……——

「なにあれ……？」

すごくすごく大きなトカゲがいた。

いや、たぶんトカゲじゃない。口が大きいし牙が鋭いし鱗が厚い。きっとあれが洞窟ワニなのだろう……僕なんか一口で食べられてしまいそうなサイズ。

——それが、焚き火の上で丸焼きにされていた。

「どうだスゲぇだろ。ケイブアリゲーターの親玉だ」

唖然として立ち尽くしていると、近寄ってきたウェインが木皿をくれる。

「お、チビと爺ちゃんも来たんだね。もう少しで焼けるから待ってなよ」

火に薪を追加していたチッカが気さくに声をかけてくれた。

「自然洞窟にいたワニだから、たぶん大丈夫」

いつの間にかシェイアがすぐ隣にいた。そんなことを教えてくれる彼女の手にも、木皿がある。

「前に持ち帰った頭はバルクにとられたからな。今回はシェイアの魔術で軽くして身体ごと担いできたんだ。つっても俺らだけじゃこんなに喰えないからよ、どうせならみんなで宴会しようぜってなー」

……どうやら三人とも元気みたいだ。昨日まで、実は少しだけ心配していたのだけれど、ちょっと損した気分になる。

「ワニ持って来たヤツは初めてだな……」

ムジナ爺さんも呆れ声だ。ただこの言い方だと、ワニ以外ならたまにあることなのかもしれない。

お肉の焼ける香りがここまで届いてくる。うむむ、と僕は少し考えた。つまりこれは獲物のお裾分けだ。狩人になった小さい兄ちゃんも大物が狩れたときはやっていた。

たしかに三人でこれを食べきるのは無理だろうし、みんなに分けるようで、木皿も受け取ってしまった。下水道に棲んでいたやつでもないってことだし……断る理由はない。

よし、ここは僕もお肉を分けてもらおう。ワニ、食べるの初めてだし。

「坊主、ようく見ておけよ。あれが本物の冒険者ってヤツだ」

僕だけに聞こえるよう、ムジナ爺さんがそう言った。

「あんなおっかねえデカブツのいる場所へわざわざ行って、戦って、勝ってきちまう」

……それは、ゴブリンの足跡を見て行き先を変えたムジナ爺さんのやり方とは真逆。危険を察知して逃げるのではなく、自ら飛び込む行為。

そうして、その先にあるものに手を伸ばす。……それが冒険なのだと、僕は知っていた。

ククリ刀は冒険者の得物じゃないという意味が分かった気がした。あれは山歩きのための道具なのだ。もちろん武器としても使えるけれど、武器として使うのならもっと強いものがたくさんある。

そして……そういう強い武器を必要とするのが、本当の冒険者の仕事。

「ま、坊主にはまだ早いけどな」

ムジナ爺さんは僕の肩を叩いて、ヒヒヒとあの笑い声をあげる。

……まだ早い。それはそうなのだろう。あんなの僕じゃどうしたって勝てるとは思えない。

けれど、これから背が伸びて大きくなったとしても……あれと戦えるようになる自分なんて、想像することができなかった。

ワニの肉は予想以上に美味しくて、みんなはこぞってワニの丸焼きを食べていた。チッカとウェインが僕の皿に山盛りにしてくれて、久しぶりのお肉でお腹いっぱいになってしまった。

日が高い内から始まった宴会は夜まで続いて、あんなに大きなワニのお肉がすっかりなくなってしまって、そしたらみんなお酒を飲んで陽気に歌い始めた。それは僕が知らない歌だったけれど、たぶん酒飲みの歌。途中から糸を爪で弾く楽器まで出てきて、笛と太鼓以外の楽器を見るのが初めてだった僕は、その音の綺麗さと不思議さにしばし呆然としてしまった。あれはきっと、大地母神さまの髪で造られたっていう竪琴（たてごと）なのだと思う。

満腹で眠くなって厩に戻ったあとも、壁の向こうから明るい声は途切れることなく続き、寝藁の上で意識を手放すまでフワフワした気分でそれを聞いていた。

ウェイン。シェイア。チッカ。

あの三人はどんな冒険をしてきたのだろう。話をもっと聞きたかったけれど、今日の主役の彼らは引っ張りだこで、あまり話せなかった。

明日は話せるだろうか。話せたら良いなと思う。下水道でどんなことがあったか聞きたい。あんな大きなワニをどうやって倒したのか知りたい。きっと神官さんの本で読んだ物語よりも、ドキドキワクワクするお話が聞けるだろう。

睡魔に意識が持っていかれる。

寝藁で眠るのもずいぶん慣れてきた。すぐ外であんなに騒いでるのに、隣の馬房から馬の寝息が聞こえてくる。やっぱり図太い馬だ。

「あれ……——？」

眠りに落ちる寸前。ふと疑問に思ったことがあって、そんな声が出た。

よぎったのは薬草のことでも、ムジナ爺さんのことでも、ワニのことでも、ウェインたちのことでもない。今日、会わなかった人たちのこと。

そういえば昨日一緒に丘に登ったあの三人組の冒険者さんたちは、なんで宴会の場にいなかったのだろう——

「パーディーム草原。ベッジの森。シルズン丘。北から町の真ん中を通って海へ流れ込んでるのはマルムニルド川」

外はザアザアと雨降りで、店内はいつもより人がいて、さほど広くない酒場はほとんど満席だった。まだ朝だというのにみんなお酒を飲んでガヤガヤ賑わっている。

畑仕事や狩りと一緒で、これだけ雨だと冒険者の人たちも休業するらしい。

僕も今日はお休みだ。

この雨だと僕らも薬草採取にはいけない。冒険者は身体が資本なのだから、風邪などひいては元も子もない。

けれど、こんな日でも僕にはやることが山ほどあった。……その一つが、地理のお勉強である。

「討伐の依頼がある地域には近寄らない、って前に言ったと思うが、地名を知ってなきゃそもそも注意しようがねえからな」

とのことで、同じくお休みを決め込んだムジナ爺さんに教えてもらっているのだ。――その教えてくれているムジナ爺さんが赤い顔でずっとチビチビお酒を飲んでいて、そろそろ呂律が回らなくなってきているのは、ちょっと困ったものだけれど。

大きな羊皮紙に描かれているのは、この町とその周辺の地形だ。冒険者用の地図だからざっくりとしか描かれていない、と言われたけれど、どこに何があるかは十分に分かる。

僕はムジナ爺さんが用意してくれていた木の板に炭で地名を書き取って、一つ一つ覚えていった。

「僕らのいる暴れケルピーの尾びれ亭は、町の西側なんだね」

だいぶ時間を掛けて町の外の地形をなんとか覚えた後、気になったのは町の中のことだった。

地図によると、この町はマルムニルド川という大きな川で東と西に分かれているらしい。北から流れて南の海へ、地図をほとんど真っ二つにしている。

町の中を川が流れているのは驚きで、僕はその川を見たことがなかった。

「それで、町の門は北西、南西、北東、南東の四つしかない。僕がいつも通っているのは、北西の門」

ふむふむ、と頷きながら地理を読み取っていく。地図というものを見たのは初めてだ。村にはこんなものなかった。こうして絵にした地形を見ることができると、すごく分かりやすい。

——つまり、僕は南西の門からこの町に入ったのだろう。

レーマーおじさんと町に辿り着いたとき、海を見たのを覚えている。町の中を走って逃げた時は無我夢中だったから記憶がないけれど、川は渡らなかった。

地図を見れば分かる。南西の門からこの町に入って、北西区域のこの冒険者の店に辿り着いたのは間違いない。

「広い……」

思わず呟いていた。大きな町だなとは思っていたけれど、僕が見てきたのはほんの一部でしかなかったのだ。西側ですら行ったことのない場所だらけなのに、東側に同じ広さの町並みが広がってるってどういうことだろう。もうちょっと田舎者に優しい大きさであってほしい。

「この東へ続く道に書いてあるのって、道の名前？　道にも名前があるの？」

「いや、道にも名前はあったはずだが、この地図には書いてねえ。そいつは都の名前だな。この道を進むとそこに辿り着きますよ、ってこった」

「都って、町より大きいトコ？　この町よりも大きいの？」

「おお、ここよりずいぶんでかいらしいな。オレっちは行ったことねえから知らんが」

そんなのもう、想像もできないのだけれど。

「都なー。都は俺も行ったことねぇなー」

そのだらけきった声は、すぐ隣から聞こえてきた。

同じテーブルである。僕らが座っているのは四人用のテーブルなのだけれど、僕とムジナ爺さんの他にあと二人の相席者がいた。

「行ってみたくはあるけどよ、わりと遠いよな。歩きで何日だっけ？」

ムジナ爺さんと同じで朝からお酒をチビチビやってるウェインと、

「身軽なら三日。隊商の護衛依頼だと四日」

テーブルに突っ伏して寝ているシェイアである。……話を聞いていたってことは、寝てはいないのか。

雨で店内がほぼ満席だから相席なのだけれど、昨日の宴会で主役してた時とのギャップが激しくて呆れてしまう。大きな仕事をやり終えた彼らはあんなにかっこ良く見えたのに、今は仰向けで寝てる猫くらいだらしがない。

冒険のことをいろいろ聞きたいとか思っていたけれど、なんだかバカバカしくなってやめてしまったほどだ。

「あんまり見ないようにしとけ坊主。コイツらこっちが本当の姿だからな。筋金入りのバカと筋金入りのだらけ女。ダメ人間の見本みたいなヤツらだぜ」

ムジナ爺さんに注意される。昨日はよく見ておけって言われた気がするのだけれど、それは時間制限つきだったらしい。

「って、ムジナ爺さんにダメ人間とか言われたくねーな。稼ぎの大半、港の船賭場でスッちまうくせに」

——……は?

「船賭場は裏賭場。海の上なら禁止の類の賭け事もできる」

シェイアが船賭場の説明をしてくれる。……じゃなくて。

薬草採取の稼ぎの大半、賭け事でなくしちゃうの?

「ようく見とけよガキんちょ。この爺さん、この店で一番の賭博狂いだからよ。お高い薬草の採取場所たくさん知っててけっこう稼げるくせに、こんなシワだらけの歳まで仕事してんの、賭けで負け続けて蓄えが全然ないからだからな?」

僕はムジナ爺さんへと振り向く。

老齢の冒険者はグビリとお酒を飲んで、赤ら顔でおかしそうに笑った。

「ヒヒヒ!　冒険者なんてヤツぁ、みんなダメ人間と相場が決まってらあな!」

「そもそもだ、冒険者になろうなんて奴はどいつもこいつもロクデナシなんだ」

雨でほぼ満席になった冒険者の店の真ん中で、老冒険者の口から声高々に暴論が飛び出した。

「成り上がりを夢見る身の程知らず。毎日コツコツ働くのが嫌な横着者。マトモな場所じゃ到底受け入れられないような変人。一攫千金を狙うトレジャーハンター気取り。なにも考えてないバカ。ここは、そんなどうしようもない奴らの掃き溜めさ。まともな奴なんか探したっていやしねぇよ。ヒヒヒ！」

店中に響き渡りそうな声で断言する。……どうやら、ムジナ爺さんはずいぶん酔っ払っているようだ。そういえばさっきお酒をおかわりしてた気がする。

「まともな人がいないって、そんなことはないでしょ……」

「バァカ。マトモな神経の奴らなら、おっかねぇ魔物なんか一生相手にしねぇだろうよ。命の危険のない安全なお仕事に就いて、日々平穏に暮らすもんだ」

「爺さんは魔物相手にしたことねーだろー」

僕の呟きをムジナ爺さんが笑い、ウェインが茶化す。自分もロクデナシ呼ばわりされてるのに、少しも気を悪くした様子がない。

「チッカは？　チッカはけっこうマトモじゃない？　部屋はすっごく汚かったけれど！」

「アイツならこの雨の中釣りに行ったぞ。たまに仕事受けて稼いで、金が尽きるまで釣り三昧して、無一文になったらまた仕事するってのがチッカのスタイルだ。下水道の時も最後の方はずーっと、釣りやりてー釣りやりてー、ってうるさかったからな」

「生粋の趣味人。腕はいいけど」

「アイツ全然仕事しねえもんで、Cランクのくせにオレっちより稼いでねえぞ」

やっぱりあの釣り具、半分くらい武具屋に持ってくべきだった。

「ま、反面教師がたくさんいると思っておけってこったな」

ムジナ爺さんがヒヒヒと笑う。反面教師。マネしちゃいけない人。冒険者はそんな人ばかりなのか。

「……あの三人組は？」

なんだか抵抗したくなって、僕が知ってる最後の冒険者組を話題に出す。あの三人はやはり、悪い人たちではなかったと思う。

けれどムジナ爺さんは、ヘッと鼻で笑った。

「笑わせんな。冒険者になろうと思う時点でマトモじゃねえ」

それはもしかして、認めたくないけど僕もそうということではないか。

「んー？　三人組ってどの三人組だ？」

ウェインが首を捻ってピンとこない顔をする。

そうか。あの三人組とムジナ爺さんの一悶着があったのも、一緒に採取へ行ったのも、ウェインたちが下水道に潜ってる最中だった。三人組らしきパーティは他にもあるだろうし、誰か分からないのは当然だ。

「えっと……戦士の男の人と、魔法使いの男の人と、斥候の女の人の若い三人組」

「ちっと前にお前さんをパーティに誘おうとした初心者組だな。さすがに覚えてんだろ」

「あー、アイツらか」

僕の説明に、ムジナ爺さんが追加で説明してやっとポンと手を打つウェイン。……というか、あのパーティへ誘われてたんだ。

「たぶん、ネズミ狩りの初心者」

シェイアの頭がもぞもぞと動いて、テーブルに頬をつけたまま店内を見回す。

どうやら彼女もあの三人組のことは知っていたらしい。ネズミ狩りということは、元々は下水道で冒険してた人たちだったのか。

「すぐに冒険者を辞めれば、まだまとも。そういえば、昨日も今日もいない」

言われて、僕も店内を見回した。……お店は冒険者さんたちでほとんど満席なのに、あの三人の姿はどこにもない。昨日のワニ宴の時もいなかった。

まともな人は冒険者にならない。たとえなったとしても、すぐに辞める。

彼らはどうだろうか。採取に行った日、彼らは探索の途中で帰ってしまった。ムジナ爺さんを信用せず、これ以上は無駄だと決めつけて、先に町へ戻った。

見切りが早いと思う。けれど、普通の人だったらああするのも当然だと思う。

普通の人。つまり、まともな人だ。少なくともこのテーブルに集う三人やチッカよりは、変人ではないだろう。

あの三人は冒険者を辞めてしまったのだろうか。

「そいつらなら都に行ったぞ」

予期せぬ方向からの低い声に、ビクリとしてしまった。振り返ると頬傷のある、がっしりとした身体のおじさんがテーブル脇に立っている。

バルク。ここの店主で、いつも受付で羊皮紙と格闘してる人。今日も顔が恐い。

「昨日の朝に出発した。もう会うことはないだろう」

シェイアに用があったのだろう。彼女に羊皮紙を渡しながら、バルクはついでのようにそう言った。

「都ってあの都？　東の道を行くとあるっていう？」

「ああ。三日行くと都があって、その都からさらに三日行くと王都がある」

「王都……」

王都は王様のいるところだ。王様はすごく偉い人だ。

この町からだと六日も歩けば、王様のいる場所に行けちゃうのか。

「都なー」

ウェインが酒をチビリと飲む。

「あっちの方がいろんな依頼があるらしいもんなー」

そうなのか。薬草採取の他にも、僕ができる仕事があったりするのだろうか。

「実力もねえのに行ったところで、なんも変わりゃしねえだろうによ。ったく」

ムジナ爺さんが悪態を吐く。そういうものなのか。

「——でも夢があるから、都に行く冒険者は後を絶たない」

受け取った羊皮紙に目を通しながら、シェイアがそう言った。

夢がある——冒険者から成り上がった人の物語なら、僕も知っている。遺跡に潜って財宝を見つけたり、大きな魔物を倒して英雄になったり、囚(とら)われのお姫さまを救って結婚したり。

あの三人はそういう夢を追って都に行ったのか。……ムジナ爺さんへの誤解を解けなかったのは残念だけれど、それはなんだか、少しだけ喜ばしいことだと思えた。

次に会うときはもしかしたら英雄になっているかもしれない。会えなくても、歌になって活躍が聞こえてくるかもしれない。そう思うとちょっとワクワクした。

「ウェイン、仕事行くよ」

読んでいた羊皮紙を丸め、シェイアが立ち上がった。僕は耳を疑った。

「うぇえ？　雨降ってってけど？」

ウェインが窓の外を指さす。雨はまだザアザアだ。どこへ行くか知らないけれどずぶ濡れになってしまうだろう。

それなのに、今の今までテーブルに突っ伏してだらけていたシェイアが……怠け者のダメ人間って言われていた彼女が、仕事を厭(いと)わないなんて。

「ギルドクエストだからしかたない」

「なんで昨日帰ってきたばっかりの俺らに？　暇な奴たくさんいるだろ！」

「後で説明する。いいから行くよ」

どうやらバルクが渡したのは依頼書だったらしい。なおも文句を言おうとしたウェインだったが、シェイアが腕を掴んで引っ張ると、仕方なさそうに立ち上がった。

はあー、と大きなため息を吐いて、準備するのか宿になっている奥の部屋へ向かっていく。

「はん。慌ただしいこった」

その背中を見送ったムジナ爺さんが、頬杖を突いてそう言った。バルクはいつの間にかいなくなっていて、テーブルにいるのは二人だけになってしまった。

「……なんであんなに急いで行ったんだろ？」

「さあな。ま、たぶん下水道の件だろ」

「あ、そういうことか」

たしかに下水道の仕事なら、あの二人に話が行くのは当然だ。それに下水道は町の地下にあるのだから、雨でも濡れないかもしれない。

そういうことなら――分かるのだけれど。

「それより坊主。地図のお勉強だ。ちょうどいいから薬草が採れるマナ溜まりの大まかな場所、一個ずつ教えてやるよ」

「あ、うん。お願いします」

ムジナ爺さんに急かされるようにして、僕はまた地図に向かう。雨で採取に行けなくても、僕はまだまだ覚えないといけないことがたくさんある。こんな小さな疑問に囚われている時間はない。

……なんで。

なんでシェイアはウェインを連れて行く時、チラリと一度、僕を見たのだろうか？　なんて、考えても分からないことなのだし。


「ウェインは何年か前からいるチンピラだな。町の奴じゃなくて流れ者らしいが、どこから来たかは知らねえ」

昨日の雨が嘘だったかのようにすっかり晴れて、けれど地面はまだ濡れていて、僕とムジナ爺さんは足下に気をつけながら森を進んでいた。

「アイツは最初っから戦闘の腕だけはいっちょ前でな、冒険者になってすぐ大物仕留めたりして驚かれたもんだが、バカだからマトモに依頼をこなせなくってよ。初めの頃はギャアギャアとバルクに喰ってかかってたもんだ」

「ウェインにもそんな頃があったんだ？」

「ああ。もっとも、しばらくしてラナとミグルっていう二人と組んでからは、だいぶ大人しくなったけどよ」

ラナとミグル。知らない名前だけれど、シェイアと最初に会った時にそんな話を聞いた気もする。

たしか……仲間に面倒を押しつけてきた、とかなんとか。

「ま、その二人はちっと冒険者としての資質が足りなかったな」

「冒険者の資質？」

「なんせ、二人で結婚してカタギになったからなあ。田舎で農家やるんだとよ。ヒヒヒ！」

「あー」

昨日の話を思い出す。まともな人なら冒険者は辞めてしまうらしい。

なら、その二人はたしかに冒険者の才能がないのだろう。だってロクデナシじゃなくなったのだから。

ウェインの仲間はきっと、まともな人たちだったのだ。あるいは、まともな人になったのだ。……そう思えば、冒険者の引退っていうのは喜ばしいことなのではないか。

「あの二人はそんなに腕も良くなかったからな。たまに話を聞いたが、キツい戦闘はほとんどウェインに頼り切りだったくせえ。……だからまあ、さすがに力不足を感じたんだろ。ウェインはバカだから誰かの補助が必要だったが、それは別にアイツらでなくても良かったってことだ」

……ウェインが強すぎたから、か。そういうこともあるのか。

それは、少しモヤモヤする。冒険者の引退は喜ばしいことだと思ったけれど、諦めてそうするのは、ちょっと悲しい気分になる。

「けど、ウェインはラナのことが好きだったらしくてよお。パーティ解散して結婚式してから数日、酒浸りで鬱陶しいくらいにウジウジしてたな。ヒヒヒ！」

かわいそうすぎる。

ウェインが強すぎたせいでパーティが解散して、仲間だった二人が結婚したから失恋して、そしてそれを笑い話にされている。聞いている限り、ウェイン自身は別に悪くないのに。

「お、ほれ見ろ坊主。あそこにまた薬草だ」

「ほんとだ……。また先に見つけられなかった」

指で示された方を見ると、少し遠くにある木の根元にそれはあった。初日に草原で見つけたあの薬草で、明るい緑黄色の丸い葉っぱがツヤツヤ輝いている。

「あれは服や動物の毛皮に種がくっついて移動するヤツでな。わりとどんな場所でも見つかるが、まとまって採れることはなかなかない。値は悪かないが、狙って探すもんじゃねえ」

ムジナ爺さんが薬草の特徴を教えてくれる。……それを知っていれば、草原で見つけた時に時間をとられることはなかった。やっぱりムジナ爺さんはすごい。

僕らは森を歩きながら、道中で薬草を探す勝負をしていた。

マナ溜まりの薬草は高価だけれど、いつでも採れるわけじゃない。だから今は採る必要がないけれど、訓練としてやっているのだ。

「シェイアは町の魔術士の徒弟だな」

特に歩きを止めることなく、ムジナ爺さんは雑談を再開する。

「魔術も魔術士もオレっちにはよく分からねえが、結構高名な水魔術の達人ってのが町の中にいるらしくってよ。シェイアはその魔術士の弟子なんだが、あんまり修行が厳しいもんだから逃げ回ってるんだそうだ」

「魔法の修行ってそんなに厳しいの？」

「知らん。……が、あの面倒くさがりのシェイアだしな。単にサボってるだけだろ」

「そうかぁ」

話しながらも、周囲を見回して薬草を探す。同時に土に残された足跡や糞も探す。折れた小枝とかの、何かが通った痕跡も探す。動くものがないか探すし、妙な音がしないかも注意する。

全部、ムジナ爺さんが自然にやっていることだ。やれと言われてやっているのだけれど、時々混乱しそうになる。

「面倒くさがりと言えば、シェイアは魔術士のくせにほとんどソロでな。というのも、パーティを組めば仲間に合わせなきゃいかんだろ？　気ままに寝起きして興味の向いた仕事だけ受けるってわけにはいかねえ。そもそも人付き合いそのものが面倒くさい。そんなバカみたいな理由でパーティなんかお断りっていう、やる気の欠片もない女なんだ」

「なんか、分かる気がする……」

テーブルに突っ伏していた姿を思い返す。あの姿が本当のシェイアなら、やる気なんて本当にないのだろう。

「ま、それが賢くもあるんだがな」

「賢い？」

「やる気もねえクセに、気に喰わねえヤツとやりたくもない仕事なんぞしてどうする」

それは、そうか。

シェイアにだって選ぶ権利はあるのだ。危険のある仕事を嫌々やるのは、冒険者として間違っているように思う。

「オレっちはパーティのことなんぞ知らんが、坊主がいつか組むんなら、ちゃんと相手は考えろ。シェイアだけじゃねえ、冒険者なら誰だってそうしてる……ほれ、あっちに薬草だ」

「わ、ホントだ」

またも先に見つけられた。……というか、藪の下の見えづらい場所に一つだけ生えているもので、あんなの言われなきゃたぶん気づけなかった。

よく話しながら見つけられるものだと思う。

「チッカは都から来たって聞いたな。まだ一年もたってねえハズだ」

「え、あんなに部屋が汚かったのにっ？」

一年足らずであそこまで部屋を汚くできるの、もう才能だと思う。

「なんだ、チッカの部屋に行ったのか坊主。たしかにメチャクチャ汚えって噂だな。……コイツはチッカに限らずハーフリングの特徴なんだが、アイツらは自分の財産ってヤツに頓着しねえらしい」

「……どういうこと？」

「あんまり後生大事にしねえ、って感じかね。家の中の物が壊れても汚れても気にしないし、捨てるときも惜しまねえ。……どっかで聞いた話だが、奴ら戦いに向いてねえから、敵に襲われたりしたら基本は逃げる種族なんだと。で、逃げるときはなんのためらいなく一切合財を捨てていくんだそうだ。そうやって生き残ってきた種族ならではの特徴らしい」

そういえば僕が売ろうと説得した品のほとんどを、チッカは最終的には売り払った。あの時の彼女は依頼人だったのだから、いくらでも突っぱねられたのに。

逃げるときは全部捨てていく。命さえあればまたやり直せるといっても、躊躇することなくそれをできる人はどれだけいるだろうか。

「でもチッカ、釣り具は絶対に売ろうとしなかったよ？」

たくさんの釣り竿の前で両手を広げるチッカを思い出す。あんなにあっても使わないだろうに、釣りの道具だけは何を言っても手放そうとしなかった。

「そいつもハーフリングの特徴だな。奴ら、一つのことに対して異様なほどのめり込むことがある。そういうときはもう、飽きるまでどっぷりでな。逃げるときもそれだけは持って出る」

大切な物がいくつもあっては持ち運べない。けれど一つだけなら持って逃げられる。……チッカにとってそれが釣りなのだろう。

あの部屋の釣り具を全部持って出ることは無理だろうけれど、逃げるときはあの中の一番大切な物を選ぶのだろうか。

「ほれ、馬鹿話してる間についたぞ」

話している内にも歩みは進み、森の中のマナ溜まりへ辿り着く。紫の花の涼やかな香りが鼻をくすぐった。

ここに来るのはもう三度目だけれど、やっぱりすごい光景だと思う。これ全部、高い値段の薬草なのだ。

「さっさと採取しちまおう。二日ぶりだが、やり方は覚えてんな？」

「忘れないよ、そんなの」

たしかに昨日は雨で来られなかったけれども、それで採取の仕方を忘れたりなんかしない。そもそも忘れるほど難しくもない。もちろん言った方も冗談だったみたいで、そうかそうかと笑っていた。

槍を地面に置いてナイフを取り出し、地面に膝を突く。茎の中程あたりから切って、そのままカゴに入れる。

この花は花びらを使うらしい。だから花が枯れるまでの短い間しか採れない薬草なのだそうだ。茎から採るのは、持ち運ぶ最中に花が傷まないようにするため。

簡単な単純作業。それを繰り返していく。

そんな難しくないその作業を続ける内、無意識に声に出ていたそれは……特に大した意味があるわけでもない、ただの興味からくる雑談だった。

「……ムジナ爺さんは？」

「あん？」

一つ採っては、別の花へ。ただし四つに一つは残しておく。全部採ってしまうと来年が採れなくなる。

「ムジナ爺さんの話はないの？」

さっきの、冒険者の話の続き。知ってる三人のことは教えてもらったけれど、僕はムジナ爺さんのことがもっと知りたいと思った。

「オレっちの話っつってもな……昔のことなら前に話したとおりだぜ。何が聞きてえんだよ？」

「んー……じゃあ、賭けでお金がないっていうのは本当なの？」

「ああ、そいつは本当だ。つっても勘違いするなよ？　オレっちは賭博で借金したこたあ一度もねえ。せいぜい身ぐるみ剥がされたことがあるくらいだ」

それはそれでどうかと思うし、得意気に言うことじゃないと思う。

「でも、ムジナ爺さんは引退考えてるんだよね。蓄えがないのにどうするの？」

前にそう言っていた。歳で体力がなくなってきたから、そろそろ引退を考えていると。だけれどお金がないのなら、冒険者を引退してどうするつもりなのか。

「あー……まあ、アテはあんだよ。一応」

ムジナ爺さんは薬草採取の手を止めて、髭のない顎を掻く。

「何十年もずーっと一つのことしてっとな、ツテの一つや二つはできるもんだ。――店に納品した薬草は薬師ギルドの職員が受け取りに来るんだが、薬草採りの達人のオレっちはたまに、そういうのと話したりするわけだ。で、まあ何かの話の折によ、そろそろ体力的にキツいし引退を考えてるってことを言ったらあちらさんが、それなら薬草畑をやらないかってな」

薬草畑。

バルクが言っていた。薬師ギルドは薬草畑を持ってるって。水薬の材料にもなるヒシク草が依頼の中に入っていないのは、栽培できるからではないか、って。

「オレっちは薬草に関しちゃそれなりに詳しいからな。オレっちの助けがあれば、もしかしたら今まで畑で栽培できなかったヤツも育てられるかもしれねえ……って、そんなふうに誘われたのさ。ハン、知識を売るなんてまるで学者様みたいな話で、ガラじゃねえにもほどがあるが……悪くねえな、って思ってよ」

「それは、すごい。すごいことだよ、きっと」

薬草の栽培。それも、今までできなかった種類を育てられるようにする仕事。

素晴らしい冒険だと思った。命の危険はないけれど、誰も見たことのないその先に手を伸ばすことだと思った。

それが冒険じゃなくてなんだというのか。

「すごい。すごいや。そうか、薬草畑かぁ」

「そうかあ？　へへ、まあできるかどうかは分からねえし、まだ返事もしてねえんだけどよ。でも、気が向いたらいつでも来てくれって言われてな」

「応援するよ。ムジナ爺さん、薬草のことならなんだって知ってるもん。絶対上手くいく」

僕は採取のことも忘れてしまって、ムジナ爺さんの薬草畑を想像して嬉しくなった。

ムジナ爺さんはいったいどんな薬草を育てる気なのだろう。もしかして、この紫の花も栽培できるようにしてしまうのだろうか。難しいだろうけれど、マナ溜まりを狙ってつくり出せればできないだろうか。

「――ああ、でももしそれが成功したら、依頼される薬草の種類が少なくなっちゃうね。それはちょっと困るなぁ」

「バァカ。できたとしても、まともな量を採れるのは何年も先の話だ」

「そっか、そうだね。じゃあそれまでに、ムジナ爺さんより薬草をたくさん見つけられるようになっておかなくちゃいけないね」

何年も後のことなら、そこまで心配はないように思えた。だってムジナ爺さんはお金が余るくらい稼いでいるから船賭博へ行くのだろうし。僕がこれから頑張ってムジナ爺さんと同じくらい採れるようになれば、数年して依頼の薬草の種類が少し減ったとしても、生活に困ることはないのではないか。

それなら、いい。問題はなにもない。

「――……坊主。お前さん、ずっと薬草採取やるつもりか？」

意外なほど真剣な声音でそう聞かれて、僕は何度かまばたきした。ムジナ爺さんは薬草を採る手を止めて、なんだか呆然とした顔で立ち尽くしていた。


奴隷として売られそうになり、逃げて無一文で知らない町をうろついた。

歳を誤魔化して冒険者になって、生きる術を得た。

大きなワニを見て、あんなのは絶対倒せないと思った。

ムジナ爺さんに会えて、本当に良かった。この生き方なら、僕でもできるかもしれない。これなら冒険者としてやっていける。そう、安堵したのだ。

これが僕の運命だと感じるほどに。

「うん、そうだけ……」

「ダメだ」

僕が全部言い終わる前に、ムジナ爺さんは首を横に振った。それくらい早かった。

「ダメだ、ダメだ。そいつは、ダメだ」

さらに三回言われた。苦しそうな、悲壮そうな顔で、首を横にブンブン振った。それがまるで何かの発作のようで、初めてムジナ爺さんのことを少し怖いと思った。

それから急に黙って、下を向いて、立ち尽くしたまま静かになる。

……いったい何事なのだろうか。

「えっと……そんなにダメなの？」

「ああ、ダメだ」

僕が聞くと、そう答えてくれた。けれど知りたいのは答えじゃなくて、その理由の方だ。

なぜ、どうして、なにが。ただダメと言われても、何がダメか分からない。

どうしたらいいのか分からなくて、なんて声をかければいいのかも分からなくて、僕はしかたなく人差し指で頬を掻く。

……そういえば、今は採取の最中だった。この話、薬草摘みをしながらではいけないのだろうか。

「――数年は、それでもいい」

僕が気を逸らした隙を見計らうようなタイミングで、ムジナ爺さんは話を再開した。

「薬草採取は歩くから体力がつく。周囲を警戒する目も養える。だから、数年はやってってもいい」

体力。目。

それが冒険者としてやっていくのに重要であることは、僕でも理解できる。

「だが、背が伸びて力がついて、今よりももっと槍が上手く使えるようになったら……お前さんは、もっとまっとうな冒険者になれ」

……まっとうな冒険者。それは、ウェインのような。あるいはシェイアのような。チッカのような。

「いいや、違うな。違う。そうじゃねえ」

ムジナ爺さんは禿げた頭頂部を手で押さえて、絞り出すみたいに首を横に振る。

真剣に、なにかとてもとても大事なことを伝えるかのように。

「べつに槍じゃなくても構わねえ。魔術を習ったっていいし、鍵開けや罠外しをやれるようになってもいい。弓を使えるようになったっていい。なんなら神の声ってヤツが聞こえるようになったっていいんだ」

魔術。鍵と罠。弓。神の声。

冒険者の技は千差万別だ。そしてその得意分野を十二分に活かせるように組むのがパーティだ。今の僕は槍を持っているけれど、たしかにそれにこだわる必要はないのだろう。

「というかだ。そもそも冒険者なんざ辞めちまってもいい」

「え……」

あまりの言い様に、思わず声が漏れた。

冒険者を辞めてもいいだなんて。それを他ならぬムジナ爺さんが言うだなんて、予想外すぎて裏切られた気分にすらなってしまう。……だって言っていたのだ。初めてこの場所に案内してくれたとき、たしかに言った。

——まあつまり、オレっちは弟子が欲しかったんじゃねえかな。

そう、言われて。

だから僕は、僕がそれになれば、ムジナ爺さんが喜んでくれると思ったのに。

「言ったろ。冒険者なんざダメ人間の集まりだ。辞めてまっとうな生き方をした方がよほどいい人生を送れる。できることなら早めに辞めちまえばいい」

「でも……」

「いいか、坊主」

なにを言えばいいのか分からないまま、それでもなにか言わなくちゃと思って上げた僕の声を、ムジナ爺さんは強い口調で遮った。

「お前さんは頭が良い。字も書ける。んでもって、おまけに若いときた。探せば雇ってくれる商家の一つや二つはある。なんなら今から勉強すれば、本当に学者様になることだって夢じゃねえ」

その声は、なんだかすごく……すごく真剣で、必死だった。

「冒険者やりたいって言うんなら、オススメはしねえがそれでもいい。お前さんの頭の良さは武器になるだろう。今から身体と技を鍛えればきっと強くもなれる」

なぜそこまで言ってくれるのだろうか。

なんでそんなに本気になって説得してくれるのだろうか。

「だから……だから、薬草採取なんか、ずっと続けるのはダメだ」

なんか、だなんて。そんなふうに言うのは違うと思った。絶対に違うと思った。

だってそれは、ムジナ爺さんが生涯をかけてやってきたことだ。何十年もやって、それで生きてきて、薬師ギルドで畑をやらないかって言われるくらい薬草に詳しくなって。

そして僕に、生きていく希望をくれたのだ。

なんか、じゃない。そんな悲しいことを言わないでほしい。

けれどムジナ爺さんの声は強くて、真剣で、とてもじゃないけど首を横になんか振れなくて。……けれど首を縦に振ったらムジナ爺さんの人生を否定してしまうようにも思えて、どうしようもなくって、ただ真っ直ぐにムジナ爺さんの目を見返した。

「…………ここの花も、そろそろ採り終いだな」

やがてムジナ爺さんは目を逸らすように周囲を見回して、ポツリと呟くようにそう口にする。どっこいしょ、と声に出してしゃがんで、何事もなかったように採取を再開した。

「明日は坊主だけで来い。そのカゴの分くらいはあんだろ」

……納得は、いかなかった。まったく納得できなかった。なにか言いたかった。けれど頭に浮かんだ言葉は全部違う気がして。

結局、僕は何も言うことができなくて、無言で採取を再開した。

この日はこの後、僕とムジナ爺さんは最低限の会話しかしないまま冒険者の店まで戻って、そのまま別れた。


後悔ばかりの人生を歩んで来た。

くだらねえ生き方をしてきた。

なんの意味もなく始まって、なんの意味もなく終わるものなのだと、小賢（こざか）しくなったつもりで自嘲していた。


朝早く、夜が白み始める前に冒険者の店を出る。

冒険者の店の厨房は二交代制だ。午前と午後で人が違う。だから夜遅くまでやってるし、これくらい朝早くからでも仕込みをしている。

さまざまな依頼をこなす冒険者に、決まった時間などない。隊商の護衛でこの時間に出発することも珍しくないし、見張り仕事で夜に出て行くことも多い。

そんな奴らに対応する冒険者の店は、明け方から深夜まで開いているのが常だ。

白み始めた空を見ながら厨房で受け取った野菜を齧り、町の道を歩く。冒険者の店と違い、町の門は開く時間が決まっている。

日の出から日の入りまで。日が完全に落ちている時間帯は怪物どもの動きが活発だから、その間は門も閉じられる。

歩きながら野菜を食べ終え、町の外壁に辿り着くと、ちょうど衛兵たちが門を開くところだった。片手を軽く挙げて挨拶し、そのまま外へ出る。

何十年も通ってきた道だ。どれくらいの時間に出れば待たずに門が通れるのか、もう感覚で分かっている。

「……こいつは、どうかな」

街道を進みながら、ポツリと呟く。けれど少し考えて、首を横に振った。

下らない。門が開く時間なんて教える価値などない。日の出と同時に開くことだけ知ってれば十分で、そんなのは誰でも知っている。

早く着けば待てばいい。門が開いた後に到着したなら、そのまま通ればいい。それだけのことだ。

「他に、ないか。なにか……」

必死に考えて絞りだそうとしても、頭のデキが悪い自分では大したことを思いつけない。

なにせ、あんなふうに物を教えるなんて初めての経験だ。それにしたって拙いとは思うが、しょせん自分だからしかたない。

世の中の先生とか呼ばれる奴らなんざ、偉ぶりやがってしゃらくせえなどと思っちゃいた。が、あれでなかなか大変な職だったらしい。

「……あいつは、頭が良い」

そうは思う。そう思わないとやってられない、という気分もあるが、それを抜きにしても頭のデキは普通より上だろう。

教えたことはしっかり覚える。やれと言ったことはちゃんとやる。できないことは、練習してできるようになろうとする。

自分にはもったいない教え子だ。正直やりにくい。あの坊主に比べたら、大した腕もないのに態度だけはでかいあの三人組の方が良かった。冒険者ってのはああいう跳ねっ返りの方が正しいってのに、なんだってあんな坊主に当たっちまったのか。

四日。

あいつと初めて採取に出かけた日から数えて、たった四日で、もう教えることがなくなってしまったのだ。

もちろん技術はまだ拙い。しかしそれは経験を重ねれば追いついてくることで、知識面ではもう教えられることがない。

「……なにが、自慢できることは自慢してから引退しよう、だ」

奥歯を噛み締めるほど痛感していた。しょせん自分は腰抜けムジナ。何十年もずっと薬草採取しかしてこなかったFランクだ。

あの坊主の頭が良いのは、たしかにある。だがそもそも自分の人生で積み重ねたものは、たった四日で伝え切れてしまえるものでしかなかったのだ。

「ちくしょお……」

悪態を吐いたところでもう遅い。悪いのは自分で、情けないのは自分で、かわいそうなのはあの坊主だ。自分なんかに教えを乞うたところで、大したことは身につかないというのに。

アレが薬草採取をずっとやるつもりだと聞いて、心底から焦った。なにせもう教えることに困ってしまって、冒険者の店の馬鹿野郎どもの話に逃げていたくらいなのだ。

もっといろんなことをやってくるべきだった。いざって時のために戦いの真似事くらいしてきても良かった。山歩きだって我流じゃなくて、冒険者の野伏にでも聞けば良かったんだ。

そうすれば、まだまだ教えられることがあっただろう。こんなに後悔することもなかったはずだ。

こんなバカみたいな後悔をさせてしまうのではないかと、怯えることはなかった。

「いいや、まだだ」

街道を外れる。丘のふもとから獣道に入る。

他のマナ溜まりの場所も、地図で大まかにしか教えていないのだ。マナ溜まりの場所は分かりにくい場所にあるから、実際に連れていかないと見逃してしまうかもしれない。

他にも、考えて絞り出せばいくつかはあるだろう。なにせ自分は頭が悪い。今パッと思い出せないだけで、実はまだまだたくさん教えることがあった……なんてことも十分あり得る。

「慣れないことやってるんだ。先生役にも、一日くらい準備させてくれよな」

丘を登る。目指すは頂上近くだ。

最初の日に、ゴブリンの足跡を警戒して引き返した場所。

あそこのマナ溜まりも紫の花の薬草が採れる。できれば価値が下がらないうちに採ってしまいたいところだ。

この数日間でゴブリンがどこかへ行ってしまっていれば、あそこで採取できるだろう。そしたら、またあの坊主を連れて来てやれるのだが——

丘の頂上近くには崖面になっているところがあった。垂直というほどではないが、傾斜がかなりキツくて登れないし、崩れやすいのでロープでもなければ降りられないような場所。岩肌が見えてしまっていて、そんな場所でも生えるようなたくましい雑草がまばらに見えるだけの崖面。

大きく迂回するようにその下へ回り込んで行くと、大きな岩の影が隠すように洞穴がある。

昔からある洞穴だ。自然にできたものか、あるいは大型の獣か魔物が作ったのかは知らないが、そこそこの大きさだった記憶がある。人間が五、六人入っても余裕だろう。

ゴブリンだって雨に降られれば屋根を欲しがる。一昨日はかなり降ったから、仮宿を探したはずだ。まだこの辺りにいるのであれば……岩陰の洞穴を使った可能性が高いと読んでいた。

「っち……」

その読みが当たって、思わず舌打ちした。できれば外れてほしかった。

崖面の上から覗いて洞穴がある辺りの地面を確認すると、そこにはゴブリンらしき足跡が見えた。遠目だから判別しづらいが、おそらく複数いたはずだ。

この距離で見つけることができたのは、足跡がかなりハッキリと残っているから。つまり雨が上がった後の、まだ地面がぬかるんだ状態の時に移動した証拠。

「まだ近くにいるな」

それは間違いないだろう。少なくとも、ゴブリンは雨が止む昨日の朝方までここにいた。

ふぅー、と深く息を吐いた。残念だが今年はもう、こちらのマナ溜まりは諦めた方がいい。それが分かっただけでも収穫だと思おう。命は金では買えないのだから。

「……――おかしいな」

目を凝らすうちに崖下の様子がもう少し分かって、眉をひそめる。歳をとると目の力が落ちる。じいっと見つめていなければ、遠くや近くはどうにも見えにくい。

妙に足跡が多かった。

そりゃ、出入り口なのだから行ったり来たりもするだろう。けれど、それにしたって多い気がする。前に見つけた足跡は三匹分、多くても四匹といったところだ。だが崖下の足跡はどう見ても、その倍くらいの数がいそうに見える。

「…………」

無言で崖上を移動する。身を低くし茂みに隠れ、周囲を警戒しながら素早く動く。

足跡が進んでいった方へ。

「別の奴らと合流したか」

出入り口の辺りから少し離れれば、足跡は一方向へ伸びてより見やすくなった。

やはり多い。少なくとも六匹以上はいるだろう。十はないと思うが、この遠目では断言できない。

あの時の足跡とは別に数匹のゴブリンが近くにいて、同じ場所で雨宿りしたのをきっかけに群れとなった。……そんなところだろうか。

やはり最初に来たとき、引き返したのは正解だった。下手をすれば挟み撃ちになっていたかもしれない。

「しかし、六以上か。結構な数だな」

そう呟くが、数の多寡は自分にとって問題ではない。一匹しかいなくたって戦うという選択肢はないのだ。だから問題があるかもしれないのは、自分以外の誰かである。

ふむ……と顎に手を当て考える。バルクには報告するべきか。ゴブリンは数が増えるとやることが派手になる。この数なら街道に降りて人を襲ってもおかしくない。

まあ報告したところで、冒険者が動くのは依頼が来た後、つまり被害が出てからなのだが。

「一応言っておいてやるか」

報告の義務なんかないが、伝えない理由もない。個人的にはさっさと討伐してもらいたいのだから、依頼が来たときの参考程度になるなら意義はある。

足跡の先を見てみれば、ゴブリンどもは丘を下っているようだった。どうやら街道へ真っ直ぐ向かう足取りではなさそうで、おそらく森の方向へ進んでいる。増えた頭数の腹を満たすために、より食い物の多そうな場所へ移動するつもりか。なら、もうこちらへは戻ってこないかもしれない。

そうであれば、マナ溜まりの薬草が採れるのではないか。――いや、ないな。ない。よぎったバカな考えを振り払うため、慌てて首を横に振る。

そんな願望のような読みをハズして、戻って来たゴブリンと鉢合わせになった時が最悪だ。坊主と爺の二人が、仲良くゴブリンの腹に入るはめになる。

「……どうかしているな」

舌打ちし、落ち着くために深呼吸した。

本当に今の自分はどうかしている。いつもであれば、こんな甘っちょろい考えなど浮かびもしない。それどころか、ゴブリンがまだいるかもしれないこんな場所になど近寄りもしなかっただろう。気を引き締めるべきだ。普段の自分に戻るべきだ。ここはやはり、スパッとここの薬草は諦めて――

「――森へ向かってる?」

ゴブリンの足跡は、この辺りにあるもう一つのマナ溜まりの方向……今日、あの坊主が一人で来るはずの場所へ向かっていた。

「はっ、はっ、はっ――」

どうかしている。どうかしている。本気で、自分はどうにかしてしまった。

ゴブリンどもの足跡を辿る。木々の間を潜るように斜面を駆け下りる。

行ってどうするつもりだ。

冷静な自分がそう問いかけるが、答えられない。久しく抱くことのなかった強い感情に突き動かされて、息が切れるほど走る。

「八匹」

足跡を辿るうちに確信する。数は八。特別に大きい足跡はない。足取りからして、食い物を探しながらゆっくり進んでいるようだ。虫やトカゲなんかを捕まえて口に入れながら、チンタラ歩いているのだろう。

丘を降りきってもまだ足跡は続いている。森の中の地面は柔らかく、木々が影をつくるためなかなか乾かない。だから足跡がはっきりと残っていて、見失うことはなかった。

身を低くして駆ける。ゴブリンは小さい自分よりもさらに小さいが、こうして身を低くして進めば、ゴブリンの通れる場所なら問題なく抜けられる。

とにかく速く、しかし静かに。ククリ刀で枝を落とす時間も惜しいし、そのときに出る枝葉の音もたてたくない。

「…………――!」

茂みに身を隠した。慌てて貫頭衣と同じ色の、ツギハギだらけの頭巾を取り出して被る。口に手を当てて、乱れた息を無理やり押し殺す。

「いやがった……」

視界の先で、車座になって休んでいるゴブリンたちを確認する。心臓がドクドクと鳴っていた。その音が奴らに聞こえてバレやしないかと心配になったほどだ。この早鐘のような心音は走ったからだけではない。

指折りしながら数を確認する。ちょうど八匹。内六匹は棍棒や錆びた剣などで武装している。……ただ、どうやら眠っている奴や、寝ぼけ眼の奴もいるようだ。

ゴブリンは夜目が利くから、基本的には夜行性と思われている……が、そんなことはない。奴らは朝でも昼でも動く。昼夜関係なく眠くなったら寝て、腹が減ったら行動するのだと、十年以上前にゴブリン狩りをよくやっていた冒険者が話していた。

一昨日の雨宿りでぐうすか寝て、雨が止んだ朝に起き出したのなら……昨夜はまた夜に眠ったのだろうか。ならば奴ら、そろそろ行動を再開する頃合いだろう。

「……近い」

苦々しく呟く。ここからだとマナ溜まりの薬草地はかなり近い。しかも坊主が歩きやすいよう、獣道はだいぶ枝を切り落としている。昨日も通ったから、足跡もまだ残っているだろう。いくらゴブリンがバカとはいえ、あの道を見つければ人が通ったことくらいはバレる可能性がある。

足跡を辿られるだろうか。待ち伏せされるだろうか。どちらもあり得そうで、どちらにしても最悪だ。坊主とあの数のゴブリンでは賭けにもならない。

「どうする……」

息をひそめながら必死で頭を回す。隠れるのは得意だ。この服と頭巾があればまず向こうから見つかることはない。

この貫頭衣はツギハギだらけでいかにもボロに見えるが、実はこれは自分の自信作だ。わざと色味の違う当て布で斑模様にした布地は、森に溶け込み姿を隠す。この距離どころか、その半分の距離まで近づいたところで見つかりはしないだろう。じっとしてさえいれば、奴らがすぐ近くを通ったとしてもやり過ごせる可能性はある。

「ああそうだ……。こいつは、まだ教えてなかった」

すっかり当たり前になっていて頭から抜けていた。この服は結構有用だぞ。何度か命を拾ったこともある。

ああ……でもどうだろう。コイツを教えたら、あの坊主はどういう反応をするだろうか。なにせダセェ。嫌がるかもしれない。

そしたら——笑って、バカにしてやろう。

命あっての物種だって、教えてやれる。

ゴブリンが一匹、立ち上がった。

……なんだ？

車座の輪から一匹だけ立ち上がったゴブリンが、その場を離れる。呑気（のんき）にあくびなんかしながら歩いて行く。

糞でもするのだろうか。ゴブリンでもトイレは一人でしたいものなのだろうか。それか、食い物か飲み水でも探しに行ったか？　理由は分からないが事実として一匹だけ単独行動し、そいつは獣道の方へ向かっている。

考えるより先に身体が動いていた。茂みに身を隠しながら、音を立てないように移動する。

動きながら必死で頭を回す。

「チクショウ……どうすべきだ？　どうしたらいい？」

口の中だけで囁いて、自分自身に問いかけても答えは出ない。当然だ。腰抜けムジナの人生で、こんな経験など一切ない。

いいや、違う。答えなんかとっくに出ているのだ。やることなんかもう決まりきっている。なのに冷静な自分がずっとギャアギャアわめいている。

さっさと逃げ出せ。なにもできやしねえ。坊主には索敵警戒の仕方を教えてある。運が良ければ先に気づいて逃げられるだろ。

群を離れた一匹。そいつの死角から、息を殺して近づく。

ゴブリンは警戒もしていない。腰に巻いたぼろ切れの上から、伸び放題の爪で尻を掻きながら歩いている。どうやら手ぶらで武器も持っていないようだ。

ドクン、ドクン、ドクンと心臓の音がうるさい。頭が上手く働かない。ただ、やめておけ、と頭のどこかが叫んでいる。

ああ、やめておくべきだ。今すぐ身を隠すべきだ。尻尾巻いて逃げ出して冒険者の店に帰るべきだ。

そして、坊主が無事に帰ってくることを祈りながら、安酒でも傾けるつもりなのか。

ククリ刀の柄を握った。木の幹や茂みに身を隠しながら、音を立てず近づいていく。

忍び寄るのは簡単だ。相手はまったく警戒していない。この間合いなら一気に距離を詰めれば、確実に奇襲は成功する。

じりじり近づいていく。もしここでいきなり振り向かれたら、さすがにこの貫頭衣も役にはたたない。ククリ刀を持つ腕が震えた。心臓の音がうるさい。逃げ出すのならまだ間に合う。

ここからはもう、あの獣道が見える。

「——とりあえず一匹殺す」

駆けた。足音が鳴るのも構わなかった。ククリ刀を抜く。

一撃で殺す。悲鳴も上げさせない。向こうにいる群には気づかせない。この場をすぐに離れる。なかなか帰ってこない仲間を探しに来て死体を見つけたゴブリンどものために、足跡とかをわざと残して追ってこさせる。あとはどうにかして逃げ切る。……とにかく、獣道やマナ溜まりから奴らを離す。

足音に気づいたゴブリンが振り向いた。ククリ刀を振りかぶる。

驚愕(きょうがく)し目を見開いた醜い顔の小鬼へ、剣を振り下ろす。

「ギイアァアッ！」

渾身(こんしん)の力で振り下ろされたククリ刀は、首の付け根から心臓辺りまでめり込むように深々と叩き斬り……ゴブリンに盛大に悲鳴を上げさせた。

「チクショウ……クソが！」

悪態を吐く。もう音を殺す必要はなくなった。

深く入ったククリ刀が抜けず、血反吐を吐いてもがくゴブリンの腹を乱暴に蹴って引き抜いた。反動でバランスを崩して尻餅をついてしまう。

魔物を殺したのは初めてだった。なんだよ自分にもできるじゃねえか。相手が一匹で手ぶらで奇襲できるんなら殺せるな。

「――バカなこと考えてねえで、次だ」

悲鳴を上げさせずに殺すことはできなかった。そりゃそうだ。自分は剣の達人でもなんでもなくて、ただククリ刀を力一杯振り下ろしただけ。断末魔もなく即死させるなんて器用なマネができるはずもねえ。

すぐに向こうのゴブリンたちがやってくる。全力で逃げなければならない。どうせ痕跡はわざと残すつもりだから、もう脇目も振らず走ればいい。

右に行くか、左に行くか。悠長に考える暇はない。どちらでも問題ない。数十年も薬草採取で生きてきた自分にとって、この森は庭みたいなものだ。いや、この森だけじゃねえ。町の周辺なら、この自分に知らない場所なんざない。

いきなり予定とは違ったが、大丈夫だ。逃げ切れる。

脚を動かす。左だ。一旦丘の方へ行ってから、獣道とマナ溜まりを迂回するように町を目指す。もし途中で追いつかれそうになっても問題はない。自分には森に溶け込む貫頭衣がある。隠れてやり過ごすことも可能だろう。

とにかく今は全力で走――

脚を掴まれた。顔面から盛大に転ぶ。げえ、とみっともない悲鳴が出る。

身を起こして見れば、さっきたしかに致命傷を与えたはずのゴブリンが、憎悪に歪んだ顔で自分の脚を掴んでいた。黄色く汚れた爪が足首に食い込む。思わず情けない悲鳴が漏れた。

そうだ、知ってはいた。冒険者の店で何度となく耳にはしてきた。ただ経験したことがなかったから抜けていた。……致命傷を与えたとしても、即死でなければ生き物は動く。完全に息の根が止まるまでは動くのだ。

「っこの、死に損ないが！」

力一杯顔面を蹴った。それでも掴まれた手が離れなくて、二度、三度と蹴る。

四度目でやっと手が離れて、急いで立ち上がった。

「――――ッ！」

叫び声がして、血の気が一気に引いた。顔を上げる。

こちらに向かってくるゴブリンの群……その先頭の、こちらを指さして叫び声を上げている一匹と、目が合う。

「クソがよおっ……！」

ククリ刀を構える。

生き物は、致命傷を負っても動く。即死しない限り動く。
最後の力を振り絞り、己を死に至らしめた相手の喉笛に牙を突き立てる。声を張り上げて仲間に危険を知らせる。少しでも生き延びようと背を向けて逃げ出す。
首の付け根から心臓の辺りまでククリ刀で斬り裂かれたあのゴブリンのように、命の炎が尽きるまでもがく。
実戦を経験した者であれば、殺しきることの重要さは誰もが知っている。今際(いまわ)の際にいる者は時に、驚くべき力を発揮するものだから。

知らせを受け、椅子を蹴倒して立ち上がった。

こんな時に限って店に治癒術士はいない。手近な奴を怒鳴りつけて教会に走らせる。自分は北西の門へ走った。

嘘であってくれ、と願う。嘘に違いない、と祈る。

あの冒険者はうちの店で一番、そういうのとは遠い存在だ。何十年も経験を積み重ね、しかし初心の臆病さを失わず、誰になにを言われようが己のやり方を通してきた偏屈だ。人間であれほど長く現役を続けている冒険者など、他に知らない。

つい先日まではいた顔が、最近はいない。

そういう店で生まれ育った自分にとって、必ず帰ってくるあの存在は希少だった。中年になった今でも聞ける、変わらない憎まれ口がありがたかった。

死にたくなければあの爺さんを見習えばいい。数える気にもならないほど、若いのにそう言ってきた。爪の先ほどでいいからあの姿に学べと教えてきた。

「なのに、なんで……」

北西の門の内側。人だかりを掻き分けると、見慣れたみすぼらしい斑模様の貫頭衣。

「バルク！　治癒術士はっ？」

自分を見つけたウェインが叫ぶ。衛兵となにやら揉めていたようだが、なぜここにいるのだろうか。

よく見れば、チッカとシェイアまでいた。壁に背を預けて座り込んでいる爺さんのすぐ隣で、彼を介抱していた。

「お前ら……なんでここに？」

「尻拭いの依頼終わりに通りかかった！　それよりテメェ一人か？　なんで誰も──」

「店に治癒術士がいなかった。教会に人を走らせてる」

「──クソッ」

なぜコイツらは治癒術を使えないのだろう。偶然通りかかったのが、治癒術士のいる別のパーティだったなら良かったのに。

そんなせんのないことを考えながら、座り込んだ冒険者に近寄っていく。……分かっている。治癒術士は少なく、治癒術士の冒険者などさらに少ない。使い手が店に誰もいなかったのだって、別に珍しくもないことだ。

それでも、誰かのせいにしたかった。

「おお……バルクか」

この爺さんのそんな、弱々しい声を聞きたくはなかった。

「ああ。どうしたんだ、ムジナ爺さん」

努めて平常通りの声で聞こうとして、自分でも震えているのが分かった。

「へっ。ゴブリンの群がいてなぁ……二匹ばかり、ぶっ殺してやった」

傷は見るからに深手だった。なにせ深々と腹に短剣が刺さったままだ。抜けば血が噴き出て失血死するから、あえてそのままにしているのだろう。それでも周りは血だまりになっている。

致命傷だ。治療の水薬など役に立たないだろう。たとえ今この瞬間、ここに腕の良い治癒術士が偶然現れるという奇跡が起きたとしても、命を救えるかどうか。

「……ランク昇格の手続きをしておく」

「ヒヒヒ！」

なんて言えばいいのか分からず、やっと出てきたのは業務の話で、当然のように笑われてしまった。

「耳も切り取ってきてねえのに、査定が甘過ぎだろ……だからお前さんはダメなんだよ」

生き物は、致命傷を負っても動く。即死しない限り動く。今際の際にいる者は時に、驚くべき力を発揮する。

おそらく森でゴブリンの群と遭遇し、戦って深手を負いながら、この状態で街道まで逃げたのだろう。……最期の力を振り絞って。

普通なら数歩で倒れてしまうような重傷だ。生き汚いにもほどがある。そんなところはいかにもこの爺さんらしい。

そこまでしてくれたのに、救う手立てがないのが泣くほど悔しかった。

「あーあ……ったく。オレっちもヤキが回ったな。絶対に寿命で死んでやるつもりだったのによ」

弱々しく息を吐いて、ムジナは空を見上げる。死の際にあってその顔はなぜか、意外なほど晴れやかで。

彼は笑う。空の蒼を仰ぎながら。

「ヒヒヒ――オレっちの遺言が、まさかのこれか。らしくねえにもほどがあるぜ」

笑った拍子にゴボリと血を吐いて。手のひらで乱暴に拭って。

ムジナは空を見上げたまま、細い声を発する。

「なあ……お前らよお」

「ああ」

「あの坊主を頼むわ」

「……ああ」

あっさりとした、本当にらしくない遺言だ。腰抜けムジナには相応しくない。どうしてしまったのかと思うほど。

最期の言葉を自分ではない誰かのために使うなんて……まるで、いい奴みたいじゃないか。

そう言ってやろうとして、嗚咽しか出なかった。

チッカが老爺の肩を軽く叩く。シェイアはため息を吐き、ウェインは咽び泣いた。

老爺はそんな自分たちを見回して、わざわざ舌打ちして見せて。

「ヒヒヒ……まったく。メンツに不安がありすぎだろ」

最後の最期まで笑いながら、憎まれ口を叩いた。

第六章　ギルドクエスト

今日はムジナ爺さんとは別行動で、一人だけでマナ溜まりへ行く日だ。

朝は少し遅かった。ムジナ爺さんは朝がすごく早い。どれだけ早く起きても店にいて野菜を頬張っているから、頑張って早起きしなければならなかった。

今日は一人だったから、ちょっと油断してしまったのだと思う。ゆっくり寝て、起きたときはいつもより遅めの時間。

隣の馬房に馬がいなくって、たぶん誰かが来て連れて行ったのだと思うのだけれど、そんなことにも気づかないくらい熟睡していたらしい。

昨日の一件のモヤモヤはまだ胸に残っていた。けれど、それはそれとしてやるべきことはあって、気持ちを切り替えて動き出す。

起きて、冒険者の店で食事をして、すぐには森へ行かなかった。せっかく一人の日だったし、ムジナ爺さんのおかげでちょっと懐に余裕ができていたからだ。

The Adventurer's Guild
only allowed entry from the age of 12,
so I read mackerel.

そう――機会ができたら、水筒と着替えを買おうと思っていたのだ。

どちらもすごく欲しかったものなので、今日買いに行くことにした。ムジナ爺さんと一緒だと朝はお店が開いてないほど早いし、帰ってきたら冒険者の店に直行なので、買いに行きそびれてしまう。

水筒は武具屋にあったけれど、服はなかった。店主に近くで売っているお店を教えてもらって、そちらへ行く。

何着か安いものを買えて、一度厩に戻ってから着替える。……今まで来ていた服はいつも酷い汚れの場所を洗うだけだったから、さすがにいろいろ気になってきていた。一度しっかり洗濯して、ちゃんとお日様の下で干したいところだ。

……とはいえ、さすがにそろそろ出発しなければ帰って来られない時間だった。洗濯は帰ってきてからすることにして、鎧を着込み槍とカゴを背負う。


そうして、森へ向かった。


道は覚えている。街道を進み、途中で逸れて森に入った。教えられたとおり槍を手に、周囲をよく見て、音を聞いて、獣道を進んでいく。邪魔な枝が払われた道は歩きやすくて、木々や土の香りがして気持ちいい。

特に問題もなく、マナ溜まりに辿り着いて、採取を行う。

紫の花の薬草は今日で採り終いだ。僕のカゴをいっぱいにしたら、後は次のために残しておかなければならない。

ムジナ爺さんが最後の採取を譲ってくれたのはありがたかった。水筒や着替えは買えたけれど、まだまだ欲しいものは多い。冒険者用の靴は丈夫そうだし、腰紐に付ける布袋は便利そうだ。火打ち石と油があれば焚き火もできる。外套は包まって眠れるって話だからあるととても嬉しい。できればお世話になりたくないけれど、いざって時のために包帯とか薬も用意すべきなのだろう。本当なら宿にも泊まりたいところだ。

どう考えてもお金はまだまだ足りない。

採取を終えて帰途につく。来たときと同じように周囲へ視線をやりながら進み、危険がないか注意する。特になにも問題はなかった。ただ……出発が遅かったから、町の門に着く頃には夕方になってしまった。

門を通る。なんだか今日は門の前の広場が少しザワザワしていて、いつも挨拶する兵士さんが忙しそうだった。

通りがかりの人たちが壁の方を見ていたけれど、遠目で見ても特に何もなかった。なにか事件があって、もう終わったのだろうか。

少しだけ気にはなったけれど、足は止めずに帰り道につく。暗くなる前に帰りたかった。

石畳に伸びる自分の影を追うように歩く。最近はムジナ爺さんと一緒だったからか、なんだか一人で歩くのは久しぶりの気がした。

一緒に歩く人がいないだけで、町の道はこんなに広く感じるのだろうか。レンガの二階建てはこんなに冷たく見えるのだろうか。最初に町に来たときのことを思い出して、少しだけ足を速めた。早く帰りたくて、自分の影を追いかける。

冒険者の店に辿り着くと、ちょっとホッとした。扉を開けて見回せば、たくさんの冒険者たちがいる。今日は特に人が多いみたいで、席に座れなくって壁際で立ち話している人までいた。

「……あれ？」

入ってすぐ、違和感があった。

こんなに人がいるのに、うるさくない。いつもなら席が半分くらい埋まっていれば、どこかには大きな声を出す人がいるものなのに。

変なの、と受付へ向かう。バルクはいつものように羊皮紙に向かっていた。羽根ペンにインクを付けて、真剣な表情で書き物をしている。

「すみません、薬草採取から戻りました。検分お願いできますか？」

「――……お前か。ああ、こっちに寄越してくれ」

声を掛けると、バルクは羽根ペンを置いて応対してくれる。

薬草の入ったカゴを渡すと手早く検分してくれて、昨日と同じ金額をくれた。お礼を言って、返してもらったカゴを肩に引っかける。

バルクはまた羽根ペンを持って、羊皮紙に向かった。

検分の時間が短くなったのは、ムジナ爺さんと一緒に行くようになってからだ。それだけ信用されているのだろう。……けれど今日は僕一人で出かけたのに、同じくらいの時間で検分してくれた。少し嬉しくて、なんだか認められたような気がした。

店内を見回す。たくさん人がいる中に、知っている顔を探す。

依頼書が貼られている壁の前に三人がいた。席に座れず、あそこで立ち話しているようだ。

「ウェイン、チッカ、シェイア。今日は人が多いね」

近寄って話しかけると、振り向いた三人はなんだか浮かない顔をしていた。特にウェインは酷くって、目の周りを真っ赤に腫らしている。

「ウェイン、どうしたの？」

「あー、いや。ちょっとな……」

「コイツ、また女にフラれたんだよ」

ウェインが言い淀むと、チッカが理由を教えてくれる。……そういえばウェインは以前、同じパーティを組んでいた好きな女の人をもう一人の仲間にとられたんだっけ。

「ウェインがフラれるのも、泣くのも、いつものこと」

シェイアの言葉にウェインが苦々しい表情をする。その泣きはらした目を見て、ピンと来てしまった。

「あ……もしかして、最初に会った時って」

「そう。三日前に失恋したばかり」

こくんと頷くシェイア。

「は？　もしかしてウェイン、あの結婚式の後三日も泣きっぱなし？　うわぁ、鬱陶しい」

「うるせぇ、失恋したのは結婚式の前日だ。つまり泣いてたのは二日間だ」

チッカが酷評して、ウェインは反論する。情けなさが増すだけなのでやめておいた方がいい。

ムジナ爺さんに教えてもらった話がそんなに最近だったのは意外だったけれど、それはそれとして、いつものことなら大したことはないのだろう。ウェインはこの話題を嫌そうにしているし、早く別の話にしてしまうべきだ。

僕は店内を見回して、さっき見つけられなかった人がやはりいないのを確認して、三人に聞く。

「ねえ、ムジナ爺さんはどこにいるか知ってる？」

ギクリ、と三人の顔が強張る。

なんだかそれが妙に変な感じで、僕は首を傾げた。

「……どうしたの？」

チッカが目を逸らした。シェイアはじっと僕を見つめる。

なんだか少し焦った様子のウェインが、口を開く。

「あー……爺さんなら、都へ行ったよ」


背筋がぞぐりとした。心が粟立って、唇が震えて、一気に喉が痛いほどカラカラになった。

「…………嘘だ」

自分で発したはずの声は冷たくて、どこか遠くから聞こえた気がした。

あの雨の日に、都に行く冒険者へ放った悪態を思い出した。奴隷から冒険者になって何十年もこの店にいたことを聞いた。引退した後どうするかだって教えてもらった。

今日の様子はなにか変だった。門のところで壁を見ていた人たちがいた。席から溢れるくらい人がいるのに静かな店の様子は絶対おかしい。僕だけで採取に行ったのに検分があんなに短く終わるなんてあるわけがない。

都に行く冒険者は後を絶たない。——それは、都の方が夢があるからだ。

わざわざ遠くへ夢を追わなくても、ムジナ爺さんはすでにこの町でやりたいことを見つけていたのに。なんでこの泣きはらした目をした男は、こんなにも嘘がヘタなんだ。

「嘘だっ！」

叫んだ。ウェインの服を破れるくらい思いっきり引っ張った。店中の視線が集まったけど知るものか。

「あの人は薬草採取しかしない！　引退したら畑をやるって言ってた！　都になんか行くはずない！」

「ままま、待て待て待ってくれ」

「ムジナ爺さんは！　ムジナ爺さんはどこにいるんだ！」

「チ、チビ！　ちょっと落ち着きなって！」

チッカが肩を押さえてくるけれど、それを振り払った。僕を離そうとするウェインの手を逆に掴んで引き寄せる。

自分が何をしているのか分からなかった。どうしたらいいのか分からなかった。ただ衝動に突き動かされるままに問い詰める。

「なんで、なにが都に行っただ！　そんな嘘っぱちに騙されやしない！　いったいなにがあった！」

「……今のは、ウェインが悪い」

シェイアがため息を吐いてそう言う。僕はウェインの服を掴んだままそちらを睨み付ける。

べつにウェインじゃなくてもいい。本当のことを知れるのなら……。

「邪魔だ、どけ」

有無を言わせぬほど低い声がして、振り向くと頬に傷のある男がいた。

受付にいたバルクだ。彼は太い腕でウェインの肩を掴み、すごい力で僕ごとどかした。あの厳つい顔でジロリと睨まれて、だけれど一歩も退かずに睨み返した。

ふん、と鼻で息をして、冒険者の店の主は壁の前に立つ。背筋を伸ばし、よく見える場所に持っていた羊皮紙をピンで留めて貼りつけ、何事もなかったかのように戻っていく。

その羊皮紙……一枚の依頼書は、見出しのところが他と違っていた。

『ギルドクエスト』

視線が吸い寄せられる。本来ならそこは採取とか調査とか、依頼の種類が書いてある場所だ。インクが店内の明かりを鈍く反射していた。乾いていない証拠だろう。ということは、さっき受付でバルクが書いていたのはこの依頼書か。

続く内容を読む。……討伐。ゴブリン複数。ベッジの森。ムジナ爺さんに教えられて、壁の依頼書は一通り読むようにしていた。だから分かる。見出しが違うこと以外、これはなんの変哲もない討伐依頼だ。

「ギルドクエストには、いくつか種類がある」

依頼書を目にしたシェイアが、僕の横で呟くように言う。

「領主などからの直接依頼。危急案件の処理。そしてギルドが誇りをかけて解決するべきと判断した事件など。依頼者がケチか、そもそもいない場合が多いから報酬は安くて、店は冒険者を働かせるためランク査定を餌にする」

説明してくれているシェイアの声は小さいのに明朗で、いつもより言葉の数が多く丁寧だ。

食い入るように依頼書を見る。……雨の日に地図で教えてもらった。ベッジの森は、僕が今日も行った森の名だ。

ムジナ爺さんと一緒に行った、マナ溜まりのある森。

「でも不思議。この依頼は報酬も悪くない。——きっと、どうしても解決したいのね」

手を、伸ばした。

まだインクも生乾きな羊皮紙を掴んだ。

ピンも外さず破りとった。

足早に歩く。周りの声など聞こえなかった。他のなにも見えやしなかった。頭の中はぐちゃぐちゃで、握りしめた羊皮紙がくしゃくしゃで、乾いていないインクが手に付いたけれど、知ったことではなかった。

ただ、やらねばならないことは分かっている。——握りしめた手が痛むほどに。

受付まで行って、戻ったばかりのバルクを睨み付けて、受付台の上に依頼書を叩きつける。

「僕がやる」

店内がシンと静まりかえる。かすかなざわめきすら聞こえなかった。僕が聞く気がないだけかもしれなかった。

血潮は氷よりも冷たく、顔は怒り以外の表情を拒否し、胸はどす黒い炎で焦げている。

昨日まで一緒にいた。今日いなくなった。

結果だけを察した。

納得などできるわけがない。受け入れられるハズがない。教えてくれなかった人たちが、隠そうとした相手が、全員敵に思えた。

頬傷がある冒険者の店の主は腕を組み、目を細める。

「お前では死人が一つ増えるだけだ」

否定はできなかった。頭のどこかで嫌らしいほどに冷静な僕が計算して、同じ答えをすでに出していた。それでも僕はそれを理解する気がなかった。

受付台に依頼書を叩きつけた右手が、ぐしゃりと羊皮紙を巻き込みながら拳を作る。

はいそうですか、なんて引けるわけがなかった。この依頼だけは誰にも渡せない。受ける許可が降りないのであれば、ここで依頼書を破り捨てて勝手に行く。

そうしないのであれば、この身は生きたまま心が焼け死ぬだろう。

「彼のパーティに臨時で登録する」

背後から静かな声が聞こえた。端的で、要点だけで、誰がという主語すらない。

だからそれがどういう意味なのか、理解することができなかった。

「同じく。森は広いからね、斥候は必要でしょ」

また、声。振り向くと、とんがり帽子から青みがかった銀色の髪が覗く魔法使いと、僕よりも小さい姿なのに自信に満ちた赤毛のハーフリング。

そして、さらにもう一人。

「ああ、まったくよ。普通はそうじゃねぇだろ、どいつもこいつもイカレどもめ……そりゃ爺さんも不安がるハズだ」

一房だけ白が交じった濃い茶色の髪をガシガシ掻きながら、金属鎧を着込んだ男。

彼は僕の前へ進み出ると、剣の鞘を叩いて口の端を吊り上げる。

「よおガキんちょ、ずいぶん細っこいパーティだな。——腕の良い前衛はいるか？」

シェイア。チッカ。ウェイン。

僕にムジナ爺さんのことを隠そうとして、誤魔化そうとして、下手な嘘をついていた三人が囲むようにして、僕へと視線を向けている。

さっきまで敵にすら見えてたその姿は、今……僕に、問いかけているように見えた。

すごく大切なことを、ここで決めろと言っている気がした。

「——三人とも」

カラカラで擦れた声を出す。

改めて見れば、彼らは冒険者だった。いや、この店にいる者はみんな冒険者で、バルクは店の主で……僕はきっと、お客さんだった。

なにもできない半端者。ムジナ爺さんのように危険を避けて進むのではなく、危ないことから逃げ回るだけの子供。——そして今は、衝動に任せてかんしゃくを起こし、ただの無謀に走る未熟者。

そんな僕に、彼らは問うていた。

「お願い。力を貸して」

シェイアが帽子のつばを指先でつまんで微笑んだ。チッカがウィンクしてニッと笑った。ウェインが僕の頭に手を置く。

「おう。よろしくな、リーダー」

ぐりぐりと頭を撫でられて、僕はこの日、初めてパーティリーダーになった。


翌朝の早い時間に出発した僕らは、チッカの提案でまずムジナ爺さんの足跡を辿ることから始めることにした。

ムジナ爺さんがゴブリンに遭遇した場所まで行けば、なんらかの痕跡が見つかるだろう。そこから

はゴブリンの追跡ができる。

広いベッジの森を探すのであれば、この方法が最も確実だという。

「門兵の話だと、爺ちゃんは街道のこの辺りに倒れてたらしいけど……ああ、あそこだね」

出発前に兵士さんから聞いた話を頼りに街道を進み、現場へ到着してすぐチッカが道の端を指で示したけれど、少し遠くって僕にはまったく分からなかった。

「えっと……どうして分かるの？」

「その辺、不自然に草が踏まれてるでしょ？　だから草の汁の香りがするし、かすかに血の臭いも残ってる」

臭いと言われて鼻をヒクつかせたけれど、草の香りは普通と変わらないし血の臭いはしない。けれどチッカは完全に確信しているようだった。

「ハーフリングは感覚が鋭い」

シェイアが説明してくれて、やっと得心した。

異種族は人間にはない特徴を持っていると、村の神官さんに聞いたことがある。ドワーフは力が強くて暗いところでも見通せる目を持っているし、エルフは魔力が多いから魔法が得意。獣人は種族に合わせた長所を持っていて、人魚は水の中で呼吸できる。

そしてハーフリングは小さくて素早く、目や耳、そして鼻がすごくいいらしい。

「チッカは専門職の斥候だからな。任せた方がいいぞ」

「野外はそこまで得意じゃないんだけどね。鼻も獣人ほど良くはないし」

ウェインがそう言うと、チッカは謙遜してみせる。……たしか、鍵開けとか罠外しとかが得意なんだっけ。遺跡とかに潜るのが好きだと聞いた気がする。

「門兵の話だと、旅人が倒れた爺ちゃんをここで見かけて通報して、兵士たちが門の中へ運んだらしいよ。……この話から分かるのは二つ。爺ちゃんはここまでは自力で逃げて来たってことと、どこかでゴブリンを撒(ま)いているってことだけ」

チッカが指を二本立てて、そう数えた指をあっさり開いた。

「けれど斥候がいればこの情報を起点にして、なにがあったか全部分かる。行こう」

パン、と開いた手を叩いて、彼女はいきなり道を逸れて進み始める。


森の中をムジナ爺さんの足跡を辿っていく。

初めて通る場所だ。獣道ですらない落ち葉が積もった木々の間を、チッカは縫うように進んでいく。踏みしめる地面は柔らかくて、僕もムジナ爺さんの足跡を探してみる。けれど見つけることはできなかった。

「そういえば、チビは爺ちゃんから足跡の消し方って聞いてる?」

振り向いたチッカに聞かれて、僕は首を横に振った。ムジナ爺さんにはいろんな話を聞いたけれど、自分の足跡を消す方法なんて知らない。

「そっか。ここみたいに森の誰にも踏まれてない地面は柔らかいから、結構足跡は残るものなんだけどね。たとえば張り出した木の根っことか、大きめの石とか、背が低くて丈夫な草なんかを踏んで歩くと足跡が付きにくいんだ。これ、覚えておくといいよ」

「そうなんだ?」

ためしに木の根っこを踏んでみる。足をどかすと、靴底に付いた土が根っこを汚していた。

「痕跡を完全に消すのは無理かな。けど土の上を一度も歩かなければ、靴底の土もそのうち目立たなくなるからね」

「……土の上を一度も歩かなければ、ってけっこう難しいと思うんだけれど」

「そうだねー。さすが腰抜けムジナだ。何十年も現役やってて、魔物と一度も戦わずに生き延びただけはある。……ここまで追いがいがある相手、なかなかいない」

その言葉に、僕は二度まばたきしてから、もう一度地面を見た。

足跡の見つけ方は教えてもらった。練習もした。けれどムジナ爺さんの足跡は見つからない。……どこにも、見つからない。

「お前がそこまで言うのかよ。あの爺さんつくづく妖怪だよな……野伏としちゃ一級なんじゃね?」

「野外だったら負けるかも。爺ちゃんがもし斥候の道に進んでたら、同ランクだったかもねー」

ウェインの呆れ声に、チッカは生ぬるい笑みを浮かべる。

チッカって、たしかCランクだったはずだ。ムジナ爺さんはそんな高ランクと張り合える実力を持っていたのか。

「それはない」

二人の妄想をそう断じたのはシェイアだ。彼女は少し考えて言葉を選び、短く言う。

「普通に冒険者をやってたら、あの歳まで続かない」

それにはチッカもウェインも同意見のようで、なるほどと頷いていた。……そういうものなのか。

「ま、もしもの話は酒でも飲みながらにとっとこう。とにかく爺ちゃんは少し前から足跡を意識的に消してる。ゴブリンを撒こうとしてる証拠だね。ゴブリンの視界からは外れているけれど、まだ近くにいる状態って感じかな。遭遇場所は近いと思うよ」

チッカは僕たち三人を下がらせて、一人で先行していく。

進む速度はゆっくりだ。数歩ごとに立ち止まって周囲を見回している。……僕には何を見ているのか分からないけれど、確信を持って進んでいるのは分かる。

しばらく行って、鼻を鳴らした彼女は進む先を指さした。

「あっちから濃い血の臭いが流れてくるから、たぶんその辺りで遭遇したんだと思う」

その光景には、恐怖を覚えるに十分なおぞましさがあった。

足跡が地面に残されていた。小さく、多く、そして荒々しさを感じさせるそれは、蹂躙するように森を横切っている。ゴブリンの足が向かう先には、茂みにベシャリと血の飛び散った跡が残っていた。

小さい足跡の中に、普通の大きさの足跡も見つけることができた。小さな足跡に踏まれてほとんど消えかけているそれがムジナ爺さんのものであると、チッカに説明されるまでもなく理解できる。

たくさんのゴブリンに追われている光景。それが容易に想像できて、唇を噛みしめる。

「んー……おかしいね」

この光景を前にしても、チッカは冷静に周囲を見回し、分析している。

「おかしいってなにがだ？」

「爺ちゃんはゴブリンを二匹殺したって言い遺したけど、死骸が見当たらない。シェイア、ゴブリンって共食いとかするの？」

思い浮かべてしまって、思わず吐きそうになった。

「読んだ書物に記載はなかった」

「いや……共食いしたとしても骨は残るだろうがよ」

シェイアが大真面目に答えると、ウェインが顔をしかめてまっとうな指摘をする。たしかに、ゴブリンの骨らしきものは見当たらない。

「そうだね。うーん、爺ちゃんの見栄っ張りじゃないとして、やっぱり遭遇したのはここじゃなくて足跡が来た方向ってことなのかな。来た方向にも血の跡が点々とあるし」

チッカはゴブリンに踏み消されかけたムジナ爺さんの足跡を、同じ歩幅で追い辿る。

「怪我をかばっているけれど、可能な限り早く走ってる。足跡は消してなくて、血の垂れた後もあるね。……ここまでは」

そう言って立ち止まったのは、ゴブリンが向かった先……ちょうど、血しぶきが飛び散った場所の前だった。

「……昔の冒険者の知恵なのかな。一応覚えとく？　こんなのマネする状況に追い込まれたくないけど」

うへぇ、とそう呟きを漏らしてから、チッカは読み取った情報を口にする。

「刺された傷から流れ出る血を手に溜めておいて、この先へ投げたんだと思う」

チッカは右手の指を閉じて作った手のひらの器を、自分のお腹のところに当てる。そして空想の血がこぼれないように右手をお腹から離すと、勢いを付けて投げる動作をした。

「ゴブリンみたいな邪悪な魔物は血の臭いに敏感だし、目にすれば興奮するからね。これで向こうへ行ったと思わせて、自分は傷口を押さえつつ足跡も消して別方向へ逃げたってとこかな。間違いないと思う」

……自分の血を囮（おとり）にしたのか。深手を負って追われてる状況で、そんな知恵を回してゴブリンを撒き、この森から逃げおおせた。

すごい、と思った。僕では絶対にできない発想だ。ムジナ爺さんはすごい。腰抜け、なんて二つ名はバカにした呼び名だと思っていたけれど、そんな二つ名で呼ばれるくらい逃げの引き出しがあったということなのだと、今やっと分かった。

もっといろんなことを教えてもらいたかった。……心から惜しいと思う。僕はまだ、あの人から学びたかったのに。

「けど……ちょっと変なんだよ。こんなことをするってことは、ここにいる時点でムジナ爺ちゃんはゴブリンから見える範囲にいないってことだ。遭遇して、傷を負ったけれどどうにか逃げ出して、追われてる状況……なんだけれど」

足跡が来た道を振り返って、斥候のハーフリングはどうにも腑に落ちない顔をする。

「ここに来るまで、爺ちゃんは足跡を消していない……というか、わざわざ柔らかいところを踏んで跡を残している感じもする。血も垂れ流しだし。さっさと姿をくらませばいいのに、なんだか——こっちにゴブリンを誘導しているような」

——足跡が来た方向を、方角を、見た。

分かってしまった。心当たりがあった。なにがあったのか、どうしてこんなことになったのか、直感で思い当たった。

「——……マナ溜まりの方向だ」

呆然とした。頭の中が真っ白だった。フラつきそうになって、槍で支えてもダメで、膝から崩れ落ちた。

「昨日、僕が一人で採取しに行った場所だ」

無意識に口から漏れたそれは、懺悔のようで。

ムジナ爺さんは僕のせいで死んだのだ。


「へぇ、そいつは。マシな死に方したな、爺さん」


場違いに明るい声がした。ウェインが感心したような声音に、偽りの色はなかった。

「なるほどねー。……腰抜けムジナが二匹殺したって、おかしいと思ったんだよね」

チッカが得心した様子で腕を組む。ウンウンと頷く。

「報告するべき情報はだいたい揃った。あとは殲滅だけ」

シェイアはもう足跡が向かった先を見据えている。

……この三人は、どうしてこんなに平静でいられるのだろうか。ムジナ爺さんが命を失った事件の真相が分かって、その死の責任がある僕がここにいるというのに。

なんで。

「いや、べつにガキんちょのせいじゃねぇし」

僕の顔を見たウェインが、頭の中を見通したかのようにそう否定した。

自分がどんな顔をしているのか分からないけれど、きっと酷い顔をしているのだろう。

「爺ちゃんの判断でやったことだしね。ま、でもチビの気持ちは分かるから、帰ってから気にしなよ」

チッカが無茶を言う。この気持ちを一旦しまっておけと言うのか。

そんなことができるはずがない。できる人間になりたいとも思わない。

「冒険者の死はだいたい無駄死に。けれど仲間をかばった死には意義がある」

人の死に無駄とか意義とか、そんなものを見出して優劣をつける価値観に吐き気がする。

「だから、かばわれた方は生き様で価値を示さないといけない」

シェイアの言葉は、励ましのようで……呪いのようで。

否でも応でも前を向かなければならないのだと、強制する呪縛に違いなくて。

物語に出てくる怖い怖い魔法使いを思い出した。

「立ち直れず酒浸りになった者がいた。自棄(やけ)になって後遺症が残るほど腕を自傷した者もいた。危険な依頼を請けて後を追うように死んだ者もいた。……かばったのがそんな者たちだったら、無駄死に」

酷い言い様だ。どうかと思う。

けれど下手に衣を着せていない分、言葉の刃は鋭く喉元に突きつけられた。

「あなたは立ち上がりなさい」

氷のように冷たい、残酷な目と声。地面に突いた膝が震えた。

「なあウェイン、爺ちゃんはかなり深手だったはずだけど、人間って腹に短剣生やしながらこんなに移動できるものなの？」

「刺された箇所にもよるが、どうだかな。よっぽど気合いと根性入れねぇと普通に力尽きるだろうし……控えめに言っても奇跡じゃね？」

「だ、そうだよ。チビ」

呼びかけられて、心臓が跳ねた。

「奇跡を為してまでゴブリンをここまで誘導したムジナは誇っていい。……けれど、それを無駄にするのはやめておきなよ」

「…………」

震える膝を手で押さえて止めた。槍の柄を握りしめ、石突きを地面に突き立てる。

ここで立てなかったら、ムジナ爺さんに悪い。

だから、立った。本当は泣きたかったけれど、崩れ落ちたかったけれど、槍で自分を支えてなんとか立ち上がった。

「よし、じゃあ行こうか。たぶんゴブリンはここからすぐだよ」

チッカの先導で、僕らはまた進み出す。

「しっかしなー、こういう仕事の時こそムジナ爺ちゃんが便利だったんだけどなー」

ゴブリンは足跡を隠していない。数も多いし、つい昨日の痕跡だ。柔らかい森の土はしっかりと道筋を示している。

正直、これなら僕でも辿れる。チッカなら雑談しながらでも余裕だろう。

「ムジナ爺さんが？　なんで？」

「あの爺ちゃん、町の周辺の地形ならなんでも知ってたからね。ゴブリンがいそうな場所くらい、安酒一杯で聞き出せるんだよ」

……なるほど。

薬草採取で何十年も歩き回っているのだから、ムジナ爺さんは町の周辺に詳しいだろう。大雑把な場所さえ分かれば、ゴブリンがねぐらにしそうな場所も予想がつくのではないか。

「あー、なんかそれ知ってるぜ。酒とか肉とかよく奢られてたよな、あの爺さん。俺は利用したことねぇけど」

「アンタの前の仲間の二人、爺ちゃんの常連だったよ」

「……マジか」

ウェインが今更知る新事実に愕然とする。たしか、ミグルとラナって人だったっけ。結婚して冒険者を辞めてしまった二人。

「ムジナの存在は貴重だった」

シェイアがぽそりと呟く。

「店の棚に多種の薬が揃っているのも、それが都より安く買えるのも、ムジナのおかげ」

「あー、それは俺も世話になってるわ」

「…………」

薬草採取は薬師ギルドからの常設依頼。採取した薬草は納品されるはずだ。

その薬草は調合されて、薬となって冒険者の店や武具屋の棚に並ぶのだろう。ムジナ爺さんの仕事はそうやって、冒険者たちの下へ還ってきていた。

ムジナ爺さんはもういない。町の周辺の地形が全部頭に入っている人も、薬草採取で薬の在庫を支えてくれる人も、いなくなってしまった。

冒険者は困るだろう。冒険者の店も困るはずだ。それくらい、あの人は重要な人だった。

「静かに」

チッカが口元に人差し指を当てて警告した。

「ゴブリンが一旦、この辺りで集合した痕跡があるね。地面へ八つ当たりするような荒々しい足跡がいくつか。ずいぶん悔しがってるのが伝わってくるけれど、ここから先の足跡に左右への広がりがなくなって、歩き方もゆっくりになってる。……きっと、ゴブリンはここで爺ちゃんの捜索を諦めたんだ」

　しゃがみ込んで地面を睨んだチッカが、まるでその光景が見えているかのように解説する。……足跡からそんなことまで推測するのかと驚いたけれど、説明されて改めて地面を見ればたしかにそのように想像できるのだから、これはもう舌を巻くしかない。

「血の色と臭いに興奮していたのがやっと冷めて、疲れたとか腹が減ったとか言い出すころ。たぶん近場の適当な場所で休憩したはずだね」

「なら、その休憩場所を仮拠点にしている可能性もある」

　シェイアの言葉に、槍を持つ手が震えた。

　つまり、すぐ近くにいるかもしれない、ということ。ムジナ爺さんを殺した邪悪な魔物どもがもう目と鼻の先にいるかもしれない。

「チッカ、隊列どうする？　そろそろ俺が前歩くか？」

「このままでいいよ。先に見つけるから」

　ウェインの申し出を断って、チッカは先を進む。僕らはその小さい背中を追う。

　森の中を奥へ進んでいく。より鬱蒼としてきて蔦（つた）の絡んだ木々の枝葉が行き先を阻むけれど、チッカは枝を切り落として道を作るようなことはしなかった。小さい彼女は、ゴブリンが通った道なら苦もなく通り抜けることができる。

　しかしそれだと、僕はともかくウェインやシェイアは通りにくい。少し迂回したり、地面に手を突いて潜ったりすることも多かった。……それでも枝を切り落としたりしなかったのは、少しの音も立てたくないからか。

会話もなくなって、視線と手の動きだけで行動する三人についていく。これまでとは明らかに違う様子に、本当にゴブリンがこの先にいるのだという実感が湧いてくる。

僕はゴブリンを見たことがない。けれど人間の子供くらいの大きさで、緑の肌で醜悪な見た目をしているらしいことは知っている。そして、邪悪なのだそうだ。

土で汚れるのも構わず、チッカが地面に伏せた。ウェインも身を低くし、シェイアはその場で立ち止まる。僕もウェインに倣って地面に片膝を突く。

くぃ、と。チッカが親指でこっちに来いと指示する。ウェインがゆっくり、本当に慎重に、金属鎧の音を最小限にしながら膝立ちで進む。

僕の革鎧は、動いてもあまり音がしない。けれどそれでも膝立ちで続いた。ドクンドクンと自分の心音が聞こえるくらい、自分の呼吸音が響くのではないかと心配するくらい、静かに動いた。

二人が隠れている背の低い藪まで移動して、隙間から覗く。

そして……それを見た。

「ゴブリン……」

絶対に向こうには届かない声量で、カラカラになった喉を震わす。

一際大きな木があった。幹が太く、根が高く複雑に張り出して、葉陰が広く覆っている。

ぽっかりと空いたうろに一匹。幹を背に腰掛けているのが二匹。根を枕にしたり、根と根の間で寝転んでいるのが三匹。合計六匹。聞いたとおりの、緑の肌に小柄な体躯。

向こうだってつい昨日仲間を二匹失っているハズなのに、そんなことはもう忘れたのだろうか。呑気に寝ていたり、下卑た笑い声をあげて何事か話していたり、その様子に悲嘆の様子は欠片も見受けられない。

……仲間を殺されて、怒りはしたのだろう。だからムジナ爺さんを追いかけた。腹に剣を突き刺し、死に至らしめた。

けれど哀しみはしなかった。仲間に対しそんな情を持ち得る心などなくて、だからゴブリンどもは昨日のことなどとっくに忘れ去り、何事もなかったかのように談笑し惰眠を貪っている。

そもそも仲間を殺されたことなんかどうでもよくて、ただムジナ爺さんが人間だから殺されたのではないか。――否応なしにそんなことを考えてしまう、そんな光景だった。

腹の底で暗い炎が湧き上がるような、嫌な感覚があった。呼吸が上手くできなくて、槍を握る手が痛いほど強張って、奥歯を噛み締める。

静かにしないといけない。そんなことを思う理性が邪魔だった。できることなら叫び声を上げて槍を振りかぶって走りたかった。そうしないのがムジナ爺さんへの裏切りのようにすら感じた。

それでも……じっと息をひそめる。僕ではあの数と戦っても負けるだけだ。それではなんにもならない。僕がやることは分かっている。やらねばならないことは、分かっている。

「――……殺してやる」

槍を握りしめ、ゴブリンどもを睨み付けて。

黒焦げの臓腑を震わせるように、呟く。

「よぉっし、なっつかしい感じだな。ちっとだけ安心するぜ」

わしっ、と頭を掴まれた。グリグリ強めに撫でられる。

迷惑だったけれどその手は力強くて、抵抗しても地面しか見えなかった。

「いいかガキんちょ。これは受け売りの言葉だから、よく聞け」

「……ウェインの言葉ならよく聞かなくていいってこと？」

「なんとなく気づいてたけどお前、俺のことバカにしてねぇか？」

だってみんな、ウェインはバカって言うし。

「まあいいや。いいか、こいつは冒険者の言葉じゃねぇが――殺すために生きるな。生きるために殺せ」

「……生きるために、殺す」

やっと力をちょっと抜いてくれて、僕は首を捻ってウェインを見た。なんだかバツの悪そうな、微妙な表情をしているのはなぜだろうか。

「そうだ。俺たちはアイツらを殺した報酬で美味いメシを喰う。酒を飲んで騒ぐ。宿に泊まって寝台で眠る。奴らの命を畑の野菜みたいに刈り取って、今日は何匹ぶっ殺したって下卑た笑い話にする」

パチパチとまばたきした。なにを言っているんだろうと思った。

あのゴブリンどもはムジナ爺さんの仇だ。笑い話になんてなるはずがない。……というか、野菜みたいに命を刈り取るって、相手が魔族でもあんまりな言い方ではないか。——とは、思うけれど。

僕たちは依頼を請けてここに来た。達成して店に帰ったら報酬を受け取るだろう。お酒は飲まないし寝るところは厩でも、僕はそのお金で食事をすると思う。冒険者としてやっていくための道具も買うかもしれない。

生きるために、使う。きっとそうする。

「俺たちはその程度の理由で武器を握る。ムジナ爺さんが言ってたろ？　冒険者はみんなダメ人間のロクデナシだって。立派な正義もしけた悪意もいらねぇ。テメェのメシのために殺す。美味いもん喰ってぐっすり眠って、明日も馬鹿笑いして生きるために殺す。冒険者の本質ってのは、あそこにいるゴブリンと変わらんのさ。……だから、大層な目的に囚われるんじゃねぇ。これからやんのはただの仕事だ。それ以上でもそれ以下でもねぇよ」

……それは、たしかにゴブリンと変わらない気がした。同じようなものだ、と思ってしまった。

違うと言いたかった。一緒にするな、と怒りたかった。けれどムジナ爺さんならきっと、ヒヒヒ！　と腹を抱えて笑いながら頷いただろう。——そして言うのだ。あの皮肉げな顔で上機嫌に、奴らの方が冒険者よりマシだろおよ、とかなんとか。

「ッハ、アンタの出自が分かりそうな高説だ。冒険者の仕事は魔物討伐だけじゃないよ」

鼻で笑って、呆れ声。たしかにチッカの言うとおり、魔物討伐だけが冒険者の仕事じゃない。僕がいつもやってる薬草採取だって魔物は殺さない。

「ま、殺すために生きるな、ってのは同感。気合い入るのは分かるけど、あんな顔してたらよくないものになるよ」

「……僕、どんな顔してた？」

「爺ちゃんなら腰抜かして逃げてる」

ああ、ムジナ爺さんなら、本当に逃げるかもしれない。

そうか。そんな顔してたのか。

「仇討ちは仇討ち。力むのは仕方ない」

いつの間にかすぐ後ろにいたシェイアが、僕の背中にポンと手を置いた。

「けれどムジナなら、周囲の警戒くらいする」

言われて、視界がバッと広がった。慌てて周りへ視線を巡らす。……森の中、動くものはない。ゴブリンを警戒しているのか、鳥すら近くでは鳴いていない。

それを確認して、ほっと息を吐く。——僕は今まで、あの大きな木の下のゴブリンしか見ていなかった。

視界を広く持て。常に周囲に気を配れ。そう、教えてもらったのに。

「力を抜け、ってこった。ガチガチだと死ぬぞ」

ポンポンと僕の頭を優しく叩いて、ウェインはやっと手を引っ込めた。……なんだか、すごく下手な気の使い方をされた気がした。僕の緊張を解くにしても、もっと上手い言い方とかあったのではないか。神官さんならもう少しまっとうに、神さまの話とかを引用してどうしたらいいか教えてくれるんだけど。

僕はゆっくり息を吐いて、ゆっくりと吸った。槍の柄を握り直す。……大丈夫。もう余計な力は入れない。

これからやるのは討伐依頼。仇討ちでもあるけれど、だからってそれで視界が狭まってしまうのはダメだ。他ならぬムジナ爺さんに教えてもらったのだから、それくらいはやらないと申し訳が立たない。

「――ありがとう。それで、どうするの？」

ゴブリンに動きはない。距離があるからこちらの会話も届かなかったのか、気づかれていないようだ。

「そうだねー。奇襲をかけるのは簡単だけど、森だしね。バラバラに逃げ出されると厄介かな」

チッカは思案顔だ。……ゴブリンは六匹。森の奥へ違う方向に逃げられたら、追うのは大変だろう。

「奴ら、逃げ足は速いからなぁ」

ウェインが辟易した声を出す。なんだか本当に嫌そうだ。もしかしたらゴブリンに逃げられたことがあるのかもしれない。

「一気に全部は倒せないの？」

「奴ら、微妙に位置が離れてやがるからな……俺も金属鎧だからこれ以上近づくと音でバレるだろうし、ここから走ってもどうせ気づかれて逃げられっから、倒せるのは三匹ってトコか」

それではダメだ。半分も逃がすわけにはいかない。できればここで全部倒すべきだ。

何かいい手はないだろうか。

「任せて」

僕らが思案する中、自信満々にそう言ったのはシェイアだった。

そうか、魔法使いの彼女なら普通の人にはできない手段があるに違いない……そんなふうに期待して振り向くと、なぜか彼女は意味ありげな視線を僕に向け、微笑んでいた。

「いい作戦がある」

ゴブリンに見つからないよう気をつけながら、石を集める。大きすぎず小さすぎず、なるべく手頃な石がいい。数はそんなにいらないとはいえ、あんまり少ないと不安だから十個くらいか。

石なんてその辺にあるからすぐに集まった。両手で抱え持って、事前に決めていた茂みの陰に向かう。

三人はもう位置に付いていていた。それぞれ別の場所だ。ゴブリンはまだ呑気に喋っていたり、寝ていたり。……先に見つけるということが、どれだけ重要なのかよく分かる。先に見つけられるということは、相手に準備させてしまうということなのだ。

集めた石を地面に置いて、ついでに背負っていた槍もその隣に置いた。今日はカゴを持って来てないから抜くのは簡単だけど、この方が拾って構えるだけだから早いだろう。

ふー、と息を吐く。すー、と息を吸う。

「よし」

石を選んで一つ持った。他のと比べて少し小さいけれど、持ちやすいもの。今が一番距離があるから、一番軽くて狙いが付けやすい石がいい。

これは村の大人に、絶対にやっちゃダメと言われたこと。危ないから、痛いから、酷いことだから、間違ってもやってはいけないと教えられたこと。——殺してやる、とかなんとか言ったくせに、すごく抵抗感があるのだけれども。

「……そっか、冒険者はロクデナシのダメ人間だから、こういうことも平気でできるようにならなきゃいけないのか」

ふと思い出した言葉に妙に納得してしまって、もう一度息を吐く。

そして、立ち上がった。

茂みから身を晒しても、ゴブリンはこちらに気づかなかった。こっちはあんなに慎重に身を隠していたのに、なんだかすごくバカみたいだ。

少し、イラッとした。

「っやあ！」

思いっきり石を投げる。できれば当てたいけれど、最低限でも届けばいい。

投石は綺麗に放物線を描き、声に気づいたゴブリンがこちらを向いて、狙い違わずその顔に命中する。ぎゃあ、と悲鳴が上がった。

よし。

「ムジナ爺さんの仇だ、ゴブリンめ！」

地面の石を拾って、もう一度投げる。ちょっと焦ったから狙いが甘かった。今度は命中しない。木の幹に当たって、カンと乾いた音を立てる。

石を当てたゴブリンがこちらを睨んだ。額から血が出ている。そいつと談笑していたゴブリンもこちらを見て、大声で叫んだ。

寝ていた他のゴブリンどもが起きる。

さらに石を拾って投げつける。ちゃんと狙ったけれど、今度は避けられた。もう一個石を拾う。

ゴブリンも地面に投げ出していた武器を拾った。棍棒や錆びた短剣など。……ゴブリンは武器も使うのだ。あんなものを振り回してくるのだ。その光景を想像して、背筋に震えが走った。

投げる。当たらない。すごい形相で睨まれる。呼吸ができない。打ち合わせでは、もっとなにか言うはずだった。思いつく限りの悪口を言わなきゃいけない。けれど声が出なくて、それでも逃げるわけにはいかなくて、あいつらに背中なんか絶対に見せてやりたくなくて、さらに石を拾う。

「――――ッ！」

怒声をあげて向かってくる。奴らに見えているのは僕一人。ゴブリンよりも小さくて細っこい子供が一人だけ。

だから、武器を持って向かってくる。怒りにまかせてやってくる。

石を投げつける。もう当たったかどうかは確認せず、一番大きい石を拾って投げる。ギャ、と悲鳴が聞こえて、それでも向かってきて、あっという間に距離を詰められて。

一番前のゴブリンが叫びながら、棍棒を振り上げる。

「らっしゃい！」

茂みに隠れていたウェインの剣が、そのゴブリンを横から斬り伏せた。

油断して休んでいるところに奇襲をかければ、慌てふためいて逃げるだろう。

これ以上近寄ると気づかれるのであれば、向こうにこちらへ来てもらえばいい。

――だから、小さくて子供で、いかにも弱そうな僕が遠くから石を投げる。

当たれば良し、当たらずとも相手を挑発できればそれでいい。投石はあれでけっこうな威力があるけど、子供の力なら思いっきり投げたとしても、それで行動不能になることは希だ。そうとう当たり所が良くないと倒せない。

だからこそ、ヤツらは怒りを露わに向かってくる。武器を取り、自分たちより弱いくせに楯突いてくる人間に向かって真っ直ぐに殺到してくる。

僕が姿を見せて石を投げれば、必ずそうなる。ゴブリンは絶対に逃げ出したりはしない。

それがシェイアの作戦で、僕はそれを聞いてこう問うた。

「つまり、僕は囮ってこと?」

「違う」

シェイアは首を横に振る。

「釣り餌」

囮の方がまだマシだと思う。

「よし、釣りなら得意だ。それでいこう」

「雑魚ばかりなのが不満だがな」

釣りと聞いてチッカが賛成し、ウェインが悪い笑みで頷く。

冷静に考えてほしい。シェイアは釣り餌に喩えたけれど、これは釣りではない。だって相手は魚じゃなくてゴブリンなのだ。

けれどチッカもウェインも乗り気で、すでに視線を巡らして自分が隠れる場所を探している。

——それを見て、この二人はたぶん他の作戦を考えるのが面倒くさいのだろうな、と察してしまった。反対する気力まで萎えてしまう。

釣り餌だなんて、なんて的確な喩えだろう。僕は食べられる側。つまり相手より弱い役どころだ。

……それを不満に思う気持ちもなくはなかったけれど、自分が弱いことは分かっているので、ぐっと飲み込む。

他に作戦なんて思いつけなかったし。

なによりこれならば、僕だって役に立てるから。


「ぜあっ！」

一匹を斬り伏せた剣を返して、ウェインはかけ声と共に横薙ぎに振るった。さらにもう一匹の腹を深々と裂いた。悲鳴があがり、鮮血が舞う。

「下がってろガキんちょ！」

ウェインはそのまま藪の陰から飛び出て、僕をかばうように前に立つ。——まったく淀みない動き。瞬く間に二匹を倒し、前衛の位置に陣取った。

残り四匹。

二匹が棍棒を振り上げてウェインに襲いかかる。一つは避けて、一つは剣で受けた。牽制に剣を振ると、ゴブリンは跳び退くように後ろへ避ける。

残りの二匹は、ウェインが隠れていた茂みや木が邪魔でマゴついている。障害物を利用して、四匹を一度には戦えないようにしているのだと直感的に理解した。

すごい、と素直に思う。一撃でゴブリンを倒してしまう剣技も、複数の敵を相手に立ち回る動きも。

けれど……もう奇襲は終わった。

ゴブリンが棍棒を振り下ろす。それを避けたウェインは斬りつけようと剣を振ろうとするが、直前で別のゴブリンの攻撃に反応する。

地形を利用して一度に攻撃させないようにしてはいる。とはいえ、それでも一対四。

僕は地面に置いてある石と槍とを迷って、石を一個と槍を拾って走った。

ウェインは強い。それは知っていた。前に冒険者の店の裏手で丸焼きにしていた、あのワニを見れば分かる。

でも今の相手は四匹で、しかも僕をかばいながらだ。それでは守りを主体にするしかないのだろう。受けるばかりで、なかなか攻撃できないでいる姿は苛立っているようにも見えた。

……前にウェイン自身が言っていた。相手は倒したけれど自分も大怪我したなんて、負けと同じだって。あれはきっと、安全に攻撃できるタイミングを計っているのだ。


——その隙は、僕が作る。


槍は左手に、いつでも構えられるように。石は右手に。思いっきり投げられるよう、しっかりと握る。

ウェインの真後ろからでは石を投げられない。万が一にも背中に当てるようなことをしてはならない。必死に駆けて、横に回った。

「やっ！」

かけ声を上げて、力いっぱい石を投げる。少し焦ったせいで狙いが逸れるけれど、幸運にも後ろのゴブリンの一匹に命中した。ギャアッという悲鳴。よし、と思わず手を握った。

——そして、そいつが僕を見る。

「おまっ、余計な手ぇ出すな——」

ウェインが驚きの声を上げる。後ろの二匹のゴブリンが、僕に向かって走ってくる。

「あ……」

横に回ったから、ウェインが壁になってくれない。ゴブリンの体格は僕とそこまで変わらないし、槍の方が長いから一匹ならどうにかと思ったけれど、二匹は無理だ。

錆びた短剣と刃こぼれした斧が僕の方を向いている。しかも両方とも刃の汚れが酷くて、見るだけでおぞましい。あんなので斬られたら痛いだけじゃすまない気がする。

というか、痛いだけですむはずがない。奴らは僕を殺す気なのだから。

「…………う、ぁ」

後退ろうとして、実際に一歩後ろに下がって、その一歩に絶望した。

あれは、ムジナ爺さんの仇だ。後退るなんてダメだ。絶対にダメだ。

「ああもう！　逃げるヤツ担当だってのに！」

ギャ、と悲鳴が上がった。見ると一匹のゴブリンの肩にナイフが刺さっていた。木に隠れていたチッカが身を現して、新しい投げナイフを構える。

ナイフを受けたゴブリンがチッカを見つけ、肩を押さえて方向を変える。一匹向こうに行く。

錆びた剣を持った一匹だけが、僕に向かって走ってくる。

「逃げなさい！　ムジナなら逃げる！」

どこかからシェイアの声が聞こえた。それはたしかにそうだと思った。

さっきは仇相手に後退るなんてダメだと思ったけれど、ムジナ爺さんならこの状況でも、なんのためらいとかなく逃げるだろう。そして、それは正しいのだ。

僕が逃げれば、この一匹は僕を追ってくる。なら、一匹を受け持つのと同じだ。それは僕にできることの中で、一番確実に役に立てる仕事だろう。

ここは逃げるのが正しい。

「……嫌だ」

槍を構える。地面に対して水平に。切っ先をゴブリンに向けて。

ウェインに、チッカに、シェイアに、後で謝ろうと思った。ムジナ爺さんにも謝らなければならない。危険は避けるものと教えられたのだから。

ゴブリンが剣を振りかぶる。

僕は槍を突き出す。

前に踏み込むのではなく、後ろの足で地面を蹴って前の足に体重を移す。腰を回し、肩を回して、腕を前へ。

槍の穂先へ、力の流れを収束させる。

ガンッ、と手に衝撃が走った。ゴブリンが振り下ろした短剣が、槍を思いっきり叩いたのだ。

前に出していた右手を柄から離してしまって、穂先が地面を叩いて跳ねる。ゴブリンがもう一度錆びだらけの短剣を振り上げて、左手だけじゃ槍の先を上げられなくて。

短剣が振り下ろされる。避けられなかった。

声も出せないような、初めて経験する激痛が走る。

槍は射程の長い武器だ。だから敵とは距離をとって戦うのだと、最初にウェインが言っていた。

他にも、そう――。

穂先を突きつけて牽制し相手の足を止めろ。細かく技を繰り出して間合いに入らせるな。槍をどう振るかより足をどう動かすかを考えろ。狭い場所で払いは使うな。先端に刃が付いてるんだから攻撃は常に全力である必要はない。一撃で相手を倒せる攻撃であることとそれが失敗したときの次手を用意することは両立できる。武器は丁寧に扱え。武器は丁寧に扱うな。ダメそうなら逃げろ。倒したらトドメはちゃんと刺せ。

正直、一気に教えられても分からなかったけれど、教えてもらった突きの型がこう言っている。

技を繰り出すときに大きく踏み込まないのは、重心を後ろに残すため。相手に容易く懐へ踏み込まれないように。踏み込まれても、すぐに後ろへ下がれるように。

「――――っ！」

声にならない叫びを上げて、後ろへ跳ぶ。左手だけで槍を思いっきり振り回す。

ガン、と穂先が細い木の幹に当たって跳ね返って、追いかけてこようとしたゴブリンの鼻先を掠める。それで向こうの足が止まって、その隙にさらに二回後ろに跳んで距離を取った。

右手を動かす。ずきりと肩が痛む。けれどちゃんと動く。

「ふぅっ、ふぐ……！」

歯を食いしばる。肩の痛みに耐えながら、もう一度槍を構える。

ゴブリンが振り下ろした短剣は僕の肩に命中した。腕が斬り落とされたのではないかと思うほどの痛みだった。

けれど右手はある。痛いけれど動く。槍も握れる。不思議に思ったけれど、理由はすぐに思い至った。

鎧の肩当て。

ゴブリンの力とあの錆びた短剣では、チッカにもらった防具を斬れなかったのだ。

助かった。肩当てがなければ大怪我していた。チッカが鎧もなしに森へ行っていた僕のことを、無茶してるな、って言っていた意味がよく分かった。防具はすごく大事。

けれど同時に、これも思い出した。——ハーフリング用の鎧は特別軽い。

たしかムジナ爺さんがそんなことを言っていたはずで、ということは……これが普通の人間用の鎧ならもっと痛くなかったのではないか。

帰ったら値段を見よう。チッカには悪いけれど、買えそうなら人間用のを買う。

ゴブリンが短剣を振りかぶって走ってくる。すごい形相で、口角を吊り上げて。

また同じことをするつもりだろう。僕が焦って槍を突き出したら、それをたたき落とすつもりだ。

そんな顔してる。

だから、突きを繰り出すフリをした。

ゴブリンが短剣を振り下ろそうとして、僕が槍を引っ込めて、あっという顔をしたゴブリンに向けてもう一度槍を繰り出す。

すんでのところで跳び退かれて当たらなかったけれど、距離が開いた。相手の足も止まった。

こちらから距離を詰める。槍を繰り出す。

「やっ！」

狙うのは胸より上。腹の高さだと短剣ではたき落とされるかもしれないけれど、この高さなら受けるか避けるかしかできないハズだ。

一度目は後ろに跳ばれて避けられた。

二度目は短剣の腹で受けられた。

三度目で、槍の穂先に炎が宿った。

「え、なにこれっ？」

驚いて思わず声が出る。なんでいきなり槍が燃えるのか。いったいなにが起こったのか。僕の槍は大丈夫なのか。

繰り出した槍の穂先がゴブリンの顔を掠める。僕よりも炎に驚いて体勢を崩す。尻餅をついて、転ぶ。

それは自分で作った隙じゃなかった。そもそもなにが起こったかも分からなかった。

けれど、その好機を逃さなかった。

「――ああぁっ！」

槍を突き刺す。

耳をつんざく断末魔。それと共に聞こえた、穂先の炎が傷口を焼く嫌な音。


手に嫌な感触が残っていた。肉を裂き、骨を削り、心臓を破った生々しい手応え。

見開いた目を僕に向けるゴブリンの表情。痙攣する手足。肉と血が焦げる臭い。

ムジナ爺さんの仇を討ったのに全然嬉しくなくて、槍を引き抜いてなお残る命を奪った感覚に唇を噛む。

……そして、そんなことをしている場合じゃないと気づいた。

「そうだ、みんなは――！」

まだゴブリンは三匹いる。ウェインが二匹、チッカが一匹相手している。

自分で一匹倒したからって終わったつもりになっていちゃダメだ。手が空いたのだから援護しなければならない。

「おう、お疲れさん」

軽い感じで労いの声をかけてきたのは、金属鎧の戦士だった。しゃがんでいて、自分の膝に肘を突いて頬杖をついていた。

その周りには四匹のゴブリンの死体が転がっていて、剣はとっくに鞘へ収まっている。

「一発入れられた時はヒヤッとしたよ。頭だったらヤバかったね。兜もあった方がいいんじゃない？」

心配と安堵の交じった声でそう言ったハーフリングは、悠長に布きれでナイフを拭いていた。

彼女の足下にも、死体が一つ伏している。

「右肩を診せて。応急処置ならできる」

すぐ近く、五歩も離れていない場所から魔術士が出てくる。その手にはすでに水薬が用意されていた。

「…………もしかして、ずっと見てた？」

信じられないものを見た思いで、けれど状況的にそうとしか考えられなくて、聞いてみると三人は顔を見合わせる。

「わりと最初から見てたが、ずっとってほど長くなかっただろ」

「ゴブリン一匹となら良い勝負するかなーって」

「私は援護した。他の二人と違って」

この人たち、悪びれもしない。

「というかシェイアあんた、援護するなら魔弾とか火球とかで直接倒した方が早くなかった？　眠りとかでもいいけどさ。あれ、チビの方もビックリしてたでしょ」

「……そもそも、ウェインがわざと長引かせたのが問題」

「いや……元から一匹くらいガキんちょに回してやろうかな、とは思ってたんだけどよ。つか、それ言うならチッカだって二匹くらい相手できんだろ？」

えっと……。つまり三人とも、全然本気じゃなかったってこと？　それでさっさと他のゴブリンを倒して、ゆっくり観戦してたってこと？

たしかに――たしかに戦う前、ちょっと違和感があった。なんだか逃がさないことだけ考えてるな、って思ってた。相手は六匹もいたのに、勝つための作戦を全然練らないなって。そりゃあこれだけ戦力が違っているうえ、こちらが奇襲を掛ける立場なら……そもそもそんなもの、考える必要はなかったのだろうけれど。

でも、こっちは本当に必死で戦っていたのに、見物してるってある？

「いや、ダメそうならもちろん助けに入ったぜ？　どうやればカッコいいか考えてたくらいだ」

「そうそう、ナイフ投げる準備はしてたよ」

「もしもに備えるのは大人として当然」

まっとうな大人ならすぐに助けに来てくれると思う。

「ま、なんだ。ムジナ爺さんの仇だからな。一匹くらいは自分で倒したかっただろ?」

へらりと笑って言われて、そういう気の使われ方をされたのか、とやっと分かって、もう一度自分が倒したゴブリンを見る。

苦悶の形相で空を見上げたまま、もうピクリとも動かないその死体を見ても、やはり嬉しさなんて欠片も湧きはしなかったけれど。

「あ…………」

ムジナ爺さんのあの、ヒヒヒ、という笑い声を思い出して……そしたら、涙が溢れるように出てきて。

僕は声も抑えることができないほど、ボロボロと泣いたのだ。

エピローグ

冒険者の店から大通りを西に向かい、チッカの住む宿まで行かず北へ曲がってまっすぐ歩く。

二階建ての家屋がなくなって、人通りが少なくなって、やがてヒリエンカの町をぐるりと囲む壁が見えてくるころに、ひっそりとしたその場所は姿を現す。

背の低い石の塀で囲われていて、その内側には塀に沿うように木々が並んでいる。そして広い敷地には、名前が刻まれたたくさんの石が並んでいた。

ここは墓地だった。

静かな場所だ。町の中心部から離れたここには、眠る死者たちと僕の他には誰もいなかった。チラホラと花が供えられた墓石もあるから誰も来ないわけではないのだろうけれど、少なくとも今はいない。

The Adventurer's Guild
only allowed entry from the age of 12,
so I read mackerel.

ウェインも、シェイアも、チッカも、一緒に行こうかと言ってくれた。けれど僕は断って、道だけを聞いて一人で来た。

墓地を進む。平らな石を敷き詰められた道を踏み外さないように、教えられた方向へ歩く。

どうやら墓地内は細かな葉っぱの低木で区切られていた。その木々の隙間を抜けるごとに、墓石の並びがまばらになっていく。やっぱり入り口に近い方が人気なのだろう。お墓参りをするにも、近い方が便利に決まっている。

……けれどその区画は、入り口から遠いはずなのにたくさんの墓石が並んでいた。

冒険者には町の外から来た人や、天涯孤独だったり家から勘当されたりで遺体の引き受け手がいない者も多い。そういう冒険者が亡くなったとき、暴れケルピーの尾びれ亭では店が埋葬を引き受けているらしい。

共同墓地の中でもここは、そんな冒険者たちがいる場所だった。

「……お邪魔します」

たくさんの先輩たちが眠る場所に立ち入る時、思わずそんな言葉が漏れた。僕が死んだらここに埋葬されるのだろうかと思うと、なんだかどの墓石も他人のものだとは思えなくて、一つ一つ刻まれた名前を読みながら進む。

中にはどう考えてもふざけている冗談みたいな名前や、通り名しか刻まれていないものもあった。誰も本当の名前を知らない人がそこに眠っているのだろう。——いいや、もしかしたらその名こそが本当なのかもしれない。だってその墓下の人はきっと、みんなからそう呼ばれていたのだろうから。

誰も知らない本名なんかいらない。だって呼びたいのは、いつもの響きだ。

「……あれか」

真新しい墓石を遠目に見つけて、僕は思わず呆れ笑いをしてしまった。僕らがゴブリン討伐を行った日に埋葬を行ったらしいその墓は、なんというか、酷い有様だったのだ。

近寄って見れば、思わず額に手を当てたくなる。

いくつも酒瓶があった。野菜の瓶詰めがあった。端が擦り切れたカードや使い込まれたダイスがあった。なぜか真新しい兜があった。よく分からない小物がたくさんあった。花がたくさん……見えなんか関係なしで他の物の間を埋めるように、たくさん供えられていた。

「冒険者だなぁ」

なんだかバカみたいに賑やかなお墓だ。

ここに来るまでは、しんみりするかと思っていた。お墓を見たら涙が出るだろうと思っていた。けれどこれを見たらそんな気は吹き飛んで、なんだかあの特徴的な笑い声を思い出してしまった。

――ヒヒヒ！　シケたツラしてんじゃねえよ。……とか、言われていそうで。

「ムジナ爺さん」

墓石の前に膝をついた。

僕らがいない内に埋葬が終わってしまったのを知ったときは、正直に言って残念に思った。どうして待ってくれなかったのかとバルクに詰め寄ったほどだ。

なんでも、店で弔うことになった冒険者はちゃんとした葬儀なんてしないらしい。それだけよくあることで、だから今回もそのように埋められたのだとか。

ムジナ爺さんは、冒険者として見送られたのだ。

「――僕、頑張るから」

このために摘んできた紫の花を添える。

それはたった一輪だけだったけれど、きっと他のお供え物に埋もれず、この墓の主の目にとまるだろう。

あとがき

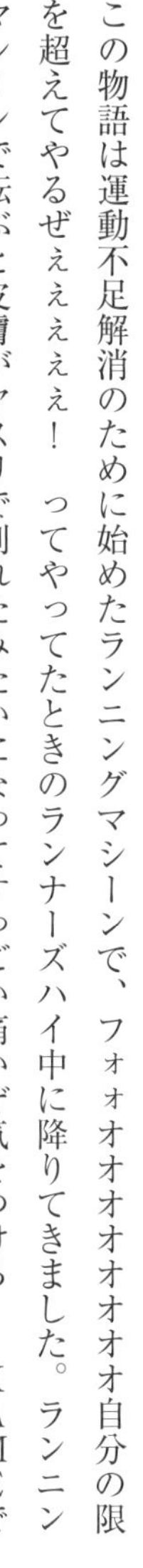

この物語は運動不足解消のために始めたランニングマシーンで、フォォオオオオオオオ自分の限界を超えてやるぜぇぇぇぇぇ！　ってやってたときのランナーズハイ中に降りてきました。ランニングマシーンで転ぶと皮膚がヤスリで削れたみたいになってすっごい痛いぞ気をつけろ！　ＫＡＭＥです！

というわけで初めまして。初めて出す書籍ということもあり初めてあとがきという初めての経験に緊張しています。最初ですしこういうのって真面目にやった方がいいですよね、切り替えましょう。

「冒険者ギルドが十二歳からしか入れなかったので、サバよみました。」いかがでしたでしょうか？

この作品はクラウドゲート株式会社様が『小説家になろう』と提携して開催された『第10回ネット小説大賞』にて小説賞を受賞し、加筆修正を経て書籍化したものです。

賞ですよ。驚きですね。

思えば、昔から小説が大好きでした。特にライトノベルが好きで、学生時代はおこづかいを握りしめて本屋に通い、買った本を夜更かししながら夢中で読みふけったのを覚えています。そんな私が自らも小説を書きたいと思ったのは、きっと自然な流れだったのでしょう。

最初はまったく書けませんでした。

小説ってどうやって書けばいいのだろう。書くに当たってなにか決まり事があるのではないか。自分に面白い作品が書けるのか。

そんなふうに悩みに悩んで、四方八方が深く暗い霧に囲まれているようで一歩も踏み出すことができず、書き出しの一行すら書けませんでした。

恥ずかしくも懐かしい思い出ですね。今の自分がそこにいたなら、悩んでないで書けと尻を蹴飛ばすでしょうか。

一番最初からつまずいていた自分が、よく賞をもらえたものです。最初は目を疑って、受賞が発表された後もしばらく現実感を持てなかったほど呆けていました。

——けれど、ええ。泣くほど嬉しかったですとも。

そんな頼りない私を支え、この書籍を生み出す力を貸してくださった皆様に、この場を借りて感謝の言葉を述べさせてください。

WEB版を読んでくださっている皆様、いつも応援ありがとうございます。本当に力をいただいています。

ネット小説大賞の選考の方々、選んでいただいてありがとうございます。賞に推してくれたおかげで、こうして書籍化への道が拓けました。

初めての書籍化で戸惑う自分へ、根気よく丁寧にやり方を教えてくれた編集の和田氏。いつも無理を言ってすみません。

素晴らしいイラストを描いていただいたｏｘ先生。いくつも我が儘を聞いていただきありがとうございます。先生の描く表情豊かな登場人物たちの絵が大好きです。

そして最後に、この本をお買い上げいただいた皆様へ心からの感謝を。この物語を通して、楽しい時間を過ごしてもらえたなら幸いです。

皆様に少しでも御恩をお返しできるよう頑張っていきますので、今後ともよろしくお願いします。

それでは「冒険者ギルドが十二歳からしか入れなかったので、サバよみました。」の次巻にて、またお会いしましょう。

GC NOVELS

冒険者ギルドが十二歳からしか入れなかったので、サバよみました。①

2023年2月5日　初版発行

著者　KAME
イラスト　ox

発行人　子安喜美子
編集　和田悠利
装丁　AFTERGLOW
印刷所　株式会社エデュプレス
発行　株式会社マイクロマガジン社
URL:https://micromagazine.co.jp/

〒104-0041
東京都中央区新富1-3-7　ヨドコウビル
TEL 03-3206-1641 FAX 03-3551-1208(販売部)
TEL 03-3551-9563 FAX 03-3551-9565(編集部)

ISBN978-4-86716-390-0 C0093

本書は小説投稿サイト「小説家になろう」(https://syosetu.com/)に掲載されていたものを、加筆の上書籍化したものです。

ファンレター、作品のご感想をお待ちしています！

宛先　〒104-0041 東京都中央区新富1-3-7 ヨドコウビル
株式会社マイクロマガジン社
GCノベルズ編集部「KAME先生」係「ox先生」係

アンケートのお願い

二次元コードまたはURL(https://micromagazine.co.jp/me/)をご利用の上本書に関するアンケートにご協力ください。

- ■ご協力いただいた方全員に、書き下ろし特典をプレゼント!
- ■スマートフォンにも対応しています（一部対応していない機種もあります）。
- ■サイトへのアクセス、登録・メール送信の際にかかる通信費はご負担ください。